Carl Weisflog

Bürgerliche Historien

Verone

Carl Weisflog

Bürgerliche Historien

1st Edition | ISBN: 978-9-92500-184-2

Place of Publication: Nikosia, Cyprus

Erscheinungsjahr: 2016

TP Verone Publishing House Ltd.

Reproduktion des Originals in Großdruckschrift.

Carl Weisflog

Bürgerliche Historien

Das Stille Wasser

Die Reihe des freundlichen Mittwochabendkränzchens traf nun Kommerzienrats, und das Erzählen einer Begebenheit aus dem eigenen Leben gerade auch ihn, den Wirt. Draußen schlug Herr Blasius mit dem ersten Schneegestöber des Dezembers wacker an die Fenster. Desto heimlicher war es drinnen in der warmen Stube, wo nun die Brüder und Schwestern des sinnigen Vereins enger zusammenrückten, die letzteren das Strickzeug herausnahmen, die Veteranen am flackernden Kaminfeuer ihre Pfeifen anbrannten und der Dinge harrten, die der alte Biedermann zu Markte bringen werde, der so eben ins Zimmer trat und feierlich ein großes, eingerahmtes Bild vor sich her trug, so wie man etwa ein Kind zum Taufsteine trägt.

Hab' ich mir's doch gedacht, – rief beinahe erschrocken Sabine, die würdige Hausfrau, – dass nun am Ende doch noch *das* daran kommen werde! O du Plaudertasche!

Silentium, Mutter! – gebot der Eheherr. – Lass mir die Freude! *Dir* ist das allerdings nichts Neues mehr, du weißt es auswendig, aber unsere lieben Freunde wissen es *nicht*. Darum, wenn du etwa indes im anderen Zimmer Braten zu schneiden und Butterbrot zu schmieren hast, so will ich dir nicht hinderlich sein.

Freilich habe ich das, und auch noch mehr zu tun, – erwiderte sie, verschämt hinaustrippelnd, – aber fasse dich kurz, Vater!

Kurz, kurz! – brummte *der* ihr nach, – Ja, wir sollen uns kurz fassen, grade da, wo wir lieber gar nicht aufhören möchten, indes *Ihr* über einen erbärmlichen Kleiderschnitt, über einen Fetzen der neuesten Mode, über gar nichts, die ewigen Register euerer Vox Humana zieht!

Lass dich nicht irren, Herr Bruder, – tröstete der Justizamtmann – und stelle deine Tabulam auf, damit wir schauen und hören, denn aller Augen und Ohren warten auf dich.

Eigentlich werdet ihr es ihr auch nicht verdenken, – fuhr der Kommerzienrat mit milder Stimme fort – dass sie nicht dabei sein will. Doch aus meinem vollen Herzen muss es heraus. Habe ich euch letzthin erzählt, wie ich nach mancher Not und Trübsal denn doch endlich auf einen grünen Zweig gekommen und ein Mann bei der Stadt geworden, so sollt ihr nun auch erfahren, *wie* ich überhaupt ein Mann geworden, und zwar ein glücklicher, ein mehr als durch Reichtum gesegneter Mann. – Seht da das Bild!

Er stellte es auf den Tisch, hinter die mystisch schimmernde Sineumbralampe, und fuhr fort:

Der dichte Schleier der frühesten Morgendämmerung, lange vor Aufgang der Sonne, liegt noch auf der schönen Landschaft, in der ihr die Gegend wiedererkennen werdet, aus der ich vor zwanzig Jahren mit Weib und Kind hierher in euere Mitte gekommen. Seht, wie im fernen duftigen Hintergrunde die Stadt an den blauen Bergen sich hinzieht, wie näher im weißlichen Nebel der Fluss sich durch das Erlengebüsch windet. Noch starren die Bäume mit kahlen Ästen, noch grünen die Ufer nicht. Natürlich! Denn es ist noch zu früh im Jahre, es ist erst – Karfreitag – merkt es euch wohl, liebe Freunde, – Karfreitag. Und die holde Frauengestalt, die da, hinter den Erlen, auch in Nebelduft gehüllt, am Ufer kniet, aus dem Flusse schöpft und den flehenden Blick nach dem Himmel emporhebt, – sie holt – stilles Wasser. Ihr wisst, was das zu bedeuten hat. – Stilles Wasser, geschöpft am heiligen Karfreitage mit Glaube, Liebe und Hoffnung, ist gut gegen allerlei Übel des Leibes und der Seele. Es muss aber auch wirklich stilles Wasser sein, das heißt: Wer dahin geht, es zu schöpfen, eine Stunde vor Sonnenaufgang, an heimlicher Stelle, das Antlitz gegen Morgen gekehrt, muss auf dem Wege hin und zurück nicht ein Wort sprechen, es geschehe auch, was da wolle.

Ihr lächelt und seid gütig genug, den lauten Ausruf: Aberglaube, Aberglaube! Fast mitleidig und aus Schonung für den alten Träumer zu unterdrücken. Nun – mögt ihr doch! Ich weiß, was ich weiß. Und ist es euch denn nicht auch, wenn Ihr das dämmernde, nebelnde Bild mit dem Mystischheimlichen anseht, das soeben auf ihm geschieht, als liefe euch ein Frösteln über den Rücken, als ständet ihr selber hinter den Erlen in der Morgenfrühe des heiligen Tages am rauschenden Flusse und zittertet im Schauer des Geheimnisses, von dem ihr jedoch – ihr wisst nicht, warum, – nur Gutes erwartet? Nun – eben darum seid nachsichtig und denkt:

was so die ahnende Stimme spricht,
das täuschet die hoffende Seele nicht.

Dass Freund Hain den ehrsamen Kauf- und Handels-
mann Christoph Zobel, meinen seligen Vater, zum be-
trübten Witwer gemacht, ehe ich den süßen Namen
Mutter lallen können, dass mein Vater dies auch selber
schon lange gefürchtet, weil ihn dringende Umstände
zur Trauung gerade an einem Freitag genötigt, der bekanntlich zum Hochzeitmachen als ein gar böser Tag
von männiglich vermieden wird, dass besonders *jener*
Freitag, an welchem der reiche Zinngießer begraben
wurde mit dem Trauergeläute, unter welchem das junge
Paar nach der Kirche fuhr, nichts als Unglück ominieren
konnte, dass eine zweite Wahl den schmerzlichen Verlust nun noch fühlbarer gemacht; eine Stiefmutter mich,
das einzig übrig gebliebene Ehepflänzlein, geknöchelt
nach der Möglichkeit, dass, und wie der sanfte Vater
sich unter dem unerträglichen xantippischen Pantoffel
zu Tode geseufzt und sein Prognostikon ihn betrogen,
vermöge dessen er in der Liebsten ein mildes Lamm
heimzuführen gehofft, weil sie gerade, als er sie das erste Mal gesehen, Tauben gefüttert; was soll ich euch, lieben Freunde, dies alles lang und breit erzählen! Kurz
daher hinweg über die Zeit meiner ersten Jugend, die
mir freudenleer verging. Denn wenn andere Jungen
meines Alters nach den Schulstunden draußen lustig
Ball schlagen und jauchzen durften in der Frühlingsson-
ne, musste ich im dumpfen Laden sitzen und Tüten
kleistern und sonntags, wenn alles hinauszog ins Grüne,
aus dem Taulerus und Herberger die ewigen Predigten
lesen. Da fühlte dann das sehnende Herz, dass es ver-

waist sei, und meine Tränen rannen auf den heillosen Folianten. Mein Vater? Der konnte sich meiner nicht erbarmen, *der* war lange schon untergegangen in knechtischem Gehorsam. *Der* wagte vor den Augen der Mutter nicht einmal ein zärtliches Wort zu mir. Was Kuss von Elternlippen sei, das weiß ich nicht. Aber noch ein Drache hauste in meinem traurigen Zwinger – der Ladenhelfer Habakuk Froschlaich, ein Auserwählter und Günstling der Mutter. Denkt euch einen buckeligen Knirps von Zwergform, mit roten, verwilderten Haaren, mit Augen, die tückisch über die semmelfarbenen, mit tausend Pockennarben und Sommersprossen gesprenkelten Hängewangen herabblinzeln, dabei eine, aus dem links am Halse sitzenden Kropfe heiser grölende Stimme, und ihr habt das ziemlich treue Bild des Unholdes, der mir vollends alle Jugendlust verleidete, meinen unschuldigen Tritten und Schritten, wie ein Luchs mit dem spähenden Blicke folgte, mich verklatschte und jegliches Strafamt an mir Armen übte, der sich darüber bei niemandem beklagen konnte. Denn mein Vater war mir, wie schon gesagt, unzugänglich und selbst ein Sklave des Zwerges, sodass auch ihm keine andere Freude blieb als seine Bücher in der stillen, finsteren Ladenstube und abends die Ressource, wo er auch nur still für sich saß, wenig teil am Gespräche nahm, in den Zeitungen blätterte, oder gedankenvoll sich in die blauen Wirbelwolken seiner Pfeife hüllte. Dabei hatte die Mutter ein System des Geizes eingeführt, von dem ihr keinen Begriff habt. Harte Eier und Salat, das war schon eine Luxussonntagsmahlzeit, Rosinenstielsuppe, sparsam mit Sirup versüßt, eine Extralabung, trockenes Brot mit Salz und

Brunnenkresse im Sommer, eine Wassersuppe im Winter mein Frühstück. Denn Salz und Brot, pflegte sie zu sagen, macht Wangen rot. Doch muss ich gestehen, dass meine Kleidung immer sauber und reinlich war, da die Mutter bei dem allen auf äußeren Anstand hielt und wohl nicht unrecht hatte, wenn sie predigte: Niemand sieht dir in den Magen, aber wohl auf den Kragen! Dass unter solchen Umständen die Eltern reich werden mussten, das war ganz natürlich. Aber wem von ihnen half der Mammon etwas? – Keinem! Der Vater, erst in der Erinnerung besserer Tage jammernd, wurde endlich durch die Gewohnheit abgestumpft und lernte vergessen, was Lebensgenuss sei, und die Mutter, die solchen nie gekannt, erlag manchmal fast den peinigenden Schmerzen eines Rheuma, das mit den Jahren immer ärger ward, weil sie aus Geiz vernachlässigt, dagegen zweckdienliche Mittel zu brauchen und zu sympathetischen Quacksalbereien ihr Zuflucht nahm, die nichts nützten.

Ach, wie wohl war mir, als ich in meinem sechzehnten Jahre zu einem anderen Kaufmann in die Lehre kam. Konnte man es mir verdenken, dass ich mit fast kaltem Herzen dem väterlichen Hause Valet sagte und wohlgemut der fremden Stadt zuwanderte, in welcher ich nun bessere Tage hoffen durfte? Konnte man es mir verdenken, dass ich nach ausgestandener Lehrzeit noch länger im Hause meines wackeren Lehrherrn blieb, wo ich diese besseren Tage wirklich gefunden, wo die früh geknickte, fast zertretene Blume sich wieder erhoben in neuer Lebenskraft, wo Geist, Gemüt und Leib gereift zu höherem, edleren Dasein, wo mir das Glück ward, auf Geschäftsreisen die Welt und Menschen kennenzulernen? Zwar verlangte mein Vater, der alt und schwach geworden, mich zur Hilfe nach Hause, zwar schrieb mir nun auch die Mutter liebliche, ködernde Briefe; aber dennoch verzog ich die Erfüllung ihrer Wünsche so lange als möglich, denn ich wusste, was ich zu Hause zu erwarten. Endlich behielt kindliche Liebe die Oberhand. Ich packte den Reisekoffer und zog mit bangem, doch freiem Herzen, das Amors Fesseln noch nicht kannte, ob ich schon wie andere leicht und lustig um Blumen geflattert, weil ich in der Mode nicht zurückbleiben mochte, in die Heimat, die nur *mir* keine geliebte war. Denn ich hatte da keine Spielplätze wie andere, konnte mich nicht freuen auf den grünen Rasenteppich mit den neu hervorsprießenden Frühlingsblümchen, auf die dunkle kühle Waldnacht mit dem geheimnisvollen beerenreichen Gesträuch am Bache. *Mir* hatte ja kein Rasen gegrünt, kein Wald gerauscht, kein Jugendfreund sich näher an mich schließen dürfen.

Und wirklich fand ich auch beim Eintritte in das väterliche Haus nichts wieder als – das Elend und noch dazu in erhöhtem Grade. Der Vater wankte zitternd am Stabe, die Mutter war durch Krankheit noch grämlicher geworden. Nur Habakuk saß unverändert, wie ein lauschender Kobold im Laden, fletschte die Zähne und stieß Pfeffer, eselte auch so rüstig wie sonst als Wasserträger und Holzspalter. Seine ersten Blicke schossen nach mir wie giftige Pfeile. Aber mild und so freundlich, als es ihnen Missmut und Körperschmerz zuließen, ward ich von den Eltern empfangen, deren Augen mit besonderem Wohlgefallen auf meiner entwickelten Gestalt ruhten, besonders da die Mutter genau beobachtet, dass ich die heimatliche Schwelle mit dem rechten Fuße zuerst beschritten, was bekanntlich Glück und Segen bedeutet. Dass ich ihnen Freude mache durch mich selber, das war im ersten Augenblicke des Wiedersehens meine eigene, einzige. Denn allzu schneidend erschien mir der Abstand der traurigen Einsamkeit, in die ich mich nun versenkt, gegen die fröhliche, gemütvolle Freiheit, die ich eben verlassen. Doch bald sollte eben diese Einsamkeit für mich ein ganz eigenes, unerwartetes Interesse gewinnen, bald es mir sehr fühlbar werden, dass es jetzt hier anders sei als sonst. Schon das Abendbrot, dem mein verwöhnter Appetit mit Zittern und Bangen entgegengesehen, machte mich stutzig. Es war nur eine frugale Kräutersuppe, nur ein Eierkuchen mit Pflaumenmus, aber *diese* Suppe, *dieser* Eierkuchen konnte unmöglich aus Mutter Gertrudens Kochkunst hervorgegangen sein. *So* hatte mir lange, selbst in meines Lehrherrn Hause keine Mahlzeit gemundet. Noch war ich in frohem, heimlichen Staunen über dieses mir unerklärliche Phänomen am väterlichen Küchenhimmel, noch wiederholte ich mir die heimliche Frage: wag ist das? Als geräuschlos, mich sacht und sittsam grüßend, ein Mädchen an der, wie ich nun wohl bemerkte, noch ledigen vierten Stelle des Tisches Platz nahm, mit niedergeschlagenen Augen gesegnete Mahlzeit wünschte und auf ihren Teller die Reste der Speisen erhielt. Ein sonderbares, mir ganz fremdes Gefühl durchzuckte mich bei dem ersten Blicke auf diese Gestalt, mein zweites Gefühl war fast Verzweiflung darüber, dass ich ein Vielfraß gewesen und der Armen so gar wenig übrig gelassen. Die Eltern mochten mir die hinuntergeschluckte Frage angesehen haben, wer dieses Mädchen sei; denn die Mutter sagte, nach ihr mit dem Finger hinweisend, fast vornehm wegwerfend: Das ist Sabine, unsere Köchin, die dir auch die Stube aufräumen und das Bett machen wird.

Köchin? Stammelte ich überrascht und kaum hörbar, wagte nicht, vom Teller aufzuschauen und glühte, ich wusste nicht, warum.

Ja – antwortete die Mutter – du wirst dich noch besinnen auf den fortgelaufenen Steuereinnehmer, der nachher in Polen gestorben ist. Die Mutter lebte auch nicht lange mehr und hinterließ die Waise. Was sollten wir tun? Verwandt ist sie einmal mit uns, wenn auch weitläufig. Wir nahmen sie also vor drei Jahren ins Haus und geben ihr das Gnadenbrot.

Brot als Lohn, willst du sagen, lieber Schatz, – fiel der Vater verbessernd, doch furchtsam ein – denn – sie arbeitet.

Sie muss auch, – strafte die Mutter – darum ist auch an dem, was ich gesprochen, gar nichts zu tadeln.

Wie mir bei diesen Reden ward, als ich nun den scheuen Blick nach der armen Muhme richtete und sah, wie eine stille Träne aus dem gesenkten Auge herab auf das *Gnadenbrot* fiel, das vermögen Worte nicht zu schildern. Dieses sanfte, reinliche, kaum siebenzehn Jahre alte Geschöpf mit den brennenden Wangen, im bescheidenen Häubchen, das doch die Fülle der blonden Ringellocken nicht ganz zu bergen vermochte, dieses große, milde blaue Auge, in das ich nur bei einem allereinzigen Aufblicke geschaut, die Worte: Köchin, Gnadenbrot und Arbeit, regten plötzlich Empfindungen in mir auf, von denen ich in der Minute nicht wusste, ob sie angenehm oder schmerzlich waren. Und als sie nun ebenso sacht vom Tische aufstand, Gute Nacht wünschte und das Zimmer verließ und meine Augen der reizenden, schlanken Gestalt folgten, da wiederholte mir eine innere leise Stimme die Worte: Sie wird dir die Stube aufräumen und das Bett machen! O Himmel, das Bett wird sie mir machen, seufzte ich halblaut vor mich hin, und war kaum imstande, mich zu fassen.

Ei, ei, Kommerzienrat, – unterbrach ihn der Bürgermeister lächelnd – Ihr malt ja wie ein Zwanziger.

Lass ihn! – rief der Major. – Fuhrleute, die selber nicht mehr fahren, hören doch noch gern mit der Peitsche klatschen.

Und gar fein und lieblich – setzte der Justizamtmann hinzu – lässt das Blümlein Vergissmeinnicht, das aus dem Schnee herauswächst.

Euere bösen Zungen – entgegnete der Erzähler – sind mir hinlänglich bekannt. Doch das soll mich nicht irren. Genug, ich war außer mir, und nur erst das Wort der lächelnden Mutter, wir haben auch mit ihr so ein Plänchen, brachte mich wieder zu mir selbst.

Ein Plänchen haben sie also mit der Köchin? – wiederholte ich mir auf meinem Zimmer, unruhig auf- und niederschreitend. – Ein Plänchen? Und, wie mir das Lächeln der Mutter deutlich genug sagte, ein Plänchen mit *mir*? Mit mir und – der Köchin? – Charmant! – Daraus wird nichts! Hochmut hob sich in meinem Inneren. Ich, der kluge, reiche, junge, nicht hässliche Kaufherr, *ich* –

eine Köchin? Eine Magd? Und! Im ausgesonnenen, angelegten Plane? – Nimmermehr! – Sie ist hübsch, sie ist ein Engel! Mag's! Sie ist arm, sie speist das Gnadenbrot! Sie ist – eine Magd!

Mit ganz eigenen, kämpfenden Gefühlen sank ich auf das Lager – ach! – das ja *sie* mir gebettet, und niemals in meinem Leben habe ich besser geschlafen. – Als die Morgensonne mir in die Vorhänge schien und ich den letzten Rest der traumlosen Nacht mir aus den Augen rieb, war mein erster Gedanke: Nun wird sie kommen, das Waschwasser und das Frühstück bringen. Welcher Wunsch in mir der stärkere gewesen, ob der, dass sie komme, oder der, dass sie nicht komme, das kann ich wahrhaftig noch jetzt nicht sagen. Sie kam *nicht*. Ich kleidete mich an und ging hinunter, mit dem festen Vorsatze, die mir Zugedachte, die Magd, die natürlich Teilnehmerin des lieben Planes sein musste, nicht eines Blickes zu würdigen. Sie wird die Schüchternheit schon ablegen, – dachte ich – sich schon zu schaffen machen um dich, doch du wirst standhaft sein, und kannst es auch unter diesen Umständen. Nur den Herrn soll sie in dir erblicken, nur den, der ihr auch zu befehlen hat, weil sie auch *sein Brot* isst.

Eitler Wahn! – Sie ließ sich nicht sehen, obschon ich ihr wirtschaftliches Wirken in Haus und Küche deutlich wahrnahm. Nur zu Mittag und Abend kam sie, wie das erste Mal, still und bescheiden an den Tisch. Aber wiederum merkte ich am Wohlgeschmacke des einfachen Mahles, an der Reinlichkeit, die überall herrschte, an der Sauberkeit meines Zimmers, in welchem eine unsichtbare Hand still ordnend waltete, dass es im väterlichen

Hause wahrhaftig anders sei als sonst, und durch sie – die Köchin. Ich fing an, mir als ein Undankbarer zu erscheinen, ich fing an, zwischen Magd, Köchin und Dienstmädchen zu distinguieren und das letzte Wort schon feiner lautend zu finden als die beiden ersteren. Ist sie denn nicht auch – strafte ich mich – deine Muhme? – Freilich, im neunundneunzigsten Grade! – War ihr Vater nicht Steuereinnehmer? – Freilich, ein davongelaufener! – Was tut das? Was kann *sie* dafür? Leidet sie nicht im bitteren Drucke der Knechtschaft? Hast du nicht selbst ihre Tränen auf das Gnadenbrot fallen gesehen? – Trug! Trug und Verstellung! – rief ich unwillig. – Wie kann sie leiden bei dem, was sie weiß und sich einbildet! Diese Tränen gekränkter Eitelkeit werden aufhören, wenn die Eitelkeit befriedigt, wenn sie Herrin ist. Nun, bis dahin soll es gute Wege haben! Verdient sie auch nicht gerade meine Verachtung, so will ich doch tun, als sei sie gar nicht da, damit sie verbleibe in den Schranken ihres Berufs.

Ich sprach mit ihr kein Wort. Ich wollte sie nicht ansehen. Aber konnte ich das halten? – Und als die Mutter mir das neue feine, künstlich ausgenähte Halstuch gab und sagte: Das hat Sabine für dich gemacht, musste ich da nicht Schande halber mich bei ihr bedanken? Warum ich dabei gerade ein: »Liebes Binchen!« einfließen ließ, warum es mir warm zum Herzen heraufquoll, als sie mich in verschämter, errötender Erwiderung lieber Herr Vetter nannte, warum ich gedankenlos noch lange auf meiner Stube das Tuch in meinen Händen hielt, wusste ich das?

Du warst verliebt, Herr Bruder! Fiel der Justizamtmann ein.

Freilich war ich verliebt! – antwortete der Kommerzienrat. – Mein Stündlein hatte geschlagen. Doch konnte und wollte ich damals noch nicht genauer darüber nachdenken, der Hochmutteufel blendete mich noch. Denn nach den Ansprüchen meiner vierundzwanzigjährigen Eitelkeit musste meine Künftige wenigstens ein Fräulein mit hochadeligem Geburtstempel sein. Und dann der Plan, der Plan, *der* widerte mich am allermeisten an. Auch in *dieser* Hinsicht fand ich es anders im elterlichen Hause als sonst. Ehedem – darauf kannte ich die Mutter – würde es nur Torheit gewesen sein, an die Möglichkeit einer Verbindung mit einer *Armen* zu denken, und nun hatten sie sogar selbst eine *solche* für mich bestimmt. – Unbegreiflich! Nein, daraus wird nichts – in Ewigkeit nichts! Sie mag sich den Habakuk nehmen! Brummte ich in Gedanken vor mich hin, und wusste nicht, dass ich in der Stube der Mutter war.

Wie? – fuhr *diese* mit freudiger Überraschung auf und weckte mich aus meinen Träumereien. – Du findest das also auch passend?

Was? – fragte ich fast erschrocken. – Was, Mutter?

Nun, das Plänchen – antwortete sie – mit der Sabine und dem Habakuk?

Das Plänchen mit *ihr*? – stammelte ich. – Mit Sabine und Habakuk?

Nicht wahr? – lächelte sie. – Du staunst, dass wir so einerlei Gedanken haben? Und nicht wahr, das schickt sich? – Der Mensch hat seine paar tausend Taler erspart, und gut ist er ihr zum Sterben; was will sie mehr?

Schlaff und kraftlos fielen meine Hände herab. Ein kalter Schauer fuhr mir durch die Glieder. Also *das* ist das Plänchen? – rief ich auf meinem einsamen Zimmer und fand mich nun auf einmal wieder im alten väterlichen Hause. – Mit dem Zwerge verkuppeln wollen sie die Arme? Die holde, sanfte Schönheit mit einem Abschaume der Natur? – Die Arme? – wiederholte ich sinnend. – Weiß ich denn, ob sie sich nicht sehr reich fühlt und ob es nicht ihr Wille? – Konnte die Königin der schwarzen Inseln einem hässlichen Mohren gut sein; ist es nicht auch möglich, dass Sabinens Herz einem rothaarigen Buckelinski brennt? Der Geschmack ist verschieden.

Und wirklich, soeben hörte ich sie mit Nachtigallenstimme im Waschhause ein lustiges Liedchen singen.

Es ist richtig! – murrte ich grimmig. – Sie liebt den Elenden! Sie ist froh, sie ist heiter und nur in *deiner* Nähe still und stumm, du, durch deine Eitelkeit betrogener Tor! – Sie denkt nicht daran, dass du in der Welt und ein Hasenfuß bist, der da glaube, in dich müsse sich verlieben alles, was eine Schürze trägt! – Verwünschte Selbstsucht! Und noch verwünschteres, falsches Geschlecht!

Mit Basiliskenblicken verfolgte ich nun das Mädchen, gegen das ich erbittert war, weil es einen Plan auf mich *nicht* angelegt. Vor Bosheit war ich jedoch keines Wortes mächtig, so sehr ich auch anzügliche Reden mir einstudiert. Nun erst sah ich es, was ich früher gar nicht bemerkt, dass der buckelige Molch um sie herumhüpfte mit ekelhafter Süßigkeit. Nun erst fiel mir der Blumenstrauß ein, so groß wie ein Kehrbesen, den ich den Zwerg gestern ins Haus schleppen sah und den er niemand anderem gegeben haben konnte als ihr. Nun aber stand es auch in mir fest, ihr mit Verachtung zu begegnen und mich für die Täuschung meiner Eitelkeit zu rächen nach der Möglichkeit.

Die Gelegenheit dazu blieb nicht lange aus. Die Eltern und ich wurden zu Salzinspektors, zu dem alten podagrischen Herrn von Muschel, seiner ahnenstolzen, hageren Gnädigen und den beiden überreifen Töchtern gebeten. *Denen* willst du die Cour machen aus Nummer ff, – beschloss ich – und *sie* soll es erfahren. Sind auch beide schon ziemlich verbrauchte Muscheln, haben sie auch in der Residenz, ehe Papa hierher versetzt wurde, viel Glück gehabt bei den Gardeoffizieren und Reisen gemacht, von denen sie etwas blass zurückgekommen; was liegt daran? Sind sie nicht altadelige stift- und hoffähige Subjekte, Prachtstücke für Cytherens heilige Hallen, Musterbilder der Mode? – Und *sie* soll es erfahren und sich ärgern!

Ich Tor bedachte nicht, dass sie, wenn sie den Zwerg liebe, sich daraus gar nichts machen und sich im Geringsten nicht ärgern werde! Ich Tor handelte, als müsse *ich* ihr schlechterdings interessant sein! Aber so sind die Verliebten! Eine Inkonsequenz jagt bei ihnen die andere, und bei der ärgsten glauben sie wunder, wie klug sie sich benommen!

Das hochadelige Haus überhäufte uns mit Artigkeit. Es war sichtbar, dass schon lange eine Art von vertraulicher Freundschaft zwischen ihm und den Eltern, besonders der Mutter, bestehe. Der alte Herr redete mit mir über Handels-Konjunkturen, die gnädige Mama über die Bälle und Feten der Residenz, die Fräuleins über Schiller, Goethe und Jean Paul. Ja, Rebecka trieb die Huld so weit, mir aus heiler Haut am Flügel den Hopser abzutrommeln, in welchem sie auf dem Balle des Grafen X. am Arme des Kammerherrn von Y. Furore gemacht, und alle baten mich, nun auch *ihnen* etwas vorzuspielen und zu singen. Was wollte ich tun? Das Zieren bei solcher Gelegenheit ist mir in den Tod zuwider. Ich spielte und sang also frisch darauf los, obschon ich wohl wusste, dass das Singen eben nicht meine starke Seite, was ich auch vorher ganz unbefangen gestanden hatte. Umso größer war mein Schreck, als ich im spiegelnden Glase eines vor mir hängenden Bildes sah, dass die beiden Huldinnen, die hinter mir standen, sich verstohlen in die Seite stießen und das Schnupftuch vor den Mund nahmen. Falsches, nichtswürdiges Gezücht! – dachte ich ergrimmt, und die schöne Stelle des Schlusschors in Schweizers Elysium: »eure Freuden sind ein Blick in elysische Gefilde«, bei der ich eben war, verwandelte sich in donnernden Lach- und Hohngesang, in klaren, strafenden Bezug auf das Elysium des Herzens, in welches mich diese heimlichen Freuden des Schwesterpaares blicken lassen. Mögen sie, – fasste ich mich während des Nachspiels, das ich zu dem Behufe verlängerte, – was hast du mit *ihnen* zu schaffen! Du tust, als ob du nichts gemerkt, bist zehnmal freundlicher als vorher und hast sie zum Besten, wie könnte *sie* sonst sich ärgern! – Lustig paukte ich auf die Klaven, dass im höllischen Getöse selbst das Bellen des erschrockenen Mopses unhörbar unterging, und übertraf mich nachher in allerlei Liebenswürdigkeit so sehr, dass männiglich entzückt war und das Antlitz der Eltern, besonders das der Mutter, beim Nachhausegehen in süßer Verklärung glänzte.

Mein Richardchen, – sagte sie beim Abendessen, als schon Sabine ihren Platz eingenommen, – heute bist du wirklich ganz charmant gewesen, und Muschels wissen gar nicht, dich genug zu loben.

Es sind aber auch herrliche Leute, – fiel ich ein – so freundschaftlich, so bieder, und die Fräuleins hübsch, wie die Liebesgöttinnen, und reizend, wie Grazien! Alle Register preisender Suada wurden nun gezogen, und rundum blickte ich – zu *einer* Stelle freilich nur verstohlen – nach der Wirkung dieser erkünstelten Exaltation. Die Mutter war selig, trotz dem Reißen, das ihr im rechten Arme zuckte. Der Vater stierte mit finsterem, fast traurigen, doch furchtsamen Stirnrunzeln, dass es die Mutter nicht gewahre, vor sich hin. Um Sabinens Mund, die vom Teller nicht aufsah, spielte ein kaum merkliches, schalkhaftes Lächeln.

Sie lächelt? – fragte ich mich beim Auskleiden. – Was ist ihr so lächerlich? Ist es Freude über die Posaunenstöße zum Preise der Muscheln? Wer hat jemals gehört und gesehen, dass ein Mädchen sich freut, wenn andere mit Enthusiasmus gelobt werden? – Teilnahme? – Dem widerspricht der satirische Zug um den Mundwinkel. – Hohn? – Was hätte sie dazu für Grund? Und glaubt sie, welchen zu haben, – wie wäre *der* mit ihrem sonstigen Wesen zu vereinen? Oder ist auch *dieses* nur Trug? Oder dachte sie eben an ihren roten Seladon? – Wer löst diese Rätsel??

Ich Kurzsichtiger! Wie weit sind wir Männer zurück gegen Frauen im Katechismus der Lebensklugheit! Wo *wir* im Finsteren tappen, sehen *sie* hell und klar. Darum ehret die Frauen, sie sind listig und klug, wenn auch voll Schalksinn und heimlichen Trug.

Wir bedanken uns schönstens, riefen sämtliche Kränzchenschwestern wie mit *einer* Stimme, standen auf und machten zierliche Knickse.

Nicht Ursache! Nicht Ursache! – antwortete der Kommerzienrat, die Schlafmütze lüftend. – Es ist gern geschehen.

Was ich *damals* nicht herausbringen konnte, das ward mir in der Folge deutlich. In meinem Herzen hatte die Schlaue gelesen, und dann, freilich, dann musste sie lachen. *Damals* hatte ich noch die Binde vor den Augen und der Skrupel über das Warum liest mir weder Rast noch Ruhe. Ich musste es herausbringen, ich musste meiner inneren Bosheit Luft machen. Denn es war mir nun, wie schon gesagt, unausstehlich, dass sie mit mir *kein* Plänchen habe, dass sie so elend, so nichtswürdig sein könne, nach dem Zwerge zu greifen – vielleicht der paar tausend Taler wegen. Ich lauerte sie daher auf der oberen Hausflur ab, als sie eben vom Wäschetrocknen die Bodentreppe herabhüpfte. – Sie erschrak, als sie den Lauerer erblickte, dessen Absicht sie erraten mochte. Auch ich erschrak und wäre fast nicht imstande gewesen, ein Wort zu sagen, wenn nicht der Gedanke meine Zunge gelöst hätte, dass *diese* Gelegenheit sobald mir nicht wiederkommen dürfte. Darum trat ich ihr keck mit den Worten in den Weg: Halt, halt, Mühmchen! Wohin so eilig? Zum Liebsten kommen Sie schnell genug. Er wartet zärtlich auf Sie im Holzstalle und läuft nicht davon. Gönnen Sie mir auch einmal ein Wörtchen!

Was wollen Sie von mir? Zitterte sie und sah blutrot zur Erde.

O nur wenig! – entgegnete ich. – Nur wissen möchte ich, – ob – ob – Sapperment! Ich hatte das Konzept verloren und platzte in Seelenangst ungeschickt heraus: ob Sie den Habakuk heiraten?

Sollte ich nicht? – ermutigte sie sich schäkernd. – Ists nicht ein charmanter Bursch? Sie werden doch tanzen auf meiner Hochzeit mit Fräulein Beckchen?!

Lachend war sie mir entsprungen, und verblüfft stand ich da im stummen Nachstarren.

Als ich wieder zu mir selber kam, wusste ich nicht, ob ich mich schämen, freuen, oder ärgern sollte. Schämen, weil ich durchaus das nicht gesagt, was ich eigentlich sagen wollen; freuen, über den Liebreiz des holden Geschöpfes, das mit den vollen, runden Armen, über die sie wirtschaftlich die blendend weiße Bauschhülle hoch hinaufgestreift, im reinlichen Hauskleide, in aller Anmut der Unschuld und Jugend vor mir gestanden; ärgern, über ihr Lachen und das Bekenntnis, dass eben dieser Liebreiz einem Kaliban zuteilwerden solle. Vielmal noch setzte ich an, aber immer war es mir unmöglich, ihr irgendetwas Bitteres zu sagen. Hatte ich denn im Grunde auch Ursache dazu? Was ging es mich eigentlich an, wen sie heirate? Und musste nicht alles, was ich von ihr sah und hörte, nur meine Achtung für sie vermehren? War *sie* es nicht, die manche Nacht bei der kranken Mutter verwachte und dennoch am Tage flink und fleißig die

Wirtschaft versah, als bedürfe sie des Schlafes gar nicht? War *sie* es nicht, welche die oft fast unerträglichen Launen der Mutter nur mit stiller Milde und erhöhter Anstrengung erwiderte? War *sie* es nicht, die im Verborgenen alles zum Besten kehrte und ebenso sacht und anspruchslos alles in freundlicher Ordnung hielt? Richard, – fragte ich mich wohl manchmal – wie ist dir? Sollte das Liebe sein? – Ach was Liebe, – antwortete dann meine Verblendung – Mitleid ist's und weiter nichts! Und eigentlich nur um mich zu betäuben, nur um die hochfahrenden, üppigen Fräuleins zum Besten zu haben, auch nur aus schnöder Eitelkeit, trieb ich mein tolles Wesen bei Muschels ärger als zuvor. Man nahm für Ernst, was nur Ironie war, und manch heimlicher Händedruck, manch bedeutsamer Blick forderte mich auf, mutig die betretene Bahn zu verfolgen, an Widerstand sei nicht zu denken. In eben dem Maße, als diese meine Petulanz zunahm, wuchs nun auch die Zufriedenheit meiner Mutter, die Verstimmung und Einsilbigkeit des Vaters und der gegenseitige Verkehr der beiden befreundeten Häuser. Nun verging kein Tag, an welchem wir nicht entweder drüben waren bei Salzinspektors, oder sie bei uns. Eine von den drei Damen fast in der Regel als Besucherin bei der Mutter, am häufigsten Rebecka, welche als die älteste der Schwestern ihr Vorzugsrecht an mich sich nicht nehmen ließ, das ihr auch weder Kunigunde noch sonst jemand streitig machte. *Mir* war es, wie schon gesagt, anfangs zum Lachen. Doch bald gewann die Sache höheren Ernst, als die Mutter deutlicher mit der Sprache herausrückte und ich nun wohl sah, dass das eben der Plan der hoffärtigen, geizigen Frau mit *mir*

sei. Eine Adelige, Nummer eins, und dann im Hintergrunde das Salzmagazin, das mir bei dem Tode des Alten nicht fehlen könne, Nummer zwei. Warum das süße
Fräulein meine unbedeutende Bürgerlichkeit goutierte,
das zu enträtseln, fiel mir bei dem Bewusstsein meiner
Liebenswürdigkeit, an der noch ein beträchtliches Gold-
gewicht hing, bei der Kenntnis der Romane dieser Ra-
nunkelrosen, die so mancher Schmetterling schon um-
flattert hatte, ohne daran zu denken, sie zur dauernden
Verschönerin seines Lebens zu erkiesen, nicht schwer,
auch ohne das angefangene Briefchen an eine Freundin,
in das ich einst drüben flüchtig zu schauen die unbe-
merkte Gelegenheit hatte und in welchem mein Beckchen klar und unumwunden schrieb: Der »Pfefferkönig
hat sich nun wirklich im Netze meiner schönen Augen
gefangen. Dass ich ihn nicht wieder herauslassen werde,
das, liebe Seele, versteht sich. Was bleibt, wenn man
einmal in gewissen Jahren ist, Vernünftigeres zu tun übrig, als die Unbeständigkeit der Männer am ersten besten zu rächen, an dem man es kann. Und glaubst du
nicht auch, dass ich in der Tat mit ihm glücklich sein
werde? – Er ist ein Schaf, wie sein Vater, und welche reizende Aussicht bietet das, welche himmlische Zukunft!«
– Dass der Pfefferkönig, das Schaf, der Notnagel eines
entblätterten Jungfernkranzes, seine zärtlichen Gesinnungen gegen die holde Briefschreiberin durch das aller-
liebste Billett nicht sonderlich gestärkt und vermehrt
fühlte, das lässt sich denken. Ich stellte Vergleichungen
an zwischen dieser abgewelkten Tulpe und der jungen
frischen Rosenknospe, die so still in meinem Hause er-
blühte, zwischen jenem glänzenden Käfer, der seine

Nahrung aus ekelhaftem Unrate zieht, und der unschuldigen Libelle, die heiter um die Blätter des Frühlings schwebt. Dort war alles nur Schein, hier alles Wahrheit! Und als nun gar die vornehme Wegwerfung, mit der sich die Tulpe gegen die Rose blähte, mir schreiender und greller vor die Augen trat, als nun gar einmal Binchen der Stolzen bei einem Besuche bei der Mutter nichts recht machen konnte, und das Fräulein die Arme mit der Zurechtweisung strafte: Liebe Jungfer, Sie ist doch recht links und täppisch; da zuckte es mir in allen Gliedern, mit der Wahrheit herauszufahren und der Ritter der Schutzlosen zu sein. Doch die heimliche Frage: *Will* sie denn dich zu ihrem Ritter? Schlug schnell die heldenmütige Aufwallung nieder. Ja, die Frage: Könnte sie dich wollen oder nicht? Ging mir nun beunruhigender im Kopfe herum, als dem Hamlet das Sein oder Nichtsein. Von dem Anstoße des Wortes: Köchin, Magd, Dienstmädchen, war keine Rede mehr, *dieses* alberne Vorurteil hatte sich verloren. Nur das Mühmchen, nur die Schönheit und Jugend sah ich, je länger ich Binchen sah, und jeden Tag ward es mir nun klarer, dass ich bis über die Ohren in sie verliebt, und für mich kein Lebensglück sei als mit *ihr*. Aber umso brennender peinigte mich nun die Ungewissheit, ob sie denn wirklich fähig sei, sich in den Kloak eines Habakuk herabzulassen.

Lange ging ich unentschlossen, sinnend herum, lange verzögerte ich furchtsam die Entscheidung, deren Wichtigkeit mein ganzes Leben durchschauerte. Endlich fasste ich mir ein Herz und überraschte die Ahnende, die mein Geheimnis längst erraten, als sie eben meine Stube aufräumte.

Binchen, – rief ich, zitternd ihre Hände fassend, – ist es denn wirklich möglich, könnten Sie wirklich den Habakuk zum Manne nehmen?

Lieber ins Wasser springen! – antwortete sie schnell. – Aber wozu die Frage? Was kümmert *Sie* mein armes Dasein? Sind Sie nicht glücklich mit dem vornehmen Fräulein?

Also wirklich ist dir der Molch ein Abscheu? – jubelte ich. – Wirklich? Wirklich?

Wirklich und wahrhaftig! Beteuerte sie langsam und suchte sich von mir loszuwinden und fragte mit seelenvollem Blicke: Und Sie konnten es für möglich halten, dass –

O ich lasse dich nicht! – stürmte ich, fast außer mir. – Du kommst nicht los! Binchen! Ich liebe niemanden als – dich! Dich und keine andere und ewig! Kannst du mich verwerfen?

Weggewandt von mir die schönen Augen, die brennenden Wangen, noch immer in meinen Armen, doch kraftloser ringend, vermochte sie nicht zu reden.

Binchen, – drängte ich heftiger und schloss die fast Ohnmächtige an meine Brust, – wäre es möglich, dass du dein Herz mir geben könntest? O rede! Könntest du?

Ach nein! – lispelte sie kaum hörbar. – Jetzt nicht mehr!

Nein? – stammelte ich erschrocken und ließ sie los. – Wie? Du könntest mir dein Herz nicht schenken?

Es ist schon verschenkt! – antwortete sie mit niedergeschlagenen Augen, und ein halb schalkhaftes, halb schmerzliches Lächeln zuckte um den lieblichen Mund.

– *Sie* hatten es vom ersten Augenblicke an, als ich Sie sah.

Erlasst mir, lieben Freunde, euch lang und breit zu referieren, wie sich nun der Himmel mit allen Freuden der Seligen auftat in dem ersten, heiligen Momente wechselseitiger Geständnisse wahrer, unschuldiger, inniger Liebe. Das habt ihr alle selbst erlebt, und ich würde beim weiteren Ausmalen dieser Szene nur böse Zungen reizen, wie vorhin.

Aber das ist ja doch nur ein Traum! – seufzte Binchen, als wir wieder zur Besinnung kamen. – Dag wird die Mutter ja in Ewigkeit nicht zugeben!

Sie wird! – tröstete ich sie. – Sie wird! Und habe ich denn nicht auch einen Vater? Kann der dem Glücke des einzigen Kindes entgegen sein in unmännlicher Schwachheit? Und ist mir nicht sein Missfallen am Narrenspiele mit dem Fräulein vom ersten Augenblicke an klar und sichtbar gewesen?

Wie auf eine ganz untrügliche Grundmauer, baute ich meine Hoffnung väterlicher Billigung auf diese unverkennbaren Äußerungen sowie auf die vollkommene Makellosigkeit der Geliebten und glaubte mit dem Vater vereint die sieghafte Opposition gegen die Mutter ergreifen zu können, die ja doch nur meine Stiefmutter war.

Ich betrog mich. Zu fest hatte der Plan schon in ihrer Seele gewurzelt. Das setzte ich zwar voraus, ging behutsam, suchte mich nur ganz gelinde und nach und nach von Salzinspektors zurückzuziehen und meine *wahre* Liebe zu verheimlichen, aber die Schlaue merkte, was die Glocke geschlagen, und was *sie* nicht sah, das erspähte Habakuk, ihr dienstfertiger Spürhund.

Noch hatte ich dem Vater das eigentliche Geheimnis meines Herzens nicht entdeckt, als es in der Ladenstube zur förmlichen Erklärung zwischen mir und den Eltern kam.

Was ist dir denn, Richard? – fragte die Mutter. – Du bist gar nicht mehr derselbe, und Fräulein Beckchen klagt gewaltig über deine Zerstreuung und Betisen, wie sie es nennt.

Oh, sie wird noch mehr von mir erfahren, – antwortete ich – denn ich bin des Gefasels herzlich überdrüssig, das sie und andere wohl gar glauben machen könnte, ich hätte ernstliche Absichten.

Nun, – lächelte die Mutter bittersüß – haben wir denn die nicht auch wirklich? Was fehlt ihrer Person?

Alles – fiel ich hastig ein – zur Liebenswürdigkeit!

Kommen wir nicht – fuhr die Mutter, ohne sich stören zu lassen, fort – durch sie in vornehme adelige Familie?

Wie ein Schmutzfleck – brummte ich – in ihren Augen, aus Kommiseration, als letzter Notbehelf!

Zehn, zwanzig – eiferte die Mutter – haben nach ihnen die Hände ausgestreckt – –

Und sie wieder zurückgezogen! Unterbrach ich sie.

Und das Salzmagazin, – setzte sie heftiger hinzu – das seine sechshundert Taler bringt, das dir nicht entgehen kann, ist das nichts? Die Freundschaft, mit der sie uns behandeln, Rebeckens Geschicklichkeit, ihre Gelehrsamkeit, mit der sie zu sprechen weiß, ist das nichts? – Alter,

– wendete sie sich zu dem fast zitternd herumtrippelnden Vater – rede doch du auch ein Wort und kehre das Raue heraus.

Richard hat recht, – ermannte sich *der* – ich kann es nicht tadeln, wenn ihm die welke Zierpuppe nicht zusagt, die dich mit schlauer Heuchelei täuscht und die am Ende –

Was? – rief die Mutter mit wutentflammten Augen und in die Seite gestemmten Armen. – Auch du bist so unvernünftig? Du bestärkst das Söhnlein in seiner albernen Widerspenstigkeit? Du im Komplott mit dem superklugen Gelbschnabel, dessen heimliche Praktiken ich schon kenne? O ich weiß es, wer der Urheber ist, wer mit der glatten Larve, unter dem Scheine der Sittsamkeit und Tugend aus Hochmut den Sohn verführt und den Vater betrügt, ich kenne die Massette! Bildet euch aber nicht ein, dass ich mir von euch Vorschriften machen lassen werde! Nun und nimmermehr! Was ich will, das muss geschehen, darauf verlasst euch! Am Dreikönigabend habe *ich* Blei gegossen. Jedes Mal traf's, und *du* willst dich gegen das Schicksal stemmen? Du willst –

Des Schicksals Zwang ist bitter, – seufzte der schwache, eingeschüchterte Mann und wagte kaum den zagenden Blick zu mir zu erheben –

Doch seiner Oberherrlichkeit sich zu entziehn, wo ist die Macht auf Erden? Was es zu leiden heißt, was es zu tun gebeut, das muss getan, das muss gelitten werden!

Ja, – wiederholte die Mutter und schlug auf den Tisch, dass das Ladenfenster klirrte, – das muss getan, das muss gelitten werden! Und ich, ich selber bin das Schicksal und will euch knöcheln, bis ihr mürbe werdet!

Dass ich sonach allein stehe mit meiner Liebe und auf Hilfe des Vaters nicht rechnen könne, das sah ich nun deutlich. Denn war schmerzliche Krankheit, die Überzeugung von der Engelgüte der Geliebten, ihre Nützlichkeit in Haus und Wirtschaft nicht imstande, den harten Sinn der unholden Frau zu beugen; konnte *ich* hoffen, dies Ziel zu erreichen? Wahrlich, meine Lage fing an beunruhigend zu werden, und in eben dem Grade vermehrte sich die Zudringlichkeit und Anmaßung der Hochadeligen, die ich doch aus Klugheit noch schonen, mit Artigkeit, die mir bitterer als Galle war, hinhalten musste, um nach und nach vielleicht das zu erlangen, was auf einmal nicht möglich, und den rechten Zeitpunkt des Gelingens zu erlauschen. Selten nur konnte ich die heimlichen Tränen der Geliebten durch die Schwüre meiner unverbrüchlichen Treue trocknen, denn überall schlich der verruchte Zwerg. Verstimmung und Unfrieden herrschten im Hause. Von der Mutter war kein freundliches Wort mehr zu hören. Der Vater wankte täglich näher dem Grabe zu. Sabinens Fleiß und Pflege wurden mit empörenden Anzüglichkeiten, ja sogar mit gemeinen Schimpfworten vergolten, welche die Unschuldige eine listige Schlange, eine hochmutige, nichtswürdige Verführerin, eine schändliche Undankbare schalten. Nur der Buckelige fletschte, heimtückisch lächelnd, die Zähne. – Der Elende wusste, warum er sich freuen könne.

Ach, ein Entschluss war in der Seele der Geliebten gereift, der wie ein unvermuteter Donnerschlag vor mir
niederfuhr.

Schon seit einigen Tagen hatte sie, wie es mir schien,
geflissentlich jede heimliche, doch sonst noch zuweilen
erstohlene Minute tröstenden Beisammenseins vermieden. Man muss niemals verliebt gewesen sein, um nicht
zu fühlen, auf welche Folter so etwas das sehnende Herz
spannt. Auch ich litt in dieser Folter. Was ist das? Fragte
ich bange. – Binchen, Binchen, – rief ich leise, wenn sie
vor mir vorbeischlüpfte, – Binchen, nur auf ein allerein-
ziges Wort! – Umsonst! Sie hörte nicht. – Das Papier,
dem ich mein Leid, meine Angst vertraut, wies sie seufzend von sich, und ihre Tränen fielen darauf.

Was ist das? Stammelte ich, und Todesahnung schüttelte mich wie Fieberfrost. Nicht minder grauenvoll in geheimnisvoller Ungewissheit war mir die Beobachtung,
dass sich allmählich der häusliche Sturm besänftigte, die
Mutter von Tag zu Tage milder und freundlicher, auch
gegen Sabinen, ja gewissermaßen zärtlich gegen sie
ward, ohne dass ich auch nur eine entfernte Ursache
dieser Veränderung wahrgenommen hätte. Und wieder
fragte das lautklopfende Herz: Was ist das? Brütet sie
Böses? Und welches Böse? Oder hat trotzdem, dass der
Vater nur noch trüber und einsilbiger herumschleicht,
trotzdem, dass Sabine nichts mehr von dir wissen will,
armes Herz, trotzdem, dass der unheimliche Zwerg
recht teuflisch grinst, die Mutter nach besserer Überlegung dir ein Fest der Liebe, der Überraschung bereitet?
War der Augenblick gestern, in welchem Sabine dich
vor deiner Tür plötzlich – du wusstest nicht, wie dir ge-

schah, – in ihre Arme schloss und mit glühenden Küssen, den ersten von den Lippen der Sittsamen, dir zustürmte: Ewig, ewig, ewig liebe ich dich! Und dann entsprang, ehe du, Betäubter, die Besinnung wiederfandest; war das der Heilige Abend des schönen Festes? Nein, nein, – zagte ich kopfschüttelnd – aus diesem Dunkel leuchtet kein freundlicher Stern!

Bald sollte sich alles aufklären.

Es war den Tag darauf, an einem Sonntage, als nach dem Mittagessen die Mutter mit überaus süßer Miene mir sagte: Heute ist ein glücklicher Tag! Zwei vierblätterige Kleeblätter habe ich im Garten gefunden und der erste Stich ins Orakelbuch traf den Vers: großes Glück und große Freud wirst du haben allezeit. Darum wird der Herr segnen, was wir vorhaben, und Freude und liebliches Wesen in Jerusalem sein, Sela! – Richardchen! Punkt vier, beim Kaffeetrinken ist Verlobung.

Verlobung? Rief ich staunend, konnte jedoch für den Augenblick von der Geheimnisvollen weiter nichts herausbringen. Verlobung? – murmelte ich vor mich hin, und das Herz pochte mir wie ein Kupferhammer. – Sollte es dennoch wahr und wirklich sein, was die bange Seele kaum zu hoffen wagte? Sollte der Tag der Freude mir aufgegangen sein? Sollte? – sollte? – Nun, wir werden ja sehen! Halb im Traume ging ich in meinem Zimmer herum, nahm ein Buch in die Hand, aber ich hielt es verkehrt, wollte schreiben, aber die Finger zitterten, wollte auf dem Fortepiano spielen, aber die matt herabsinkenden Hände waren keines Tones mächtig. Ewig, ewig währten die paar Stunden. Der Zeiger der Turmuhr vor meinen Fenstern rückte nicht von der Stelle. Ich hätte in meiner unbeschreiblichen Angst hinaufrennen und die Zeit mit der Peitsche vorwärtstreiben mögen. Sehnsuchtsvoller sind niemals Minuten gezählt worden. Endlich, endlich schlug doch die verhängnisvolle Stunde. Da setzte sich schräg gegenüber, aus der Kürschnergasse, das hochadelige von Muschelsche Haus in Bewegung, vornweg der hinkende Herr mit seinem Krückenstabe und mit Pelzstiefeln, gravitätisch am Arme die in nobeler Dürrheit klappernde Gnädige führend, hinter ihnen die zwei holdseligen Töchter, den stattlichen Embonpoint, mit dem sie die Zeit und reichliche Erfahrung gesegnet, ebenso zur Schau tragend, wie die Torheiten der neuesten Pariser Mode, und hinter ihnen der betresste Bengel, der sich Kammerdiener schelten ließ.

Mir wurde eiskalt. Wie Schuppen fiel es von meinen Augen, denn nun war es mir gewiss, dass keine andere Verlobung gefeiert werden solle, als – meine eigene und mit niemand anderem als – mit der vermaledeiten Muschel. Daher die Freundlichkeit der Mutter, die der Geliebten schmerzliche Entsagung abgedrungen. *Daher* der letzte, wehmütige Abschiedschrei der Geopferten. – Verruchte Schlangentücke! – O du liebliches Wesen in Jerusalem! Du kostbares Stechbuch! Du Lügenklee! Was soll ich tun? – Soll ich fortlaufen und die respektable Leserschaft mit der Hauptperson des Narrenspiels im Stiche lassen, oder soll ich heruntergehen und sie blamieren? – Soll ich mit der Kühnheit der gerechten Sache hintreten und dem Fasse den Boden ausschlagen? – Ach, soll ich damit den armen, schwachen Vater in die Grube stürzen? – Diese Fragen wechselten in meiner schwankenden Überlegung. Nein, – siegte endlich mein Grimm –

nicht fortlaufen, heruntergehen willst du und mit aller menschenmöglichen Petulanz *ihnen* die Schellenkappe über die Köpfe werfen, die sie *dir* zugedacht. Ja, so soll es sein! Und lustig, eine ganze Hölle voll Teufel in der Brust, tanzte ich singend die Treppe hinab und trat in die Visitenstube.

Da saß die ganze Gesellschaft rund um den, mit dem rotbunten Festtuche gedeckten Tisch, schlürfte das duftende Schälchen und speiste Kuchen. Was ich mir ausstudiert zur höhnischen Begrüßung, kam nur halb zum Vorschein, denn mitten in der ironischen Rede sah ich *sie*, meine Sabine, abgewandt am Fenster stehen, mit den Fingern vor sich hin auf das Fensterbrett trommelnd, im einfachen, weißen Kleidchen. Niemals war sie mir reizender erschienen, obschon, wie gesagt, das holde Gesicht, abgewandt von allem, was in der Stube, durch die Glasscheiben auf die Gasse schaute.

Da erhob sich die Mutter mit den Worten: Jetzt mag er hereinkommen, öffnete die Tür und rief: Habakuk!

Wie eine Bachstelze hüpfte der ins Zimmer. Ein hellbrauner Frack mit apfelgrünem Futter und tassengroßen, blanken Stahlscheibenknöpfen, paille Unterkleider, raupenstreifige Strümpfe kleideten den Trefflichen. Ein ungeheurer Blumenstrauß an der linken Seite der Brust langte mit seinen herausspringenden Orangenblättern und Ranken bis an den Kropf, der das blau und rot getigerte Halstuch schwellte, von dessen Mitte herab bis zum Nabel ein von Stärke starrender, wurmförmig sich schlängelnder Busenstreif die Hängewampe in zwei gleiche Hälften schlitzte. Sein gepudertes Haar schimmerte wie die Morgenröte durch weißen Nebel. Der Buckel hinten bildete einen vollkommenen Rutschberg. Ein heiseres Grölen wollte zu dem demütigen Scharrfuße etwas einer künstlichen Begrüßung ähnliches vorbringen; aber der Versuch missglückte und nur unzusammenhängende Zisch- und Schnalzlaute kamen zum Vorschein.

Lass Er's nur gut sein, Mosjö Habakuk! Nahm die Mutter das Wort und präsentierte nun den Würdigen der Gesellschaft als Bräutigam der Jungfer Sabine, von der er jetzt das feierliche Jawort in förmlicher Verlobung erhalten solle.

Ich erblasste. *Das* hatte ich nicht erwartet. Er? – stammelte ich und hielt mich an den Stuhl, dass ich nicht zu Boden sank. – Er und Sabine?

Ja – lächelte die Mutter – das ist nun richtig. Er pachtet das Vorwerk in Entenlache, und in vier Wochen ist die Hochzeit, die *ich* ausrichte.

Und Sabine? Rief ich und blickte nach ihr, die noch immer abgewandt am Fenster stand.

Es ist ihr Wille! – antwortete die Mutter. – Nicht wahr, mein Kind? Tritt näher und erkläre vor hochgeehrter Gesellschaft, ist es dein wahrer, freier, ernstlicher Wille, den ehrbaren Junggesellen Habakuk Froschlaich zu deinem Manne zu erkiesen?

Ja, – antwortete Sabine, nähertretend, – es ist mein wahrer, freier, ernstlicher Wille.

Rund herum drehte sich mir die Stube. In einem schrecklichen, spukhaften Traume fühlte ich mich befangen. Teufel und Affen mit langen, entsetzlichen Schwänzen und Menschen mit Hundsgesichtern umtanzten mich und streckten die Krallen nach mir und die blutroten Zungen. Ich wollte schreien. Aber die Stimme erstarb mir. Da weckte mich plötzlich das Rabenge-krächz des Zwerges: liebwerteste Jungfer, so gebe Sie mir zum Zeichen das süße, zarte Patschhändelein!

Sabine, – fuhr ich dazwischen – Sabine, ist es möglich, du, du könntest? – Du –

Ohne auf mich zu hören, reichte sie ihm die Rechte und schäkerte lachend: Nimm die Hand, sie folgt dem Her-zen!

Nun so segne Gott – ermannte ich mich – eueren liebli-chen Bund und die Entenlache eueres Lebens! Seid fruchtbar und füllet die Erde mit allerlei Gewürm, wenn ich dir, Bester, bis dahin nicht etwa das Gedärm aus dem Leibe trete!

Hi, hi, hi! – grinste der Zwerg. – Wie spaßhaft doch der junge Herr sind! Nun, Bräutlein, kröne mein Vergnügen, tu' dich an meine Brust verfügen, besiegle den ge-schlossnen Kauf und gib mir einen Kuss darauf! Und damit spreizte er die Orangutang-Arme weit nach ihr und spitzte das ekelhafte Maul.

Ja, einen Kuss! Einen Verlobungkuss! Riefen die ki-chernden Fräulein, und die Mutter wollte die Braut in die Krebsscheren des Ungetüms drängen. Da wich sie zurück, wehrte mit den Händen und sagte: Schatz, dazu hat es Zeit, wenn ich –

Das Ende der Rede verging in unklarem Gemurmel. Mich aber überlief bei dieser höhnenden Teilnahme der Gnädigen übermenschliche Bosheit. Diese und Ver-zweiflung exaltierten mich zur höchsten Stufe der Petulanz. Hochrespektable Gesellschaft, – rief ich – das Verloben ist eine zu liebliche Sache, als dass mir nicht die Lust ankommen sollte, es selber zu probieren. Mein Herz ist eingezwickt von der holdseligsten aller Perlenmuscheln! O Rebecka! Süßer Meerengel! Zu Ew. Hochwohlgeboren Füßen fleht der schmachtendste aller Pfefferkönige um Gegenliebe!

Richard, Richard! – zitterte der Vater in bangem Angstrufe, wollte vom Tische aufstehen und sank zurück. – Richard, was machst du?

Profitons nous de l'extase de ce drôle! Zischelte Mama Salzinspektorin der erstaunten Rebecka zu.

Ein Basiliskenblick der Mutter flog hinüber nach dem Vater, der sich noch ermutigte zu den Worten: Es ist mein Sohn, mein einziges Kind! Die jedoch bald in furchtsames Schweigen erstarben. Sabine stand erblasst. Der Zwerg sperrte das Maul auf, ich aber lag vor meiner Dulcinea auf den Knien wie ein Theaterprinz, und stieß laut trillernde Seufzer aus. Ach, Schönste, – lamentierte ich – lassen mich Hochdieselben nicht vergehen in unendlicher Liebe und Sehnsucht! Wird mir die Hand zum Bunde, wie segn' ich dann die Stunde, die heilt des Herzens Wunde! Bin ich denn schlechter als der Pächter der Entenlache? Hier vor der lieben rauchenden Gottesgabe und vor dem glänzenden Dickkuchen schwöre ich, Ew. Hochwohlgeboren de- und wehmütiges, gehorsames und getreues Eheschaf zu sein bis in mein seliges Ende!

Sie sind ein Schalk, Herr Zobel! – lächelte Rebecka etwas bittersüß, als müsse sie eine Rhabarberpille hinabschlucken. – Doch da ich Ihr edles Herz und die Aufrichtigkeit Ihrer Gesinnungen kenne, so empfangen Sie denn auch von mir, mit Genehmigung meiner gnädigen Eltern, Herz und Hand.

Wir gratulieren! Wir gratulieren! Riefen alle. Nur mein Vater schwieg und Sabine.

Ich war also auch verlobt und sollte nun weiter an der Gesellschaft teilnehmen. Aber es kochte in mir, und mit der Entschuldigung dringender Geschäfte verließ ich das Zimmer und stürmte hinaus ins Freie. Die Petulanz war verflogen, an ihrer Stelle blieb Ingrimm und Wut. Nichtswürdiges Geschlecht, – tobte ich vor mich hin – Teufel in Menschengestalt! Beißige Furien im Alter, hämische Katzen in der Jugend, die aus den Sammetpfötchen mit den zerfleischenden Krallen herausfahren, wenn sie den rechten Augenblick und das Opfer erlauscht! – Ist *das* die ewige Liebe?

Und dass nun vollends die Muschel mich Toren wirklich eingezwickt in ihr schnödes Gehäuse, dass sie mit besonnener List aus meinen tollen Possen Ernst gemacht, das fiel mir wie Blei auf die Seele. Ich sah mich gefangen in schmählichen Fesseln und um meine Zukunft sich türmende Felsen, aus denen nicht Weg und Steg zu finden. Verzweifelnd zertrat ich die Blumen, die um mich blühten, stampfte wild in Ameisenhaufen, um, so viel Leben als möglich zu vernichten. Was seid ihr besser als ich, ihr in euerer Unschuld! – wütete ich. – Bin ich nicht auch unschuldig? Und zertritt mich nicht auch das Schicksal?

So außer mir lief ich herum bis spät in die Nacht, wo ich mit dem Entschlusse mich aufs Lager warf, allem, was Weib ist, entweder mit Verachtung aus dem Wege zu gehen, oder mit Feindschaft entgegenzutreten. *Sie,* die mich so schändlich betrogen, wollte ich nun gar keines Wortes, keines Blickes mehr würdigen. Und doch schnitt es mir durch das Herz, dass das eben so sein müsse. In unruhigen Träumen wälzte ich mich. Bald schleppten mich stämmige Mohren, wie eine Fliege zappelnd, in ihren Riesenfäusten zum Traualtare, an die Seite der in schwerem Goldbrokate starrenden Muschel. Bald war ich davongelaufen, unter die Seelenverkäufer geraten und auf der Fahrt nach Indien, bald auf der Insel Java verurteilt, Upasgift zu holen, und der Upasbaum war Rebecka und langte nach mir mit den Ästen. Bald saß ich an meinem Schreibtische, zärtlich von Sabinens Arm umschlungen, die mir über die Schulter sah. Ich wandte mich zum liebenden Kusse um, aber es war nicht Sabine, es war der Buckelige. Vermaledeiter Unhold! Schrie ich und wollte das Tintenfass nach ihm werfen, wie Doktor Luther nach dem Teufel. Aber ich sah, dass ich ja gar nicht am Schreibtische sitze, dass ich im Bette liege, und in der frühen Morgendämmerung wirklich und wahrhaftig der Pächter von Entenlache den Kopf zur geöffneten Tür hereinsteckte. Ehe ich den Stiefelknecht ergreifen konnte, um ihn nach meinem Teufel zu schleudern, hörte ich ihn grölen: Der junge Herr sollen sogleich herunterkommen, es ist etwas Wichtiges passiert.

Was, was? – fuhr ich erschrocken empor. – Was gibt's? – Doch der Kopf war verschwunden. Irgendein Unheil ahnend, warf ich mich schnell in die Kleider und eilte hinunter in die Ladenstube, wo ich die Eltern fand, die

Mutter mit blauen klappernden Lippen, den Vater kraft-los im Lehnstuhle sitzend.

Um Gottes willen, – rief ich – was ist geschehen??

Unglück! – stammelte der Vater. – Koschel Ephraims Wechsel sind falsch. In diesem Augenblicke erhalte ich per Estafette von R. die Nachricht.

Falsch? Fiel ich erstarrt ein. Denn dieser polnische Jude von der russischen Grenze hatte vor einigen Tagen von uns persönlich auf jene Papiere zehntausend Taler erhalten.

Ja, falsch! – nahm die Mutter das Wort. – Rette, was zu retten möglich. Nach sicheren Spuren nimmt der Spitzbube seine Flucht über Königsberg in Preußen. Jeder Augenblick ist kostbar, keiner zu verlieren. Darum ist die Extrapost schon bestellt und gleich hier. Du musst ihm nach.

Ein neuer Sturm brausete in meinem Inneren, das Gefühl des drohenden Verlustes und die Notwendigkeit, so schnell und gerade jetzt zu reisen. Bald war es mir, als könne, als dürfe ich jetzt gar nicht fort, als müsse ich durch mein Bleiben größeres Unglück verhüten. Bald wieder war mir die Reise willkommen, weil sie mich aus allem Lug und Trug, aus allem Elende, das hier über mich hereingebrochen, heraushebe, vor allen Dingen, weil ich durch schnelle Entfernung *ohne Abschied ihr* meine Verachtung zeigen könne, deren Hochzeit in vier Wochen sonach meiner Beachtung gar nicht einmal wert sei. – Ja – rief ich – ich reise. Auch blieb mir keine andere Wahl. In einer kleinen halben Stunde war mein Koffer gepackt, der Postwagen vor der Tür. Sabine ließ sich nicht sehen, obschon sie mir das Frühstück bereitet hatte. Recht gut! Murmelte ich vor mich hin, indes mein Herz seufzend den Mund Lügen strafte. Der Abschied vom Vater war traurig. Ein langer Händedruck, ein nasser, wehmütiger Blick schien mir zu sagen: Zum letzten Male auf Erden haben wir uns gesehen.

In schnellen Taubenfluge ging es nun dem Flüchtigen nach, auf dessen richtiger Spur ich war und der nur einen geringen Vorsprung vor mir voraus hatte. Die Möglichkeit eines bedeutenden Verlustes meiner Habe machte mich also nicht besorgt, denn bald hoffte ich, den Betrüger dingfest zu machen. Aber das, was ich zurückgelassen in der Heimat, was da mein Herz mit Wonne, Angst und Grimm erfüllt, das stand mir in der Einsamkeit meines Wagens unablässig vor Augen. Wie soll das enden? Wie kommst du aus der elenden Schlinge, in der du dich gefangen? Wie ist es denkbar, dass *sie*, das Musterbild jeder Mädchentugend und Anmut, *sie*, die dir ewige Liebe geschworen in süßen, himmlischen Augenblicken, dass *sie* ihr Wort so heimlich, so tückisch, so lachend brechen und sich dem erbärmlichsten Auswurfe der Menschheit hingeben konnte? Diese Fragen ließen mir weder Rast, noch Ruhe.

Da sind der Herr Bruder doch sehr borniert gewesen! – unterbrach der Pastor Primarius den Erzähler. – Mir an Euerer Stelle hätte das nun gar kein Rätsel sein können.

Freilich Euch nicht, – entgegnete der Kommerzienrat – dessen Handwerk die Tugend und Moral ist und der es weiß, was im Buche *Ciceronis de officiis* geschrieben steht und was der große Kant lehrt, den ich bald von Angesicht zu Angesicht kennenlernen sollte. Aber das wusste

ich nicht. Wie hätte ein fünfundzwanzigjähriger Laden-
wurm dazu kommen sollen, der genug damit zu tun hatte, sich im Fache und in den Sprachen festzusetzen, und
der Werthers Leiden und Sophiens Reise von Memel
nach Sachsen kaum dem Namen nach kannte? Genug,
ich *war* so borniert und tappte in verwirrender Ungewissheit und fuhr, gerade so klug, als ich ausgefahren,
bei der Haberbergschen Kirche vorbei, immer die Vor-
stadt herunter, über die grüne Brücke, in die Kneiphof-
sche Langgasse des freundlichen Königsberg ein. Freu-
denvoll war mir jedoch diese Ankunft am gehofften Ziele meiner Reise nicht. Denn die erste Nachricht, die ich
einzog, war die, dass mein Jude gestern nach Pillau ab-
gegangen, wahrscheinlich, um sich auf einem da in La-
dung liegenden Engländer nach Amerika einzuschiffen.
Augenblicklich flog ich ihm nach. Verlorene Mühe!
Denn als ich nach Pillau kam, hatte das Schiff seit sechs
Stunden in See gestochen. Vom Lotsenturme sah ich nur
noch tief im Westen die englische Flagge, und meine
Flüche folgten dem nun unerreichbaren, verruchten Bö-
sewichte, der mich um ein Fünfteil meines Vermögens
gebracht. Niedergeschlagen kehrte ich nach Königsberg
zurück in das befreundete Haus, das mich gastlich aufgenommen. Nur Trauriges konnte ich nun den Eltern
berichten. Eile bei der Rückreise war nicht nötig, wohl
aber Ruhe und Erholung für mich, den die Anstrengun-
gen der Schnellfahrt, Gram und Kummer körperlich und
geistig abgespannt. Wohl wandelte ich oft einsam unter
den bereits abfallenden Blättern des philosophischen
Ganges, wohl freute ich mich im schaukelnden Kahne
des herrlichen Panoramas des Schlossteiches, wohl saß

ich sinnend auf den Huben, im romantischen Garten des edlen Verfassers der Lebensläufe nach aufsteigenden Linien, unter den herbstlich bunten Bäumen, am Steine, der über dem eingesunkenen Grabhügel mit den Worten: ich, du, er, wir, ihr, sie, das Los des Staubgeborenen so wahr und so wehmütig predigt; doch alle diese Herrlichkeit vermochte den Sinkenden nicht mehr aufzurichten. Was ihn vollends zu Boden warf, war eine akademische Vorlesung, in die mich mein Freund mitgenommen, damit ich doch sagen könne, ich habe auch zu Königsberg in einem Kollegio bei einem berühmten Manne hospitiert. Dieser berühmte Mann war der damals hochgefeierte Professor der Philosophie und Ästhetik, Krause. Denkt euch einen kleinen, mageren Hypochonder, der seinen Vortrag nicht selten mit bitterem Weinen unterbrach und oft das Auditorium in der Unmöglichkeit verlassen musste, weiter fortzufahren, und ihr werdet nicht begreifen können, wie *dieser* Mann imstande gewesen, Geist und Herzen seiner zahlreichen Zuhörer unwiderstehlich zu fesseln. Und doch war dem also. Auch mich ergriffen die Worte dieses Enthusiasten mit einer nie gefühlten Gewalt. Er sprach über die Aufopferungen der Liebe.

Die Anekdote wird ihnen bekannt sein, meine Herren, – sagte er – dass ein Großer in Paris sich zum Sterben in eine junge, schöne, tugendhafte Schauspielerin verliebte, dass er vergeblich ihr alle Schätze der Welt als Kaufpreis ihrer Tugend geboten, dass er sich endlich entschlossen, sie zu heiraten, dass dies den jungen, schwärmerischen Mann um die Freundschaft seiner Familie und um die Gunst des Königs gebracht und ihn endlich gereut haben würde, dass die Schöne den feurigen Anbeter selbst innig geliebt, dass am Tage, als er ihr den förmlichen schriftlichen Heiratsantrag gemacht, sie den eben anwesenden Friseur gefragt: Mein Herr, sind Sie verehelicht? Auf sein: Nein, mit dem erstaunten Glücklichen, der jedoch auf die eigentlichen ehelichen Rechte verzichten und sich mit dem Wohlbefinden des Reichtums begnügen müssen; flugs zur Kirche gefahren und sich mit ihm trauen lassen und den Geliebten den Tag darauf mit dieser Bekanntmachung als Antwort auf seinen Antrag überrascht, dass der Geliebte in den ersten Augenblicken seiner Verzweiflung zwischen Dolch und Pistole geschwankt, es aber bald gut sein lassen und die heroischen Aufopferungen der Angebeteten dankbar im Arme einer ebenbürtigen Gemahlin gesegnet; das, meine Herren, wird Ihnen, wie schon gesagt, bekannt sein, und Sie werden sich des Gefühls der Bewunderung nicht haben enthalten können. Die Handlung der Schauspielerin ist auch allerdings bewundernswürdig. Aber wir wollen sehen, ob sie wirklich und wahr nur Aufopferung für das Wohl des Geliebten gewesen. Sie *kann* es gewesen sein, ich bin weit entfernt, mit apodiktischer Gewissheit das Gegenteil zu behaupten. Doch ist es mir viel wahrscheinlicher, dass ihr die weniger großen Motive der Klugheit und der Sorge für sich selbst zum Grunde gelegen. Fürs Erste, die Heldin war eine Französin. Sie konnte voraussehen, dass die Geschichte mit Posaunenstößen der Lobpreisung, wie es auch wirklich geschehen, bekannt werden, dass dadurch ihr Interesse bei dem Publiko unendlich gewinnen würde. Und welche Französin, die zugleich Schauspielerin ist, würde sich noch jetzt auch nur einen Augenblick bedenken, solchem Effekte den Traum einer Liebe zu opfern, die ja doch in ihrer Lage sehr vergänglich sein musste? – Noch mehr! Sie sah dieses Schnellvorüberfliegen des schönen Rausches ihres Anbeters voraus. Was war dann ihr Los? – Vernachlässigung, Kränkungen jeder Art, Kummer, vielleicht Mangel. Nein, – dachte sie daher besonnen, denn eine französische Schauspielerin kann nicht anders als besonnen handeln – lieber *so* als *so*, und schloss ein Scheinbündnis, das, da die Ehe nicht *vollzogen* wurde, selbst nach den Grundsätzen der Kirche jeden Augenblick wieder aufgelöst werden konnte. – Was sagen Sie nun, meine Herren? War die Handlung der Schauspielerin noch Aufopferung der Liebe? Verdient sie unter diesen Umständen den heiligen Kranz unserer Tränen?

Setzen Sie dagegen den Fall: Ein armes, schönes, deutsches Mädchen diene bei einer reichen, vornehmen Herrschaft, der Sohn des Hauses, vielleicht der *einzige*, verliebe sich in sie, gestehe ihr seine Neigung, schwöre ihr, sie nicht zu lassen, alle Hindernisse ihrer Verbindung zu beseitigen, es koste, was es wolle, gesetzt auch, *sie* liebe ihn unaussprechlich, sehe jedoch ein, diese Liebe werde Hass und Zwiespalt zwischen Sohn und Eltern, wahrscheinlich für immer zur Folge haben, der Geliebte, den die Zeit auch über ihren Verlust trösten könne, werde glücklicher *ohne* sie als *mit* ihr sein, wenn der erste Schmerz verwunden, gesetzt, sie greife nun im Sturme dieses Schicksals nach dem letzten rettenden Halme, nach dem ersten sich darbietenden, selbst nach einem Elenden, Unwürdigen, von dem allen, und warum sie es tue, käme keine Silbe, nicht die fernste Andeutung über ihre Lippen, sie opfere sich still, damit kein innerer Vorwurf, kein Mitleid des Geliebten Ruhe störe, und wäre unglücklich zeitlebens, damit der Geliebte glücklich sei, und ertrüge schweigend den Hohn, die Verachtung des Verkennens, nichts tröste sie als ihr Bewusstsein, das dennoch die gebrochene, zertretene Blume nicht abhalten könne, zu verwelken in Staub und Vergessen; o – meine Herren, für *diese* sparen Sie Ihre Tränen, *diese*, die schweigend duldet für den Mann ihres Herzens, verdient – –

Ein Geräusch im Hörsaale unterbrach den Professor. Einer der Anwesenden war umgesunken. Man lief nach Wasser, nach kräftigen Essenzen, rieb und wusch den Ohnmächtigen und trug ihn, der halb sinnlos nur matt lallen konnte: o Sabine, o Sabine! Nach Hause. Und *der*, lieben Freunde, der Vernichtete war – ich.

Der Erzähler hielt inne in langer Pause bewegter Rückerinnerung. Auch alle anderen schwiegen gerührt. Da schaute das freundliche Gesicht der Wirtin durch die Spalte der geöffneten Tür des anderen Zimmers und fragte: Bist du fertig, Väterchen?

Noch nicht! – antwortete *der* mit innigem Winke der Liebe. – Alleweile tragen sie mich aus dem Hörsaale des Professors Krause zu Königsberg. Ehe das stille Wasser kommt, kannst du noch das laute, den Punsch, brauen.

Sanft zog sich die Tür wieder zu, und der Erzähler fuhr fort:

Dass mir nun der blöde Sinn aufgetan war, dass ich ein verlorenes Paradies hinter mir liegen sah, dass Sabinens Liebe und Opfer, ihr namenloses Unglück wie ein

Schwert mein Herz durchdrang, dass dies und das Vorhergegangene mich auf ein langes hartes Krankenlager warf, das, lieben Freunde, werdet Ihr sehr natürlich finden. Nur der liebreichsten Pflege, nur der sorgfältigsten Behandlung des Hofrates Metzger, dem leicht die Erde sei, danke ich mein Leben. Weihnachten war lange vorbei, als ich mich wieder imstande fühlte, die Rückreise zu wagen. Ach, meinen Vater fand ich doch nicht wieder, das war mir von meinen liebreichen Pflegern in einem milden Säftchen beigebracht. Ich hatte wahr geahnt und – Sabine? – Von *der* schwiegen die Briefe der Mutter gänzlich. *Die* saß auch schon in der verruchten Entenlache und grämte sich das junge Leben ab – um mich. Musste denn gerade *das* vonnöten sein, – jammerte ich – um sich mir zu entziehen? Konnte sie nicht lieber fortlaufen in die weite, fröhliche Welt, die für sie, die holde Tugendhafte, noch Blumen der Freude gehabt haben würde? Ich zitterte, die Heimat wiederzusehen. Nichts Liebes erwartete mich da. Vor der Mutter schauderte ich, wie vor einer Erinnye, die zwischen mich und mein und Sabinens Lebensglück getreten. An meine Verlobte, und was nun mit der werden solle, konnte ich ohne Entsetzen gar nicht denken. Ich verwünschte mein elendes, freudenloses Dasein und stieg traurig, am Abende des siebenten Aprils vor unserem Hause aus dem Wagen.

Wer malt mein Erstaunen, als die Tür mir aufgetan wurde von – Habakuk.

Wie? – fragte ich hastig. – Er noch hier? Er sitzt noch nicht in der Entenlache?

Wie Sie sehen! Krächzte der Buckelige.

Und er ist auch noch nicht verheiratet? Drängte ich angstvoll.

Die Jungfer wartet auf den Großmogul, – höhnte der Zwerg – der sie aus der Papiermühle holen soll, in die sie jetzt zu Ostern zieht.

Und wo ist sie? Fuhr ich zitternd zu fragen fort.

Droben – war die Antwort – bei der kranken Frau Mutter.

Fast außer mir flog ich die Treppe hinauf zur Schlafstube der Mutter. Kaum war ich vermögend, ohne schreckende Heftigkeit die Tür zu öffnen. Da stand sie, die verloren Geglaubte, die noch mein war, die ich nun niemals wieder aus meinen Armen zu lassen gedachte, am Bette der Kranken, die mich mit schwacher Stimme, doch zärtlich willkommen hieß. O wie gern hätte ich die Wiedergefundene an meine Brust gerissen. Allein, das ging nicht. Sie war auch fort, ich wusste nicht, wie. Nach ihr weiterzufragen und woher es komme, dass sie noch nicht Frau Pächterin sei, dazu war auch jetzt nicht der Augenblick. Ich musste also das, was mich am meisten drückte, auf dem Herzen behalten und ein Langes und Breites von meiner verunglückten Expedition, von meiner Krankheit, von Königsberg, vom Hundertsten und Tausendsten erzählen. Doch nahm mich eine besondere, noch niemals so an der Mutter verspürte Milde gar groß wunder. Das ist die Zuchtrute Gottes, – dachte ich – die Krankheit. – Ich irrte. Diese Krankheit war ihr gewöhnliches Rheuma, das sie, wie auch sonst schon, einen oder ein paar Tage auf das Bett warf und dann wieder auf Tage und Wochen verließ, wie sie mir das gleich selbst sagte, damit ich nicht etwa ihretwegen in allzu großer Angst sei. Endlich kam doch zum Vorscheine, wonach ich mich sehnte. Die Mutter erzählte mir, dass Sabine nach meiner Abreise ganz anders geworden, den Zwerg nicht habe vor Augen sehen können, der sich freilich brutal genug gegen sie benommen, und dass sie kurzweg erklärt habe, ihr Jawort sei Übereilung gewesen und sie würde lieber ins Wasser springen als den Habakuk zum Manne nehmen; Fräulein Beckchen sei darüber wie rasend geworden und habe darauf gedrungen, das obstinate Geschöpf, deren törichte Einbildungen und Ideen hinlänglich bekannt, aus dem Hause zu schaffen, was denn auch jetzt zu Ostern geschehe, wo sie in die Papiermühle ziehe, mit fünfzehn Talern Lohn, einem Dukaten zu Weihnachten und einem Gulden alle Jahrmarkte. Da könnte sie sich denn auch mit der Zeit noch einmal gut versorgen, weil in der Mühle jeden Augenblick einmal ein Lehrling- oder Gesellenbratenfest sei, bei welchem allerlei hübsche Leute, als Dorfschulzen, Schulmeister, Jäger und dergleichen, hinkommen.

Und Sabine will –? Fiel ich hastig ein.

Warum sollte sie nicht? – antwortete die Mutter. – So ein Dienst kommt ihr sobald nicht wieder. Eigentlich müsste sie schon den Gründonnerstag hin, aber sie hat mich gar demütig und dringend gebeten, dass sie bis zum heiligen Abende bleiben möge, ich weiß nicht, warum. Nun, auf den Tag kommt es nicht an.

Also sie flieht! – rief ich vor mich hin. – Der Froschlaichkelch war ihr also doch zu bitter, und sie wählt das Letzte, was außer dem Ins-Wasser-springen noch übrig. Recht so, Sabine! Du sollst auf deiner Flucht nicht weit kommen, am allerwenigsten in die Papiermühle! Sie mögen die Lehrling- und Gesellenbraten ohne dich spicken und speisen! Sei ein Mann, Richard!

Warum kommt Binchen nicht mit an den Tisch? Fragte ich bei der dritten Mahlzeit, bei der für sie, wie bei den vorhergehenden, nicht gedeckt war.

Binchen? Binchen? – dehnte die Mutter. – Ei wie zuckersüß! Nun, weil es Fräulein Beckchen verboten.

Sie? – entgegnete ich erstaunt. – Was hat *die* in unserem Hause zu verbieten? Und *Sie*, Mutter, lassen sich das gefallen?

Die Mutter schwieg.

Ich war nach meiner Rückkunft noch mit keinem Tritte bei Salzinspektors gewesen. Zwei Tage hatten sie meiner untertänigen Aufwartung entgegengesehen. Da nichts erfolgte, kam am dritten die Braut zu *uns*, mich als präsumtives Eheschaf über diese Vernachlässigung meiner Schuldigkeit, wie sie es nannte, gehörig abzurüffeln. Ganz ungescheut ließ sie ihrer Galle den freiesten, bisher noch nie gekannten Lauf, sprach von unbesonnenen kaufmännischen Geschäften, die manch schönes Vermögen zu Wasser machen, von Kommiseration, die man üben müsse, wenn man einmal sein Wort gegeben, von Herablassung und – was weiß ich, von welchen großen Rosinen noch.

Ich schwieg. – Die Mutter schwieg auch.

Im Hause schaltete und waltete die Gnädige nach Willkür. Die ganze Sippschaft machte es wie sie. Sie ordnete an, wann und wie gewaschen und gebacken werden, was die Mutter für eine Haube aufsetzen, was gekocht werden sollte.

Und *Sie*, Mutter, – fragte ich wiederum erstaunt – *Sie* lassen sich das gefallen?

Was tut man nicht – antwortete sie ärgerlich – des Besten eines Kindes wegen?

Das Kind – rief ich aufgebracht – erkennt dieses Beste für das Allerschlechteste, Nichtswürdigste. Kurz und gut, *diese* Wirtschaft, *diese* Anmaßung, *Ihre* Herabwürdigung, Mutter, dulde ich nicht! Und solchen Drachen heirate ich auch nicht!

Du musst! – entgegnete die Mutter. – Du bist verlobt!

Verlobt? – lachte ich höhnisch. – Ha, ha, ha, über die Verlobung! Ein Possenspiel war es. Ich sollte der Narr sein, aber sie mag an meine Stelle treten! O Mutter, öffnen Sie Herz und Augen für mein wahres Wohl. Eine ganz andere, liebende Hand kann in unserem Hause – nicht herrschen – nein, Ihr und mein Leben mit Sanftmut und Treue verschönern! Sie wird –

Ich kenne die Hand! – unterbrach die Mutter mich heftig. – Daraus wird nichts! Was soll dir die nackende Dirne, die Köchin, und nun gar jetzt nach dem Unglücke? Gerade jetzt muss man des Salzmagazins wegen ein Auge zutun.

Wir brauchen ihr Salzmagazin nicht! – eiferte ich. – Fleiß und Wirtlichkeit, nur das ist vonnöten. Und ist Sabine nicht fleißig und wirtlich?

Die Mutter schwieg.

Ist sie nicht sanft, wie ein Lamm? – fuhr ich fort. – Blüht sie nicht in Unschuld und Schönheit?

Die Mutter schwieg.

Und wer pflegt Sie mit Liebe? – stammelte ich, die Hand der Mutter ergreifend, mit Tränen im Auge. – Wer wacht bei Ihnen in den schmerzhaften Leidensnächten? – Sabine oder Rebecka?

Genug, – fuhr die Mutter auf – es soll nicht sein, und heute noch müsste sie aus dem Hause, wenn ich nicht schon versprochen hätte, sie noch bis zum Heiligen Abend zu behalten!

Ei, wie gütig! – knirschte ich bitter. – Und warum will sie denn gerade noch den Karfreitag hier sein?

Frage sie! – antwortete die Mutter. – *Dir* wird die Schlange schon das Warum entdecken. Aber das irrt mich nicht, und was ich will, muss doch geschehen.

Wie gern hätte ich sie gefragt! Ach, wie rang ich nach einem Augenblicke, mit ihr nur ein einzig paar Worte zu sprechen. – Umsonst! Sie vermied jede Gelegenheit, und so kam denn in Zagen und Hoffen die Osterwoche heran. Mein Entschluss war gefasst. Gerade im Augenblicke, wenn am Sonnabende Sabine das Haus zu verlassen im Begriffe, wollte ich sie *nolens volenz* in meine Arme schließen, mit ihr vor die Mutter treten und den letzten Versuch der Güte wagen. Schlug *der* fehl, dann sollten Recht und Gesetz sprechen. Vor den Muscheln fürchtete ich mich nicht. Die schaffte ich mir vom Halse. Nur der Gedanke des Unfriedens in meinem Hause mit meiner Mutter, wenn sie auch nur meine Stiefmutter war, lag mir schwer auf der Seele, und noch sah ich keinen Ausweg aus diesem Labyrinthe.

Der liebe Gott hatte ihn lange schon gesehen und bereitet.

Nur noch ein einziger Tag, der Karfreitag, lag zwischen dem verhängnisvollen Sonnabendmorgen, an welchem alles entschieden werden sollte. Schon hatte ich mein Leid, meine Sehnsucht und Bangigkeit am Gründonnerstagabend in die Wellen des Bettes versenkt, das *sie* mir nun bald nicht mehr betten sollte. Doch diesmal war mir das Lager nur eine Folterbank. Schon die allerfrüheste Morgendämmerung fand mich wach, und unruhig warf ich mich bald auf diese, bald auf jene Seite. Da war mir's, als hörte ich brausten im Gange, vor der Schlafstube der Mutter, an der Treppe ein Geräusch, und es klang wie die Stimme der Mutter. Ich horchte, ich lauschte. – Alles war wieder still. Ich wühlte mich ins Kissen ein, um womöglich noch eine Stunde zu schlafen, und ahnte nicht, dass in diesen Augenblicken das Los über meine Zukunft geworfen worden.

Heftiges Reißen im Arme hatte nämlich nach Mitternacht die Mutter nicht mehr schlafen lassen. Da bedünkte es ihr um die Morgendämmerung, als schleiche etwas leise aus Sabinens Schlafkammer nach der Treppe. Wer ist da? – ruft die Mutter zur schnell aufgerissenen Tür hinaus. – Niemand antwortet. Aber an der Wand hin huscht Sabine, fast ganz in ein weites Regentuch gehüllt und unter dem Tuche etwas Schweres vor sich hin schleppend. Diese Erscheinung und dass nicht einmal ein guter Morgen von Sabinen sie grüße, musste die Mutter allerdings befremden. Halt! – rief sie der Flüchtigen zu. – Was ist das? Wohin willst du? Was hast du da? – Keine Antwort erfolgte, vielmehr suchte die Eilige nur die Treppe zu gewinnen. Da überlief der Zorn die Mutter. Sie sprang nach, und mit den Worten: Du heimlicher, versteckter Balg! Flog ihre dürre Knochenhand um Sabinens Wangen, von deren Lippen kein Schrei, kein Seufzer kam, die aber der Misshandlung die Treppe hinunter entfloh.

Zitternd vor Grimm wankte die Mutter wieder in ihr Zimmer zurück, und die Unruhe darüber, was das alles zu bedeuten habe, folterte sie noch mehr als ihr Körperschmerz. Nur eine Stunde währte diese Unruhe, da klärte sich alles auf. Da kam – Rebecka, die noch vor der Frühpredigt zu Gottes Tische gehen wollte, weil ja bald nach Ostern in ihrer Einbildung die Hochzeit sei, um nach Brauch und Sitte, täppisch genug, der Mutter eine Art von Abbitte-Kompliment zu machen. Da kam aber auch – Sabine, schwach und matt und stellte einen mächtigen vollen Krug zu den Füßen der Mutter. Gott sei Dank! Seufzte sie, fast außer Atem und bat die Mutter, die nur das augenblickliche Staunen über diese neue unerklärbare Erscheinung von einem rauen Empfange abhielt, demütig um Verzeihung, dass sie vorhin so heimlich getan. Durfte ich denn reden? – stammelte sie. – Wäre da nicht alles vorbei und umsonst gewesen? Gott Lob! Ich habe geschwiegen und am Flusse für Sie gebetet, liebe Frau Muhme, und was ich hier bringe, das ist – wahrhaftiges – stilles Wasser! Damit waschen Sie, wenn ich auch nicht mehr bei Ihnen bin, den Arm, und Gott wird es segnen!

Alberne Dirne, – schalt Rebecka mit Furienblicke – bleibe Sie zu Hause mit Ihrem pöbelhaften Aberglauben! Beglücken Sie damit die Hadersammler in der Papiermühle! Und verächtlich stieß sie mit dem Fuße nach dem Kruge, dass er in Stücke sprang und die Flut des stillen Wassers sich über das Zimmer ergoss.

In Todesschreck erblasste Sabine.

Wie vom Donner gerührt starrte die Mutter und sank dann wehklagend: Gott, Gott! Und laut weinend, das Gesicht mit beiden Händen bedeckt, in den Lehnstuhl. Als sie nach langer Pause, in welcher Sabine noch immer regungslos stand und Rebecka mit Verwünschungen die seidene Schleppe und ihre Schuhe auf eine trockene Stelle zu retten suchte, wieder Herr ihrer Rede werden konnte, schwankte sie auf vor die Tür des Schlafzimmers, und ihr Ruf: Richard! Richard! Gellte durch das Haus, wie entsetzliches Angstgeschrei.

Was ist das? Fuhr ich am Schreibtische auf, über den soeben der erste Strahl der Morgensonne, – ach, der Verkünderin meines Glückes, – glänzte, und stürzte nach dem Zimmer der Mutter. Ein Wasserstrom floss mir entgegen. Rebecka rollte mit heraufgezogenem Kleide die Basiliskenaugen in spähender Erwartung, Sabinen hielt die Mutter mit dem gesunden Arme, als fürchte sie, ohne diese Stütze zu Boden zu fallen, hinter mir bog sich der Zwerg, den der Schrei auch heraufgesprengt, mit neugierigem Maulaufsperren zur halb geöffneten Tür herein.

Ums Himmels willen, was ist hier vorgegangen? Rief ich.

Ach, ich bin ja kein Unmensch! – sagte die Mutter mit jammernder, vom Weinen fast erstickter Stimme. – Ach, ich habe ja kein Herz von Stein, wenn ich auch lange verblendet gewesen! Ich fühle ja den Finger Lottes. Meiner Bosheit wegen tränkt das Wasser des Lebens den Boden! Die, welche es unbekümmert um mein frommes Vertrauen vergossen hat, der ist mein Wohl und Wehe ganz gleichgültig! Die, welche ich verfolgt habe, der ich im Herzen geflucht, die segnet mich! Nun, – so segne ich auch dich, mein Kind! Du sollst meine Tochter sein!

Was sie weiter sprach, das hörte ich nicht. Unverständliche Laute schwirrten um mein Ohr. Ich wusste nicht, ob ich noch wirklich lebe, ob ich wache oder träume. Ich war kalt und tot, als ich Sabinen in meinen Armen fühlte.

Rede doch, komme doch zu dir, Richard! – rüttelte mich die Mutter – Sabine ist ja dein!

Was sollte ich zu mir kommen? Ich fürchtete mich, dass nun der selige Traum zerrinnen werde in ein schnödes Nichts. Was sollte ich reden!

Begriff ich denn von allem, was hier vorging, auch nur das Geringste?

Doch wenige Worte reichten hin, mich über alles zu verständigen. Da ließ ich die Braut aus meinen Armen und bedeckte in überströmenden Gefühlen die Hände der Mutter mit meinen dankbaren Küssen.

Dieses Heilpflaster lege dem armen Kinde auf die Wangen! – lächelte die Mutter durch die Tränen. – Sie hat geschwiegen, sie hat geduldet, aus Liebe und Treue

– für mich. Kein Laut, kein Seufzen kam von ihren Lippen, und das ist die wahre Liebe!

Ja, sie hat geduldet – wiederholte ich – aus Liebe und Treue – auch für mich! Kein Wort, kein Seufzen kam von ihren Lippen, und das ist die wahrhaftige Liebe!

Ha, ha, ha, ha! – höhnte Rebecka laut auf. – *Voilà comme la crapule s'amuse!* Nun, ich will nicht stören und wünsche dem zärtlichen Paare ein gesegnetes Gurkenjahr, auf dass im starken Pfefferabsatze der Tütenhandel floriere! Wie ein Satan fuhr sie zum Zimmer hinaus und riss den verblüfften Zwerg um, der sich mürrisch aufrichtete und brummte: Meines Bleibens ist hier auch nicht! Ich verfüge mich in die Entenlache!

Was nun weiter geschah, liebe Freunde, das wird jeder erraten, wenn er auch kein Ratsherr ist. Genug, aus bitterer Prüfung war das Glück hervorgegangen. Das Bild, wie Ihr es da seht, ließ ich mir zum heiligen Andenken malen und hing es über den Schreibtisch. Und als wieder der Karfreitag dämmerte, merkte ich's wohl, dass sich mein liebes Weib leise von meiner Seite schlich. Ich tat aber, als ob ich schlafe, und betete im Herzen: Deinen Ausgang segne Gott, deinen Eingang gleichermaßen! Nach einer Stunde stand das stille Wasser, das nun keine Bosheit mehr verschüttete, auf unserem und der Mutter Waschtische und – tat Wunder. – Denn, als am ersten heiligen Ostertage auch wieder die Morgensonne an meine Bettvorhänge schien und das Geläute der Glocken der Stadt das fröhliche: »Christ ist erstanden« verkündete, da legten sie mir meinen Erstgeborenen, Gottfried, in die freudezitternden Arme, und unser dreiblätteriges

Kleeblatt war zum allerglücklichsten vierblätterigen geworden.

Von Rechts wegen! – rief der Justizamtmann. – Ihr hattet es verdient!

Ja, sie hatten es verdient! Wiederholten die Freunde im
heiteren Durcheinander des Dankes und der Befriedi-
gung, und beseitigten Strickstrumpf und Pfeife, da der
Erzähler mit höflichem Abnehmen der Schlafmütze das
Ende der heutigen Andacht verkündet hatte und nun
hinüber zum frugalen Abendbrote lud.

Das Bild muss auch mit! Kommandierte der Major.

Freilich, freilich, – erscholl es, wie aus *einem* Munde –
das muss mit! Und der Doktor und der Apotheker, die
sichs nicht nehmen ließen, weil doch eigentlich die Sache in die Medizin einschlage, fassten das Bild, der eine
rechts, der andere links, und trugen es in Prozession voraus. Die anderen folgten Paar und Paar. – Am Tische
stand die Wirtin und rührte mit niedergeschlagenen
Augen in der Punschbowle.

Aber der Bürgermeister hob das volle dampfende Glas
auf die Gesundheit aller edlen Frauen, die still, treu und
wahr lieben, wie Sabine, und die Brüder und Schwestern
stießen an und stimmten in das freudige Lebehoch.

Das große Los

In etzlichen anmutigen Historien

Erste Historie

Es wanderten drei Burschen zum Tore hinein, Bruder
Gottlieb Freudenberg, der Zwickauer, ein Schreiner,

auch die treue Seele von Zwickau genannt, Hanns Schwerlich von Mannheim, ein Schlosser, und der Schneider Franz Zickel von Ulm. Wer von ihnen der Lustigste und Lockerste sein mochte, das war auf das bloße Ansehen schwer zu unterscheiden, denn lustig und locker waren alle drei, davon zeugten die fröhlichen, lachenden Gesichter, mit denen sie die stattlichen Häuserreihen der Residenz begrüßten und den spähend und gravitätisch neben ihnen herschreitenden Bettelvogt neckten, der sie als verdächtige Zugvögel aufs Korn genommen, und davon zeugten auch die überaus schlappen und magern Ränzlein auf ihren Rücken, und die Fransen und Tigerflecken ihrer Kleider. Am schäbigsten erschien die treue Seele von Zwickau, denn fürs Erste war es auch durch chemische Mittel nicht mehr möglich, die ehemalige Farbe seines Röckleins zu ergründen, und dann waren seine Ellenbogen schon zum Durchbruche gekommen, das heißt, sie hatten ihre lästigen Fesseln gesprengt und blickten frei und wohlgemut ins freundliche Tageslicht. Wie ganz gleich sich aber auch das Schicksal und die Farben der drei lustigen Gesellen von außen darstellte, so war doch der innere Grund dazu sehr verschieden. Denn Bruder Gottlieb von Zwickau konnte es unmöglich zu etwas bringen, solange das weiche, mitleidige Herz unter der zerrissenen Weste ihm schlug. Saß er im Wirtshause beim fröhlichen Bierkruge, oder beim lange erkargten Schoppen Landwein, so ward Krug und Glas so lange den guten Freunden und Brüdern gereicht, bis nichts mehr drinnen war, und oft traf sich's dann, dass Bruder Gottlieb mit trockenen Lippen, ohne einen Tropfen der eigenen Labung getrunken zu haben, dasaß und sich herzlich freute, wenn es den andern schmeckte und diese ihm die Hand schüttelten. War ein Bruder und Mitgeselle krank oder sonst irgend auf dem Hunde, zu wem anderen nahm er seine Zuflucht als zur treuen Seele von Zwickau? *Die* hungerte und arbeitete die Nacht durch, pfiff dann, den knurrenden Magen an die Hobelbank gedrückt, das Morgenlied und war doch heiter und froh bei den Frohen und ein freundlicher Tröster der Trüben und der Traurigen.

Wundert euch nicht über den sonderbaren Schatten, der manchmal wie ein düsterer Wolkenschauer das Gesicht des guten Gottlieb überzieht; – ach! Es ist der flüchtige Schmerz einer Wunde, die er tief im liebenden Herzen trägt, es ist die hoffnungslose Entsagung, in welcher die treue Seele von Zwickau untergegangen. Über diesem dunkeln Grunde hüpfen und plätschern die spielenden Wellen des leichten, lustigen Handwerksburschenlebens, und niemand ahnt, was sie verbergen.

Ganz anders ist es mit Zickel, dem Schneider. Das war von jeher ein Erzspaßvogel und Tänzer. Hatte er ein Zweigroschenstück übrig, so warf er es entweder unter den Tross der Straßenbuben und verging fast in konvulsivischem Lachen über die Purzelbäume und Faustkämpfe, die nun in dem wüsten Schwarme der gierigen Hascher entstanden, oder er trug's auf den Tanzplatz und tummelte sich in wilder Lust oder trieb gute Schwänke und Possen und ergötzte männiglich durch seltsame Kapriolen und Fußtriller. Auch rannte er wohl den Obstweibern in die Schwingen und beschwichtigte endlich nach sattsamen Genusse ihrer überschwänglichen Redefertigkeiten den Platzregenguss ihrer Zungen mit dem mühsam ernadelten Tagelohne. Dabei aber war er stolz und hoffärtig, trug nie die an heiligen Abenden im Scharren für die Frau Meisterin als Kenner ausgewählte Leberwurst frank und frei in der Hand, sondern, stolz daherschwebend, unterm Rockschoße. Sahen auch die mutwilligen Gaffer das Würstlein hinten verdächtig zwischen den schlotternden Taschen durchblicken, was tat's! War doch die Ehre von vorne gerettet.

Noch anders aber gestaltete sich Hanns Schwerlich, der dritte des lustigen Kleeblattes. Das war ein Philosoph. Aber wenn ihr seine funkelnde Nase betrachtet und die Rubinen der Stirn und die Kohlenglut der ganzen Physiognomie, so wisset ihr stracks, dass dieser Philosoph ein unverbesserlicher Säufer ist, aber einer – wie es deren wenige gibt – aus Grundsätzen.

Wie schal und erbärmlich – sprach er oft in seiner belehrenden Weisheit – ist doch das Leben des Nüchternen! Das fließt alles dahin wie ein träger Strom. Keine großen Gedanken, keine erhabenen Ideen kommen ins Gehirn des elenden Wassermannes, kein kühner Entschluss, kein wahrer Genuss des Lebens. Aber im Weine, im Branntweine, da ruht der Geist des Daseins! – Gott! Welche Blasen des Witzes treibt das Genie des Trunkenen, welcher nie geahnte Freudenhimmel öffnet sich seinen verklärten, gläsernen Augen. In welchen Prismen der glühendsten Regenbogenfarben erscheint das schlechteste, ledernste Leben, wenn deine Ströme über die lechzende Zunge rauschen, o Rebensaft, o Doppelbier, o vor allem du, himmlischer Fusel! – Wenn es wahr ist, dass *dem* der Preis des Sieges gebührt, der mit Wenigem Großes wirkt, wenn es wahr ist, dass Spektakelmacher der neuern Zeit, die mit dreihundert Trompetern das nicht erreichen, was Gluck und Mozart mit vieren bewirkten, vor der Armut jener Mittel mit ihrem Reichtume zuschanden werden, – wem gebührt dann wohl größere Verherrlichung als der trefflichen Schnapsflasche!

Was euch, ihr trägen, stagnisierenden, nüchternen Seelen, die ihr von einem einzigen Glase in Katzenjammer vergeht, alle eure Bücher, alle eure Gelehrsamkeit, alle Galerien, Antiken und Musiken der ganzen Welt, alle eure Pfandbriefe, Tresorscheine, Hypotheken und gefüllte Säckel nicht zu geben vermögen, Begeisterung, Aufschwung bis in den dritten und wahren Freudenhimmel, leichte Übersicht des Lebens, Männerstolz vor Königthronen, Mut und Kraft, es auch mit dem Teufel selbst aufzunehmen, das gibt mir für zwei erbärmliche Groschen die köstliche Quelle jeder Kneipe, der Göttersaft, den nur Ungeweihte verächtlich Fusel schimpfen mögen. – Ihr nennt mich einen Trunkenbold – mögt ihr doch! Gar vieles hat einen schlechten Namen, was dennoch trefflich ist. Ihr sagt, ich bringe mich ums Leben; o ihr Toren mit und ohne Kragen! Was nennt ihr doch Leben! Ihr schleppt eure siebenzig und achtzig erbärmlichen Jahre wie einen lästigen langen Darm hinter euch her, über den Sand der Heerstraße, indes ich, in die Breite lebend, tausend Blumen des Genusses mit mir dahinreiße, die mir im Nassen blühen! Und seid ihr's denn nicht eben, mit eurer nüchternen Weisheit, die ihr vor dem Tode zittert und zähneklappert? – Seht mich an! Fordere ich nicht bei jeder neu angebrochenen Flasche kühn den Sensenmann heraus? Ists nicht, als rufe ich bei jedem Schlucke, der mir über die Zunge gleitet; o Tod, wo ist dein Stachel? Und ist's denn nicht eben der höchste Triumph der Weisheit, den Tod zu verachten? Ein Triumph, den ihr doch alle nicht erringt, ihr kalten Sittenprediger mit euren wässerigen Sentenzen und eurer Moral von Buttermilch!

So philosophierte Hanns Schwerlich, der Mannheimer, und man muss gestehen, dass er seiner Philosophie treu blieb, stets seine großen Zwecke mit dem kleinen Mittel weniger Groschen erreichte, und also, da er von innen heraus lebte, von ihm wenig Sorge für den schnöden und verächtlichen Behang des äußern Menschen zu erwarten war. Dabei aber verstanden *alle* drei ihr Gewerbe meisterhaft, waren arbeitsam und konnten daher kecklich in die stattlichen Straßenreihen treten, denn hier bekamen sie gewiss Arbeit und hier ganz gewiss blühte ihr Weizen, jedem nach seiner Weise. Ja, sogar entgegen kam ihnen das Glück. Es hatte nämlich soeben einen Bierbrauer in der vierten Klasse der Lotterie der Hauptgewinn von viertausend Talern getroffen, und der Glückliche zog nun mit Musik nach Hause, hinter ihm ein unendlicher Schweif von Straßenpöbel, der jauchzend und lärmend nachwimmelte.

Bruder Gottlieb – rief der Schneider – das ist ein glücklicher Mann! Hast du's gesehen, wie schief ihm vor Freude und Übermut der Hut stand, und wie die Jungen an ihm mit offenem Munde hinaufsahen? – Aber das ist ja noch gar nichts gegen die hunderttausend Taler, die in der fünften Klasse herauskommen. O ihr Brüder! – den Gedanken gab mir Gott ein – wir wollen ein Los nehmen! Können wir nicht gerade die Glücklichen sein?

Sind wir denn nicht eben gerade die Würdigsten? – Hat mir nicht erst vergangene Nacht von Mäusen geträumt, die, wie ihr am besten wisset, Reichtum bedeuten? Brüder, wir müssen ein Los nehmen! – Ja, wir wollen! Riefen die andern – das ist ein prächtiger Einfall! – Ich will sparen und geizen! Rief Gottlieb. – Ich nicht tanzen! Der Schneider. – Und ich Quarantäne halten, der Schlosser – bis das Legegeld errungen ist. – Ja, Brüder, schloss der Mannheimer – und der Bettelvogt horchte hoch auf bei der seltsamen Exklamation – groß ist das Opfer, aber groß und herrlich wird auch der Lohn sein! – O was wird aus mir noch werden! Jauchzte Zickel und sprang im üppigen Entrechat. – O welches Meer von Arak liegt da vor mir, stammelte der Schlosser, schon halb selig und mit lechzender Zunge. – O Marie! Seufzte die treue Seele, und so traten alle wohlgemut und voll Hoffnung in die Herberge, wurden in Arbeit gebracht, hielten ihr Wort und sparten, geizten und kargten, bis es errungen war, das teure Blatt mit der verhängnisvollen Nummer, das der Zwickauer verwahrte. Dabei schlossen sich die Brüder auch nun täglich mehr aneinander. Kannten sie sich doch, als sie einwanderten, fast noch gar nicht. Denn erst zwei Tagereisen von hier hatten sie sich im Nachtquartier einer Dorfschenke zusammengefunden und hier erst ein jeder dem andern das Nötige aus seinem Leben und Wandel mitgeteilt.

Kurz war Zickels Geschichte, aber lustig; länger schon die des Philosophen, am allerlängsten hätte die des Zwickauers sein müssen, wenn er alles hätte erzählen wollen, wie sich's gebühret. So aber begnügte er sich, als an ihn die Reihe kam, das frugale Abendmahl von Kartoffeln verzehrt war, und nun der freundliche Bierkrug herumging, mit folgender Relation: Ich bin, lieben Brüder, eine Waise, habe keinen Vater und keine Mutter mehr und keine Verwandten in meiner lieben Vaterstadt. Als ich in die Flegeljahre trat und unsern Rektor hinlänglich geärgert hatte, nahm mich ein Vetter, der nun auch tot ist, aus der Schule und tat mich in die Lehre. Wie die Prüfungszeit überstanden war, schnürte ich mein Bündel, sagte den väterlichen Auen Valet und ging auf die Wanderschaft. Was kümmert's euch zu wissen, wo ich überall gewesen, und was ich hier und da für Fährlichkeit bestanden. Aber in dem großen, schönen Z***, da war ich auch, da – ja, da –

Nun, warum stockst du, Bruder Gottlieb? – fragte der Schlosser – warum trinkst du so hastig, als müsstest du einen übergroßen, harten Bissen hinunterwürgen? Erzähle, wie ging dir's in Z***?

Wie mir's da ging? – fuhr Gottlieb fort – ach lieben Brüder, mir ging's da gar gut und auch wieder gar schlecht. Ich kam in Arbeit bei Meister Engelmann. Seine Tischlerei ist weit und breit berühmt, und jeder in dem schönen, großen Z***, der's hat und erschwingen kann, kauft seine Möbel aus Meister Engelmanns Magazin und lässt bei ihm arbeiten. Himmel! Wie ward mir, als ich die Reihen von Werkstuben erblickte! Zehn Gesellen arbeiteten drinnen, ich war der elfte, und nun noch die Jungen! Das war ein Leben und ein Treiben! Der Meister, ein langer, hagerer Mann, ging ab und zu und musterte die Arbeit. Er war ein Witwer und saß in der Wolle, wie der reiche Mann im Evangelio. Eigentlich wohnte er im zweiten Stocke des schönen Hauses, in einer Reihe der stattlichsten Zimmer. Lange blieb mir die Herrlichkeit da oben ein unbekanntes Land, denn unten war unser Leben und durch eine Treppe im Hof gelangten wir, ohne die Hausflur zu betreten, in unsere Bodenkammern. Aber einmal, als jemand nach dem Meister fragte, musste ich ihn rufen und deshalb zu ihm hinaufgehen. Wahrlich, lieben Brüder! – ein Graf kann nicht köstlicher wohnen! Aber als ich erst die breite Treppe wieder heruntering, oh, – was mir da passierte – das ist mir jetzt wie eine liebliche Erscheinung aus einer andern Welt! Leicht und im zierlichen Morgenanzuge kam mir ein Mädchen entgegengeschwebt, das ich doch in meinem Leben nicht schöner gesehen. Freundlich grüßte sie: guten Morgen, Gottlieb! Und erschrocken stand ich da, der Gegenrede nicht mächtig, wie ein stummer Ölgötz, und sah ihr träumend nach, als sie schon lange hinaufgeschwebt in die höheren Regionen des zweiten Stockes. Träumend kam ich in die Werkstatt. Ich sollte den Hobel nehmen und griff nach der Säge. Träumend starrte ich die gekräuselten Späne an, und kaum vermochte ich dem, mich ins Leben aufrüttelnden Straßburger die Frage vorzustottern, wer doch der Treppenengel sein möge. – I, – war die Antwort – das ist ja die Jungfer Marie, des Meisters Tochter, und alle ergossen sich in das Lob der sittigen, wunderschönen Dirne. Mir aber war's, als sei mir die Kehle zugeschnürt. Die Holde, Engelmann's einziges Kind, war soeben heimgekehrt von der Reise zu einer fernen Verwandten.

Lass dir den Appetit vergehen, Bruder Gottlieb, fuhr der Straßburger fort. Die ist nicht für unsereinen; schwänzelt doch auch der dicke, reiche Schwappel aus der Weintraube um sie herum und sitzt ganze Abende oben bei dem Meister, mit dem er die Zeitung liest und die Politika verhandelt.

Ach, schweige mir doch von dem ekelhaften Gastwirte! – rief der Dresdener – den nimmt ja doch Marie im Leben nicht, trotz allen seinen fetten Feldern vor dem Tore, seiner Viehmästerei und seiner Dukaten.

Warum nicht? Entgegnete der Straßburger. Die Mädel haben ihre besonderen Mucken. Geld ist und bleibt ja doch die Losung und dann, wenn's einmal des Alten Wille ist, – den kennt ihr, und seinen Jähzorn, der bräche ihr den Hals, wenn sie widerstrebte, so lieb er sie auch hat.

Mir war wunderlich zumute und gar bitter und herbe schmeckten mir diese Bemerkungen meiner Mitgesellen, die mir übrigens ziemlich richtig schienen. Ist nicht Geld allerdings ein Talisman, dem nichts zu widerstehen vermag, und war nicht wirklich der Meister als ein eigensinniger, hoffärtiger und harter Mann bekannt? Hatte er nicht erst neulich einem Lehrlinge um ein Geringes im schrecklichen Jähzorn den Arm aus dem Gelenk gerissen? Und Marie! – ach! – war Marie nicht ein Mädchen? – Umso wunderbarer aber deuchte mir's doch, als sie nun öfter durch unsere Werkstuben hindurchstrich, mich jedes Mal besonders freundlich grüßte und mir immer bei Tische, wo möglich, ein recht gutes Stücklein vorlegte. Auch ich half ihr dienstfertig, wenn sie auf dem Hofe die Tauben oder Hühner fütterte, brachte ihr vom Felde grünes Kraut für ihren Kanarienvogel und manch sinnig gebundenes Sträußlein und freute mich innig, wenn sie's mit ihrem seelenvollen: »Danke schön, lieber Gottlieb!« hinnahm, und nun die Blumen lange, lange noch im Becher vor ihrem Fenster standen, oder sie wohl gar ein Vergissmeinnicht, oder eine Rose von mir am Busen trug. Zitternd griff ich dann wohl manchmal nach ihren allerliebsten Händchen. Ja, sogar in Lindenruh, wo des Sonntags Tanz war und der Meister mit seinen Freunden und Marien auch hinkam, durfte ich's wagen, sie aufzufordern, was keinem von den übrigen einfiel. O Himmel! Wie selig flog ich mit ihr dahin im jubelnden Tanze, und oft war mir's, als entgegneten leise und schüchtern ihre Fingerspitzen meinen zitternden Händedruck der Liebe. Auch der Meister wurde alle Tage freundlicher gegen mich, da ich ein Ausbund von Fleiß war und nebenbei eine gewisse Autorität und Aufsicht über die andern Gesellen, ja über das ganze Haus hatte. Er vertraute mir die künstlichsten und wichtigsten Arbeiten, zog mich sogar bei mancher Privatangelegenheit zurate, und so lebte ich denn in diesem Hause drei selige Jahre, in denen meine kühne Hoffnung mit jedem Tage wuchs und neue Nahrung erhielt. Aber – ob ich gleich zwanzigmal bei irgendeiner heimlichen Gelegenheit, wenn ich bei Marien allein war, das Wort auf der Zunge hatte, das ihr meine innige, heiße Liebe gestehen sollte, so vermochte ich's doch nicht. – Ich war wie von einem unsichtbaren Banne gefesselt, die Gelegenheit entwischte und ich behielt das heilige schwere Wort auf dem gedrückten Herzen.

Hättest du dir nur, – rief der Schlosser – einen Haarbeutel getrunken, Bruder Gottlieb, das Herz würde dir schon auf die Zunge gekommen sein!

Hast du's denn probiert, Bruder Mannheimer? Fragte Gottlieb.

Ei freilich! Entgegnete der. In Schwabach hatte ich auch ein Mädel kennengelernt, die deiner Marie gewiss nicht nachstand. Aber sie war hoffärtig und gab sich mit uns Gesellen gar nicht ab. Und doch, wenn ich sie sah, war mir's, als müsse ich vergehen vor unsinniger Liebe. Sapperment! Da trank ich mir denn einmal auf dem Tanzboden einen rechten ordentlichen an, trat kecklich zu ihr hin, fasste sie um den Leib und sprach: »Liebwerteste Jungfer, ich bin vor Liebe in Sie ganz rasend! – Wollte Sie sich nicht hiermit freundlich erbitten lassen und mich heiraten?«

Nun – fragten die andern lachend – ging's nach dem Wunsche?

Ei bewahre! Erwiderte Hanns. Die Dirne schlug eine malitiöse Lache auf und sagte: »Mannheimer, Er ist ein besoffener Narre!« – Ich wollte mich zwar darauf etwas mausig machen, aber einige ungeschliffene Tölpel griffen zu und warfen mich die Treppe hinunter. Glaubt Ihr aber wohl, dass ich mich deshalb etwa närrisch gebärdet und mir die Sache zu Herzen genommen? Mitnichten! Des Morgens darauf schnürte ich mein Ränzel, wanderte wohlgemut dem Tore zu und sang unter den Fenstern der schlechten Seele:

> Geh' du nur hin, ich hab' mein Teil,
> Du führst mich nur am Narrenseil.
> Ohn' dich kann ich schon leben,
> Ohn' dich kann ich schon sein!

Du bist ein Bruder Plumpsack! – tadelte hier der Schneider – du willst Vögel fangen und wirfst mit Knitteln darunter. Hättet Ihr's gemacht wie ich. Seht, Brüder, in München plagt mich auch der Teufel und ich werde verliebt. Was tat ich? Am Geburtstage meines Lieschens bringe ich ihr eine Abendmusik, und während ich unseren Lehrjungen, den sogenannten faulen Esel, als Amor verkleidet, mit einem zärtlichen Liebesgedichte zu ihr hinaufschicke, tanze ich unten eine gar zierliche Gavotte.

Nun – und wie ging dir's, Bruder Zickel? Fragten die andern.

Wie mir's ging? – entgegnete der Schneider – ach, erbärmlich! Der faule Esel kriegte oben ein paar Ohrfeigen, und mir selbst war ein gar kurioses Bad zugedacht, dem ich aber glücklich durch ein meisterhaftes Seitenpas entsprang.

Nun – lachte Gottlieb – da habt ihr beide freilich die Sache ganz anders angefangen als ich. Ich blieb stumm, aber meine Blicke sprachen und so waren denn, wie schon gesagt, in bittersüßer Liebesqual mir drei glückliche Jahre im Engelmannschen Hause hingeflossen wie drei Wochen. Da, ach Gott! Es war am dreißigsten Julius des Abends um sechs, im Hause war Waschtag, da hatte sich Marie von den Wäschern ab und zu mir in die Werkstatt gestohlen und besah sich ein künstlich eingelegtes Kästchen, das ich eben fertiggemacht. Bei dem Beschauen berührten ihre rosigen Wangen meine Stirn, ich fühlte den süßen Atem der Holden und war ganz außer mir. Da donnerte in der andern Stube die Stimme des Meisters: »Dass dich das Wetter! Bist du noch nicht zur Wäsche?« und ein schwerer Meißel flog aus seiner Hand durch die offne Tür nach Marien. Ich sah den tödlichen Wurf, sprang vor, der Meißel fuhr in meine rechte Schulter und ich sank sinnlos zu Boden.

Als ich erwachte, fand ich mich in meiner Kammer und verbunden. Der Meister saß vor mir, hielt mir die Hände und sagte sehr weich: Nehm Er's nicht übel, Zwickauer, es war nicht so böse gemeint und es soll sein Schade nicht sein! Niemals soll die verdammte Hitze mich wieder so hinreißen, und wenn Er gesund sein wird, wollen wir über die Sache weiter sprechen.

Ach, wohl schmerzte mich die tiefe, schreckliche Wunde, aber Mariens Gruß, wenn sie mit Tränen an mein Bette trat und zu mir sagte: »Gottlieb, du bist der Retter meines Lebens!«, und die sorgliche Pflege der Holden machte mir die Leidenstage zu Stunden des Paradieses, und recht mit Verdruss sah ich's, dass es sich schnell mit mir besserte. Mein Lohn ging unterdes auch fort, und als ich wieder gesund war, hatte ich so viel zusammen, dass ich mich von Fuß auf neu und zierlich bekleiden konnte.

Aber so wie es besser mit mir wurde, wurden auch die Besuche Mariens und des Meisters seltener und beide einsilbiger und zurückgezogen. Von Lebensrettung, von Vergeltung war die Rede nicht mehr. Ja, es trug sich zu, dass, als der Meister wieder einmal bei mir oben war und das Töchterlein lobte, er die Worte sagte: »Mein künftiger Schwiegersohn soll nicht der erste beste hergelaufene Lump sein! Batzen muss er haben, und das viele!« O Freunde! Ein Donnerschlag hätte mich weniger alteriert als diese entsetzlichen Worte.

Dahin war nun mit einem Male meine frohe Hoffnung und das »Weitersprechen«, womit mich der Meister gekirrt hatte, löste sich in ein schnödes Nichts auf. Zudem schlich auch jetzt der fatale Gastwirt öfter als je die Treppe herauf und herunter und lächelte mich auf verdächtige Weise an; ja mit meinen eigenen unglücklichen Augen musste ich's sehen, wie Marie am Arme des Dickwanstes einst im Gärtchen bei dem Hause herumhüpfte und schäkerte und lachte. Ich Armer! Das Herz hätte mir brechen mögen, und in der Werkstatt munkelte man von der baldigen Verlobung dieses verruchten Dickbauches. Was sollte ich tun? Mit Marien konnte ich nicht mehr allein sprechen, es war keine Gelegenheit, und der Meister war grämlich und kalt. Da plagt mich eines Sonntags früh der Teufel, dass ich, wie ich mich eben gar stattlich in meinem neuen Anzuge zur Kirche geputzt, die andere Treppe heruntergehe, die nach der Hausflur des zweiten Stocks führt. Lauschend und auf den Zehen schleiche ich mich bei Mariens Zimmer vorbei und sehe, dass die Tür offen und nur angelegt ist. Ich mache auf und Himmel! Nein, ihr habt keinen Begriff von dem, wie Engel aussehen. Marie stand vor dem Spiegel, bloß im niedlichen Unterröckchen, die Haare aber schon künstlich um das niedliche Köpfchen geflochten. Ich konnte mich nicht halten, es war unmöglich. In rasender Liebe fliege ich auf sie zu, schließe die Erschrockene, die des Schreiens nicht mächtig, in meine Arme und rufe: Marie! Marie! Meine Marie! Ich kann ohne dich nicht leben. Vergebens windet und sträubt sich das Mädchen, wir ringen, aber kraftlos sinkt sie zusammen und mit zügellosem Feuer küsste ich Stirne,

Wange und Lippen. Gottlieb! Gottlieb! – ruft sie endlich – wenn du mich liebst, verlass mich auf der Stelle, der Vater kommt! Und wie ein Blitz fliege ich auf und zum Zimmer hinaus. Ich rannte fort in seliger Lust durch die Straßen der Stadt hinaus vors Tor. Mir war die ganze Welt untergegangen, nur sie, nur die Einzige, die ich in meinen Armen gehalten, sah ich. So lief ich beinahe bewusstlos und fand mich endlich in der Kirche, ihr gegenüber wieder.

Aber kein Blick fiel auf mich. Wohl starrte ich nach ihr mit unverwandtem Auge, umsonst! Sie sah mich nicht. Wohl ging ich ihr zur Seite aus der Kirche; umsonst! Ich wurde nicht beachtet. Beim Mittagessen kein Blick. Ich erhielt das Schlechteste, was man einem Hunde nicht vorgeworfen hätte, und des Abends, als in Lindenruh unter den herbstlichen Bäumen getanzt wurde, schlug sie *mir*, dem stattlich Geputzten, *mir*, ihrem Lebensretter, *mir*, der ihr früh so nahe gewesen, den Tanz verächtlich ab und schäkerte und scherzte lachend mit dem elenden Schwappel.

O, du herzlose Seele, ist das mein Dank? – O du vermaledeiter Gastwirt, soll ich dir ein Messer in den Wanst rennen, soll ich mir selber ein Leid antun? Dies waren ungefähr die Worte, deren ich mächtig war, und so lief ich denn in der Irre herum über Hecken, Wiesen und Gräben, bis ich nicht mehr konnte, und warf mich endlich ermattet und kraftlos bei sinkender Nacht auf mein Lager, das ich mit meinen Tränen netzte.

Es war gewiss, dieser ekelhafte Dickbauch mit seiner Weintraube, mit seinen Batzen und seiner Viehmastung war ihr mehr als ich mit meiner treuen, unendlichen

Liebe, und wollte ich mich nicht zum Gespötte meiner Mitgesellen machen, die mich ohnedies schon lange mit spähenden Blicken und heimlichem Lächeln verfolgten, so musste ich den herben Gram in mich hineinfressen und unbefangen scheinen und munter. O Freunde! Das war eine Höllenqual, das war eine Marterwoche, die jetzt folgte, besonders, da ich nun sah, dass sich Marie um mich gar nicht bekümmerte, bei mir nie mehr weilte, wenn sie durch die Werkstuben strich, trällerte und sang, wenn sie bei mir vorbeihüpfte, und sogar eine Spätrose liegen ließ, die ich ihr noch am Freitage aus einem Garten mitgebracht. Da aber war's beschlossen und der schwere Sieg über mein leidendes Herz errungen.

Als ich am Sonnabend mit dem Meister zusammengerechnet und meinen Lohn erhalten hatte, sagte ich: Meister, ich bedanke mich seiner Arbeit, morgen wandere ich.

Was? Zwickauer, – fragte er staunend – ist er toll, er will fort von hier? Und die Hand sank ihm vor Überraschung auf den Tisch.

Nicht anders – entgegnete ich – ich wandere. Meine Braut aus Leipzig hat mir geschrieben. Ich nehme die Wirtschaft an, und das Schwein zur Hochzeit ist schon im Stalle.

Hochzeit? – Er in Leipzig? Zwickauer, besinn er sich! Ist das sein Ernst? Stotterte der Meister und fasste mich bei der Schulter.

Mein völliger Ernst, Meister, entgegnete ich. Ich kann mein holdes Bräutchen nicht warten lassen.

Nun – zürnte Engelmann – wenn es denn nicht anders ist, so will ich ihn nicht abhalten, am wenigsten von seinem Glücke. Zieh' er hin in Frieden. Aber ich bin noch in seiner Schuld. Hier, Gottlieb, nehm er das wenige von einem liebenden Vater, dem er ein schweres Verbrechen erspart. Bei diesen Worten drückte er mir eine große Geldrolle in die Hand, ich aber schob sie zurück auf den Tisch und sagte: Legt's nur zu den Batzen des Gastwirts in der Weintraube! Und verließ teuflisch lachend das Zimmer.

Am Morgen darauf, früh um vier Uhr schon, schlich ich mit meinem Ränzel auf den Zehen die Hoftreppe hinunter; – da stand Marie und fütterte die Tauben.

Wohin so früh, Gottlieb? War ihre zitternde Frage.

Fort! – antwortete ich – fort in die Welt!

Leb' wohl, Marie, du Tausendschatz,
In deinem Herzen für manchen ist Platz,
Der Gastwirt mag ihn dir füllen.

Gottlieb! – rief sie – so willst du denn wirklich fort, so ist's denn wirklich dein Ernst?

's ist mein Ernst, – antwortete ich – holder Engel, 's ist mein wirklicher Ernst, drum lebe wohl!

Nun denn – sprach sie, und die hellen Tränen stürzten ihr über die Backen – dann nimm, wenigstens noch das von mir auf die Reise.

Behalte deine Pfennige! Rief ich, drängte das mir hingehaltene Paket zurück, das wie ein Brieflein gefaltet war und in dem eine hübsche Anzahl Dukaten sein konnten, und stürzte zur Tür hinaus. Hinter mir hörte ich schreien: Gottlieb! Gottlieb! Aber ich sprang um die Ecke, war in kurzem vor dem Tore und schüttelte den Staub von meinen Füßen.

Dort auf dem Berge, wo das Tannenwäldchen ist, sah ich noch einmal zurück nach der schönen Stadt, wo mir so unendlich wohl und wehe gewesen.

Im herbstlichen Nebel lagen die Türme und die Häuser, die Schornsteine rauchten und durch die Luft zitterten die Glockentöne der Frühmesse. So lebe denn wohl, du geliebte Stadt! Rief ich, und breitete die Arme aus. Lebt wohl, ihr schönen Träume und Hoffnungen meines Lebens! Ich habe keinen Vater und keine Mutter, keinen Freund, keine Geliebte! Ich gehe hinaus in die freie Welt, wo niemand mich kennt und niemand mein ist. Aber sei ruhig, blutendes Herz! Blüht dir denn dein Himmel in *einer* Ringmauer, in *eines* Menschen Brust? Nein, weit und groß ist Gottes schöne Welt, und ihr, Leidende, die ihr blutet, wie ich, ihr sollt meine Geliebte sein von nun an. Für euch will ich arbeiten und mir's sauer werden lassen, ich bedarf für mich nur wenig, aber *ihr* sollt unter den frohen Scherzen des Bruders nicht merken, was der arme Gottlieb tief in seinem Innern durchs Leben trägt.

Seht, liebe Brüder, so zog ich nun hinaus in die Welt, und so sind nun wieder drei Jahre vergangen.

Und hast du – fragten die andern – seither keine Kunde von Marien erhalten oder gegeben?

Keine, erwiderte der Zwickauer. Z*** ist weit von hier, ich aber strich im ganzen Reiche herum ohne Rast, arbeitete nirgends lange und wurde – liederlich. Mir etwas Erkleckliches zu sammeln, um als Batzenmann dem harten Meister vor die Augen treten zu können, dazu hatte ich ja nicht die geringste Hoffnung, darum ging auch bei mir der Verdienst immer, wie er kam, und ich genoss das wenigste davon. Schreiben und fragen, wozu hätte das nützen können? Mein Schicksal war ja doch entschieden, und auch Marie sitzt jetzt lange schon in der Weintraube und hätschelt auf den Armen die kleinen Schwappel. Ich bewahre die treue, hoffnungslose Liebe.

Woran du sehr übel tust! Erwiderten die lustigen Brüder. Ein anderes Städtchen, ein anderes Mädchen.

> Soll mir die Blonde nicht werden,
> Gibt's Braune noch auf der Erden.
> Wird auch die Dicke nicht meine,
> So nimmt mich die Dürre, die Kleine,
> Und löschet mir keine das Feuer,
> So hole sie alle der Geier!

Vivat das freie, lustige Handwerksburschenleben! Vivat, vivat! Riefen die fröhlichen Gesellen. Und so riefen und lebten sie auch in der Residenz, als das teure Lotterielos errungen war und jeder nun seiner gewohnten Weise sich wieder hingeben konnte.

Wenn wir aber nun wirklich so glücklich sein sollten, aus Fortunens Rade den großen Treffer zu ziehen, was würden wir denn mit dem schweren Mammon anfangen? Fragte der Schlosser.

Sei unbesorgt! – entgegnete der Schneider – wir würden's schon unterbringen.

Ja, gewiss! – seufzte Gottlieb. Kommt Zeit, kommt Rat. Wenn nur der Ziehtag schon da wäre.

Der freilich schlich für so ungeduldige 5eelen viel zu langsam herbei, indes endlich kam er doch. Die Herren mit und ohne Perücken und Brillen saßen im großen Saale auf ihren Plätzen, die Räder rauschten und die Waisenknaben begannen ihre ominösen Verkündigungen. Schacherjuden, Neugierige und Kollekteure drängten sich in reger Erwartung, aber der Tag verging und nur ganz kleine Brocken hatte die Glücksgöttin über das Land geworfen, die großen Bissen aber noch im Rade behalten. So vergingen mehrere Tage; Tausende, Zehntausende, Zwanzigtausende kamen heraus, aber fest und zähe blieb der Hunderttausend-Taler-Gewinn zurück.

Endlich am Abende des sechsten Tages, – was rennen die Leute? – was lärmt in den Straßen? – was sammelt sich der jauchzende Pöbel vor Meister Hobels Hause, wo der Zwickauer arbeitet? Ist es denn wirklich wahr, ist es denn kein Traum, hat denn wirklich Gottliebs Nummer das große Los gewonnen? – Ja, es ist wirklich, es ist wahrhaftig! Mit großen Schweißtropfen auf der Stirne, mit verschobener Perücke, stürzt Schmuel Nathan, der Kollekteur, herein in die Werkstatt und krächzt atemlos: Hunderttausend Tholer! Soll mer Gott helfen! Wo ist der Herr, der gewunnen hat's grauße Los! Und Gottlieb trat hervor. Wie er die Nummer verglichen und die Sache richtig befunden hatte, hob er die Hände und mit Tränenblick das Auge zum Himmel. – Ach, Marie! Seufzte die treue Seele, und das Wort erstarb ihm vor Freude und Wehmut. – Schreiend und jauchzend drängten sich alle an ihn, aber er entsprang im Kamisol und lief zu Bruder Zickel. – Heraus! – schrie er unter dessen Fenster

– heraus, du glücklicher Schneider! Heraus, Bruder Zickel! Wir haben das große Los gewonnen!

Und aus dem Loche der Werkstatt schnellte der Leichtfuß wie ein Zitteraal und tanzte nun vereint in seligem Jubel mit dem Zwickauer nach der fernen Straße, wo der Schlosser wohnte. Dem aber hatte die telegrafische Fama die Sache schon früher verkündet, und er saß bereits fest im goldenen Anker.

Wie die andern hinkamen, war er schon im allerobersten dritten Freudenhimmel. O herein, ihr Gebenedeiten! – rief er zum Fenster heraus, den überfließenden Humpen hoch empor gehoben: Warum wollt ihr draußen stehn! Herein zu mir ins Meer der Wonne! Alle lustigen Brüder herein! Die ganze Welt soll hereinkommen und auch die Friedrichstraße! Herein, du lumpige Schneiderseele, herein in den Weinkrug, du erbärmlicher Gottlieb! Ihr seid avanciert und aus schlechten Schildkröten Geldvögel geworden! O wie tanzen die lieben Engelein mit mir den Geschwindwalzer.

Halt's Maul, du Saufaus! – riefen die andern – und komm heraus, wir müssen zum Kollekteur.

Ei was! – krähte der Schlosser – was Kollekteur! *Hier* ist die wahre Kollekte, und die Lotterie soll zu mir kommen, ich, ihr lieben Seelen, bin heut' Invalide. Der Kopf läuft mit Kurierpferden, darum können die Beine nicht nach.

Und so war denn freilich das *Mitgehen* unmöglich, doch nicht das *Mitkommen*. Der selige Hanns wurde auf eine Trage gesetzt, neben her zogen die Brüder und rund herum und hinterdrein der fröhliche Tross, der sich mehrte und wälzte wie ein wachsender Schneeball. Musik fand sich wie von selbst, und schon von ferne jauchzten die Straßenbuben: Sie kommen, sie kommen, die drei Handwerksburschen, die das große Los gewonnen!

So allmächtig aber ist der Zauber des Goldes, dass nun die Glücklichen, die sonst immer die Liederlichen hießen, in jedermanns Augen wie Wesen höherer Art erschienen. Niemand lachte nun mehr über das schäbige Röcklein des Zwickauers, niemand mehr über die Fußtriller des Schneiders, und selbst die Kometennase des Schlossers hörte auf, das Feuer speiende Vorgebirge eines unverbesserlichen Säufergesichts zu sein, und wurde, wie ein Fetisch in Afrika, ein Gegenstand hochachtungsvollen Staunens.

Wie nun aber die Glücklichen in dem Geldmeere wühlten und sich überzeugt hatten, dass kein Traum sie äffe, und das, was sie kaum für möglich gehalten hatten, nun wirklich sei, da fragte Bruder Gottlieb im Ernste: Was fangen wir an mit dem Mammon? Ich meinesteils dächte vor allen Dingen, wir ließen ein Erkleckliches unsern Mitgesellen zuteilwerden.

Da hast du recht, Bruder! Riefen die andern. Die Tischler, die Schneider und die Schlosser sollen einen fröhlichen Tag haben, und allen Presshaften der drei edlen Zünfte soll geholfen sein.

Auf nächsten Montag wurden deshalb die drei Gesellschaften nach den Waldbuden entboten.

Der schönste August lächelte, und früh schon riefen die Trommeln die Gewerke zusammen. Die sammelten sich in ihren Herbergen und zogen dann zu dem gemein-

schaftlichen Vereinigungspunkte, in den goldenen Anker. Von hier aus, nachmittags um vier Uhr, ging's im
langen Zuge hinaus vor die Stadt. Erst kamen die
Schneider, maßen Bruder Zickel sich durchaus den Vor-
rang nicht nehmen lassen, mit ihren Fahnen und Trompeten und Pauken, alle stattlich geputzt und mit ent-
blößten Degen, auf deren Spitzen Zitronen prangten.
Hinter ihnen die Schreiner, auch mit Musik, nicht minder im Festanzuge, mit Fahnen und Degen wie die
Schneider, und zuletzt als schwere Artillerie die Schlosser. Denn die führten hinter ihrer Fahne und hinter der
rauschenden Janitscharenmusik einen mit vier Pferden
bespannten Lastwagen, auf welchem ein stattlich mit Ei-
chenlaub bekränztes, zweifudriges Fass Wein lag. Dann
schlossen die Meister den Zug, in ihrer Mitte die drei
Glücklichen, geschmückt mit Blumen und Kränzen, und
nun kam als Bagage und Heerestross die lange Reihe der
Wagen mit den Biertonnen, mit den unzähligen Schinken, Braten, Semmeln und Kuchen, die in reinlich bedeckten Körben freundlich geputzte Mädchen hüteten.

Draußen aber in den Waldbuden unter den dichten
schattigen Bäumen war's Jahrmarkt und wimmelte es
von Leben, wie an einem Wallfahrtsorte. Hier wurde
Kaffee gekocht, dort lagerten im Grünen ganze Familien
mit ihren Flaschen, Kannen, Tassen und Kuchen auf den
weißen, über den Rasen gebreiteten Tüchern. Hier
wimmelte es um die aufgeschlagenen Zelte, da jubelte
aus den Buden die lärmende Musik, dort knallten den
Abhang herab die Feuerschlünde. Unter der majestäti-
schen Linde aber lag auf ungeheurem Bocke das uner-

messliche Weinfass, und ohne Aufhören floss der edle Rebensaft in die Krüge.

So tummelte sich alles in Lust und Freude. Eh' aber Hesperus heraufzog am heitern Himmel, hatte jeder Mitgeselle von den drei Festgebern schon still und heimlich seinen Dukaten in die Hand gedrückt und jeder Oberälteste der drei Zünfte tausend Taler zur Unterstützung notleidender Mitbrüder erhalten. Da schlug das segnende, tausendfache Lebehoch der aufjauchzenden Menge zusammen über den Linden- und Eichenwipfeln und übertäubte die Tusche der schmetternden Trompeten und den Donner der Pauken. Aber als nun die feinen Meistertöchter mit den schmucken Gesellen in den Buden und draußen auf dem Rasenplatze unter den tausend Lampen, die an den Bäumen hingen, dahin rauschten im Reihentanze, als Bruder Zickel, die Seele des Festes, sich selbst übertraf an unendlichem Spaß und Possen, als Bruder Schwerlich in elysischen Träumen neben einem Fasse lag, und hier und da die ehrbaren Meister in Gruppen bei der traulichen Pfeife beisammen saßen; da – wandelte die treue Seele von Zwickau einsam unter den Linden, Ach! Sein Herz war nicht bei jenem Jubel. Seine Gedanken flogen dahin, wo der Vollmond stand, der den Wald mit magischem Schimmer beleuchtete, fern in die Gegenden, wo seine Marie lebte. – Oh, nun wäre ich ja reich – rief er – nun könnte ich ja vor dich treten als Batzenmann, du harter, hoffärtiger Meister! Aber nun ist ja alles vorbei, nun sitzt sie ja doch schon in der verruchten Weintraube, und alles ist umsonst!

So klagte der Treue, und wohl hätte manche seine Dirne dem blühenden, dreißigjährigen Gesellen den Ehrentanz nicht verweigert und gern auch wohl den langen Kotillon durchs Leben mit ihm gewagt, aber Gottlieb verschmähte die rauschende Lust und war wohl unter den vielen Hunderten der einzige, der spät nach Mitternacht, wenn auch nicht gerade traurig, doch mit wehmütigem Gefühle das Lager suchte.

Wie am andern Tage die Brüder zusammenrechneten, verblieb einem jeglichen noch die reine Summe von dreißigtausendvierhundertfünfundsechzig Talern in klingendem Kurantgelde.

Das ist viel! Riefen alle. Was machen wir mit dem Gottessegen?

Ich meinesteils, – sprach Gottlieb – mein Entschluss ist gefasst. Ich pilgere nach Z..., dahin zieht mich unwiderstehlich mein Herz. Ist Marie noch frei, wäre es möglich, dass sie den armen Handwerksburschen – nicht den reichen Dukatenmann – lieben könnte; nun, dann trete ich als Krösus mit meinen Schätzen vor den Vater, und Juchhei! Ihr Brüder, dann geht die Sonne meines Lebens wieder auf und nicht mehr unter. Sitzt aber die Geliebte als ehrbare Wirtin zur Weintraube im ehelichen Zwinger bei Schwappel – ach! Nicht umsonst zagt meine treue Brust, und mein Unglück ist wahrlich schon lange entschieden – dann wandere ich traurig nach Zwickau, in meine liebe Vaterstadt, tue Gutes den Armen, legiere den schnöden Mammon dem Spittel und sterbe, wo ich geboren bin.

Da wäre ich ein rechter Narr – antwortete Bruder Zickel – mich totaliter einzuphilistern ins eheliche, bürgerliche Haarzopfleben. Mitnichten! Nach Höherem strebt mein Sinn. Geld gibt Ehre, und Ehre nur, Brüder, ist des Lebens Seele!

Du willst wohl gar als Kriegsheld dir einen Namen machen, Bruder Zickel? Fragte der Schlosser.

Bleibe mir mit dem elenden Soldatenleben vom Halse, erwiderte der Schneider. Kommissbrot und Kanonenkugeln sind überaus schlechte Späße, und Orden und Zeitungslob erziele ich, ohne mir den Magen vor schnöden Laufgräben und Schanzen zu erkälten, die keine Räson annehmen. Nach Italien ziehe ich, nach Italien!

Du nach Italien? – riefen die andern – O du armseliger Schneider! Was willst du in dem vornehmen Lande?

Schweigt – entgegnete Zickel – davon versteht ihr nichts. Ja, nach Italien ziehe ich. Kennt ihr das Land, wo die Zitronen blühn, ihr Esel? – Da treiben die Knospen des Genies ihre goldenen Tannzapfen, da wachsen auf fruchtbarem Dünger der Frömmelei, in den Mistbeeten des Luxus und der Industrie die Glückpilze, da kann man noch etwas werden mit Geld und Courage, und nicht umsonst will ich in den drei Jahren, wo ich in Triest bei Meister Punto arbeitete, mein Italienisch gelernt haben. Brüder! Die Zeitungen sollen vom Ulmer schreiben, und Nasen und Mäuler werdet ihr aufsperren.

Du bist ein Narr! – riefen die andern – und beizeiten wirst du das Deinige verjubelt haben.

Und du das Deinige versoffen, Bruder Hanns! Entgegnete der Schneider.

Sei ruhig, Zickel! – versetzte der Schlosser – dreißigtausend Taler vertrinken sich nicht so schnell, wenn man solide zu Werke geht und einen vernünftigen Plan formiert. Hört, wie ich mir's vorgenommen.

Ich könnte ins Ungarland, wo der Tokaier Ausbruch wächst, ich könnte nach Frankreich, wo man die Pferde mit Wein und Kognak tränkt, ich könnte nach Spanien, wo der Malaga und die Sekte zu Hause sind, aber, Brüder, ich bin ein redlicher Deutscher und bleibe im lieben Vaterlande. – Dass ich jetzt – ein Vierziger – nicht erst anfangen werde, um das Weibervolk zu schwänzeln und zu kratzfüßeln, das werdet Ihr mir wohl nicht verdenken. Auch das, was Ihr etwa: Sich zu Ruhe setzen, nennt, ist nicht meine Passion. Ich will keine Ruhe; ich will Unruhe, Leben, Genuss und Abwechselung. Darum – ihr Brüder – will ich Deutschland durchziehen mit meiner freien, lustigen Seele – als Naturforscher, als Philosoph, ich will kritische Versuche anstellen über die in Deutschland vorhandenen Biere, Doppelbiere, Weinkeller und Brantweinbrennereien, und diese Versuche sollen nicht etwa – wie in einer trüglichen Enzyklopädie für Künstler, aus falschen Rezepten zusammengeschrieben sein, sodass kein Mensch daraus klug wird – nein! – selber will ich sie machen, sodass es einem jeden andern ganz leicht sein soll –

Das Seinige zu vertrinken, wie du unterbrach ihn der Zwickauer. Mensch, werde doch einmal vernünftig!

Denkst denn *du* – versetzte der Schlosser – dass du vernünftig bist, du ehrbare jämmerliche Alltagsperücke mit deiner weinerlichen Liebe, die mir gerade vorkommt wie ein schaler Trunk schlechten Bieres?

Vernünftiger bin ich und rechtlicher als du, – eiferte Gottlieb – denn in kurzem bist du und der leichtsinnige Schneider auf dem Hunde.

Höre, – erwiderte der letztere und der Schlosser – nun ist's genug! Lasst uns nicht in Unfrieden und Hader scheiden! – Hat doch jeder seinen eigenen, freien Willen, und ist nicht des Menschen Wille sein Himmelreich? – Nach Italien ziehe ich! Rief der Schneider. Und ich durchs liebe Deutschland! – endete der Schlosser – und damit Punktum.

Nun wohl, so zieht! – entgegnete der Zwickauer – aber lasst uns feierlich versprechen, uns gegenseitig zu helfen, wenn wir in Not sind.

Ja, das wollen wir! Riefen alle und legten die Hände schwörend ineinander.

Und jährlich lasst uns am Bartholomäustage, dem Gedächtnistage unsers heutigen Abschiedes, briefliche Kunde geben von uns, wo wir sind und wie es uns geht, und zwar hierher an den Ankerwirt; der soll's bestellen an jeden, und über zwei Jahre am Bartholomäustage müssen wir uns hier wieder in Person zusammen einfinden.

Topp und Amen! So soll's sein! Riefen alle, und nun wurde das Valet getrunken, die drei Brüder gaben sich nochmals herzlich die Hand, schnürten ihre Ränzel und zogen aus, der eine hierhin, der andere dorthin.

Bruder Gottlieb aber hatte sein Geld bei einem Handelshause niedergelegt, sichere Wechsel auf Z ... genommen, und fuhr mit dem zagenden, liebenden Herzen voll Sehnsucht im Postwagen zum Tore hinaus.

Wie lang wurde ihm die weite Reise, und doch auch wieder wie bangte ihm vor der Ankunft am Ziele, wo wahrscheinlich eine traurige Entwickelung seines Schicksals ihn erwartete. – Wahrlich, man kann es ihm nicht verdenken, dass, je näher er der ersehnten Gegend kam, desto unruhiger ihm das Herz klopfte, und dass er in Angst, das Schreckliche zu hören, nirgends fragte nach Meister Engelmann und seiner lieblichen Tochter.

Endlich, an einem schönen Herbstabende, streckten sich vor ihm aus dem dämmernden Nebel die stattlichen Türme des königlichen Z ... Lebendiger ward es auf der Heerstraße. Karossen rollten und geputzte Fußgänger kehrten heim vom Spaziergange. Schon hörte er die Turmuhren schlagen, näher und immer näher kam er dem Gewimmel der volkreichen Stadt, und endlich, endlich war er am Tor, da stieg er vom Wagen, nahm sein Ränzel auf den Rücken und wanderte ein. Mechanisch trugen ihn die zitternden Füße stolpernd durch die Gassen, hin nach dem Orte seiner Liebe, hin in die Straße, wo Meister Engelmann wohnte. Schon war's dunkel. Da stand vor ihm das Haus, wo sie lebte, sie, für die er ja jetzt gern das eigene Leben gegeben hätte, aber alles war tot und still in dem weiten Gebäude, in keinem Zimmer war Licht. Er klinkte an der Haustür: Sie war verschlossen, er zog an der Klingel, nichts regte sich. Endlich zog er stärker, und aus einem kleinen Seitenfenster streckte sich ein widerliches Altweibergesicht hervor und fragte mit grölender Stimme, wer da sei und so ungebührlich lärme.

Ein Fremder! War die Antwort. Wo ist eure Herrschaft?

Alles ist in der Weintraube zur Hochzeit. – Kommt morgen wieder! – krähte die Alte und schlug dag Fenster zu.

Wie ein Blitzstrahl war es vor dem Armen niedergefahren, und kaum hatte er Kraft, sich aufrechtzuerhalten. Wankend schritt er weiter zur Herberge. Da musste er bei der Weintraube vorbei. Schon von fern sah er alle Fenster hell erleuchtet und fern schon das Getümmel des Straßenpöbels, und entgegenjubelte ihm der lustige Reigen.

Was gibt's hier? Fragte er vor dem Haustore. Hochzeit! War die Antwort. Der Gastwirt hat die Jungfer Engelmann geheiratet – und in dem Augenblicke flog oben am offenen Fenster Marie vorüber im wirbelnden Tanze, köstlich geputzt und mit Blumen geschmückt.

Oh, so fahre nun auf ewig hin, frohe Lebenshoffnung! Jammerte der Unglückliche mit Tränen. Oh, dass ich gerade zu dieser Stunde hier sein muss, o warum nicht lieber niemals! Und so wankte er mit zerrissenem Herzen in die Herberge. Kein Trunk, kein Bissen kam über seine Zunge, keine Frage, kein Wort aus seinem Munde, kein Schlaf in seine Augen, aber mit der frühen Morgendämmerung der Entschluss, noch einmal das Haus, wo sie gewohnt, noch einmal seine geliebte Werkstatt zu sehen, und nun weiter zu ziehen nach Zwickau, wie er sich vorgenommen.

Früh um acht Uhr schnürte er sein Ränzel und ging in demselben schäbigen Röcklein, in welchem er in die Residenz eingewandert – denn von seinem nunmehrigen Wohlstande sollte hier niemand Kunde erhalten, nach dem Hause des Meisters Engelmann. Wie er die Türe auftat – Himmel! Wie ward ihm. Marie, Marie kam soeben die Treppe herunter in demselben niedlichen Morgenanzuge, in dem er sie zum ersten Male gesehen.

Erschrocken, als erblicke sie einen Geist, blieb sie einen Augenblick zweifelnd stehen, aber bald, wie sie sich vom wirklichen, lebenden Dasein überzeugte, flog sie mit dem Freudenrufe: ach Gottlieb, Gottlieb! An die Brust des Erstaunten.

Lasst mich, junge Frau, sprach er, sanft abwehrend.

Ach, Gottlieb ist da! Gottlieb ist da! Jubelte die Freudentrunkene und stürmte hinauf zum Vater.

Nun, Zwickauer! Zwickauer! – rief der Vater noch oben und eilte am Arme der Tochter herab – ist er's denn wirklich? Nun, sei Er uns doch schönstens willkommen! Herauf mit Ihm, herauf! Wo hat Ihn denn der Geier gehabt? Gott Lob, dass Er da ist!

Ach, Meister, – entgegnete der Bestürzte – sprecht doch nicht Gott Lob! Es ist doch nun alles vorbei, ich ziehe weiter nach Zwickau und komme nur, meiner lieben Werkstatt und Ihm Valet zu sagen auf ewig und der jungen Frau Schwappel da Glück und Segen zu wünschen zum neuen Ehestande.

Ist Er toll, Zwickauer? – sprach der Meister staunend – was faselt Er da?

Nun, hat nicht Marie – entgegnete Gottlieb – Hochzeit gehabt mit dem Weintraubenwirte?

Ach! – dehnte der Meister – ist es das? Nun freilich, das ist vorbei. Hat Er nicht auch Hochzeit gehabt in Leipzig?

War nicht das Schwein schon im Stalle, als Er von hier wegging? Aber komm' Er nur herauf, Zwickauer, droben sind noch mehr Gäste, und den Frühimbiss wird er doch wohl noch mitnehmen, eh' Er weitergeht.

O komm, Gottlieb! – jubelte Marie – komm! Und am Arme des Vaters und der Tochter fortgezogen, wankte er die Treppe hinauf und trat ins Prunkzimmer.

Da saß mit verklärtem Gesicht der Gastwirt zur Weintraube, auf den Marie hastig und freundlich zusprang, ihn auf den Bauch klopfte und rief: Schwappelchen, o trautes Schwappelchen, das ist ja der Gottlieb! Auch saßen da noch ein paar andere Menschen, auch stand vor ihnen der Tisch mit Wein, Kuchen und Braten, aber Gottlieb sah das alles nicht, er sah nur Marie und stand versteinert mit offenem Munde wie Lots Salzsäule.

Dass Er eben kein Fortün gemacht in der Fremde, lieber Zwickauer – nahm der Meister das Wort – und bei der Heirat in Leipzig auch keine Seide gesponnen, das sieht man Ihm an den Federn an, und gelt, Er sucht das alte Futter bei Meister Engelmann? Warum plagte Ihn denn der Geier, dass Er ging? Was fuhr Ihm denn für eine Schrolle durch den Kopf? Ach, Meister! Antwortete Gottlieb. Wozu das Gefrage? Was kann dag Antworten nützen? Lasst mich ziehen nach Zwickau.

In Gottes Namen! – lachte Engelmann – aber vorher setz' Er sich und lang' Er zu! Vor allen Dingen aber mach' Er der respektabeln Gesellschaft sein Kompliment, wie sich's gebührt. Sieht Er, das da ist Vetter Schwappel, der Gastwirt zur Weintraube, dag da ist

Frau Muhme, verehelichte Schwappel seit gestern, sonst Jungfer Susanne Engelmann von Tiefenbach, das da –

Wa – wa – was? – stotterte der Zwickauer – *das* ist die junge Frau? Meister, um Gottes willen, das also ist die Frau des Herrn Gastwirts seit gestern und nicht Marie?

Ach was, Marie! Entgegnete Engelmann. Tu' auf die starblinden Augen, du unglücklicher Zwickauer! Marie war nur die Freiwerberin und hat nun richtig den Kuppelpelz. Als Er zu mir kam in Arbeit, Zwickauer, da war ja eben Marie zur ersten freundlichen Eröffnung in Tiefenbach.

Ach und darum – jubelte Gottlieb und sprang um den Gastwirt herum wie ein Böcklein – darum gebärdeten sich Euer Hochedelgeboren so freundlich gegen Marien. O fasse dich, Herz! Würdigster! Gott segne doch nun und immerdar Deroselben Weintraube, Dero eigne Person und liebe junge Frau! Ach, Verzeihung für die ungebührlichen Reflexionen und Redensarten über Sie und Deroselben Westengegend, welche ja doch eine höchst proportionierte und recht liebenswürdige Rundung hat! Ach, ich bin ganz außer mir vor Reue und Hochachtung! O zu Hilfe, ihr närrischen Possen, dem gepressten Herzen!

Sei Er doch vernünftig, Zwickauer, – unterbrach ihn der Meister – und seh' Er um sich. Hier sitzt ja auch der jungen Frau Mutter, meines seligen Bruders Wittib.

Aber der Zwickauer hörte und sah nicht. Er sprang und tanzte und hatte nun Mariens Hände gefasst, und rief: O Marie, so bist du also noch frei! Marie, so kannst du dich doch freuen, dass der arme Gottlieb wieder da ist.

Ach, Gottlieb, – flüsterte die Holde – ich sollte mich nicht freuen, dass der Verlorene wiedergefunden ist? Du, mein Lebensretter!

Und wäre es wirklich kein Traum? – fuhr der Hochentzückte fort – wärst du wirklich dem armen Gottlieb gut gewesen, könntest du noch jetzt? – o Marie!

Mache das mit meinem Vater aus, – unterbrach ihn leise die Jungfrau und sah, glühend wie das Morgenrot, zur Erde.

Was ist da auszumachen! – herrschte der Meister. Sitzt Er denn nicht im Ehezwinger in Leipzig? Zwar haben wir – fuhr er lachend fort – lange schon erfahren, dass das nur faule Fische sind, denn gleich wie Er fort war, schrieben wir nach Leipzig; aber hat Er's uns nicht vorgefabelt zum Affront? Kann Er nicht unterdes wirklich einen andern soliden Herzensfisch geangelt haben? – Er sieht mir ganz darnach aus.

Marie! Seufzte der Geängstete – ich habe die treue, hoffnungslose Liebe für dich in meinem Herzen herumgetragen und bin zwar arm, aber –

Warum hoffnungslose Liebe, Zwickauer? Unterbrach ihn Engelmann. Freilich der Vater hätte das Kind dem Herrn anbieten und entgegentragen sollen, nicht wahr? Um die Komödie von der verkehrten Welt recht ordentlich aufzuführen? Hat Er denn selbst schon dem Vater von seinen hochtrabenden Ideen gesagt? Denn das sieht Er doch wohl ein, dass Meister Engelmann nicht sein einziges Kind dem ersten besten Hasenfuße geben konnte, der nichts ist und nichts hat? Aber bei ihm war das freilich eine andere Sache, Er hat Batzen.

Also wisst Ihr's schon? Rief Gottlieb.

Was sollten wir nicht! – entgegnete der Meister. Liegen doch fünfhundert Dukaten, die ich Ihm bei Seinem Abschiede als kleine Abfindung auf meine große Schuld zahlen wollte, und die Er so schnöde zurückgewiesen, noch unangebrochen dort im Schranke für Ihn aufgehoben. Und hier, Zwickauer, hier hat Er sie, nehm' Er! Es ist Sein teuer erworbenes Eigentum und kein Pfennig daran geschenkt. Nun ist Er ein Batzenmann und kann schon ein Wort wagen. Mit fünfzehnhundert Talern hat man einen schönen Anfang, und Meister Engelmann wäre ja nicht gescheit, wenn er den Silberfisch aus dem Garne ließe.

O mein edler Meister! – rief der Überraschte mit Tränen – ja, nun nehme ich Sein Geld und trete ich mit der milden Gabe Seiner Großmut hier im Angesichte dieser teuern Menschen vor Ihn hin und frage ehrerbietig, ob der arme Zwickauer hoffen darf auf Seine väterliche Liebe.

Mache dem Reden ein Ende, Gottlieb – erwiderte der Meister mit unterdrückter Rührung – und setze dich vor allen Dingen zu uns. Du siehst mir nüchtern aus, wie eine schale Leichenpredigt, darum iss und trink. Nimm das fröhliche Glas, über das andere wollen wir schon weitersprechen.

Ja – meinte der Zagende – dass mir's so ginge, wie in und nach meiner Krankheit. – Hattet Ihr nicht da auch beide das weitere zu reden versprochen, wenn ich gesund sein würde, und habt Ihr nicht dadurch, dass Ihr's nicht tatet, mich in Verzweiflung gestürzt?

Wer hat Ihn denn geheißen zu verzweifeln? – Was war denn da weiter zu reden? – strafte der Meister – die Sache war ja abgetan, und dass wir doch unmöglich von selbst sprechen konnten: Vortrefflicher Herr Gottlieb, sei Er doch so gut, Seine Sache anzubringen; das sieht Er doch wohl selber? Ja, es schien uns, da Er immer noch stillschwieg, dass Er Mucken habe, und darum wurden wir auch einsilbiger.

Aber warum denn, o Marie, – fragte Gottlieb – warum behandeltest du mich denn an dem bewussten Sonntage und nachher so schnöde?

Warum? – nahm der Vater das Wort – oh, schweige Er mir doch ja von dem Sonntage! Ist es wohl fein und ehrbar, sittige Jungfrauen zu belauschen, wenn sie sich ankleiden, und sie zu überfallen im Schlafzimmer? – Sieht Er, Gottlieb, hätte ich Ihn bei dem Diebesgange geattrapiert, so lieb ich Ihn habe, ich hätte Ihm den Hals umgedreht. Konnte Er nach diesem wohl erwarten, dass eine ehrliebende Dirne auch nur das Auge zu Ihm aufschlagen würde?

O Himmel! So löset sich denn alles zu meinem Glücke! – rief der Zwickauer. O verzeiht, Ihr edeln Menschen, was ich gegen Euch verschuldet, rasende Liebe und Eifersucht trieben mich aus diesem Himmel, und ach! – Marie, wie habe ich dich noch beim Abschiede gekränkt! O vergib, Marie, dass ich nicht wenigstens den Zehrpfennig nahm, den mir deine Liebe noch zuletzt anbot.

Gottlieb! – entgegnete die Gute und legte die Hand auf seine Schulter – oh, hättest du's getan! – es war kein Geld, was ich dir geben wollte, es war das Geständnis meiner – ach, du weißt's ja nun. Aber du stürmtest fort in toller Blindheit, und ich war in Ohnmacht dahingesunken. – Wohl schrieben und forschten wir nach dir drei lange Jahre, aber niemand gab Kunde von dir. Der ehrliche Vetter Gastwirt, von dem die Kraftsuppen in deiner Krankheit kamen, fragte wohl sorglich jeden Fremden nach dir, aber umsonst.

Ja, – nahm der Gastwirt das Wort – und *daran*, dass ich meine Susanne so spät heimgeführt in die Weintraube, ist Er auch schuld. Denn unsere Hochzeiten sollten an einem Tage sein. Aber nun ging's doch nicht mehr länger – und länger konnte ich nicht mehr warten; aber wahrlich, Zwickauer, die Tränen, die noch gestern geweint worden, hat Er auf Seiner Seele!

Ja – versicherten die Frauen – die Jungfer Muhme war ordentlich melancholisch.

Nun, so bin ich denn – rief der Glückliche – gänzlich vom Satan geblendet gewesen. O verzeiht, nehmt mich auf unter Euch, Ihr Herzlieben! Ich will Eure Treue vergelten und mit Euch ja nun leben und sterben!

Vor der Hand ess' und trink' Er mit uns! – fiel der Vater ein – und auf den Abend sind wir alle und noch mehr gute Freunde in Lindenruh, da wollen wir lustig sein. Von Seinen Mitgesellen ist freilich keiner mehr in der Werkstatt, aber Er muss sich auch ohnedies zu den Meistern halten, denn bald wird Er's ja doch selber sein, und morgen mag Er Sein Meisterstück anfangen. Dass

Er auf den Abend etwas reputierlicher in honetter Gesellschaft erscheint, das soll deine Sorge sein, Marie.

O lasst mich stracks in meine Bodenkammer führen, – bat der Entzückte – weiter ist nichts nötig, aber bald, lieber Vater, bald!

Mitnichten, – antwortete *der* – mitnichten, mein Sohn! Auf dem Boden mögen unsere Gesellen und Jungen herbergen. Du ziehst in die blaue Stube. Marie, führe ihn hin; ich weiß zwar, du tust's ungern, aber du musst einmal in einen sauern Apfel beißen.

Und am Arme der Liebe dahin flog mit seinem Ränzel der selige Zwickauer.

In der blauen Stube, in den ernsten, heiligen Augenblicken des erlaubten, ersehnten Alleinbeisammenseins schlossen sich die Liebenden fest in die zitternden Arme. Was Worte nie sagten, das sagten nun die langsamen, seelenvollen Küsse, und nur des Vaters Ruf unterbrach endlich die stumme Seligkeit.

Da wurden aus dem Felleisen hervorgelangt die stattlichen Festkleider und das saubere Linnen, und bald stand der arme Schreinergeselle, in einen Herrn verwandelt, vor dem Spiegel, steckte das teure Brieflein an Wolf Oppenheimer, den Bankier, zu sich und eilte wieder zur Gesellschaft.

Die traute ihren Augen nicht, der Gastwirt ließ vor Schreck den Hühnerflügel fallen, der eben die Reise zu seinem Munde angetreten, der Meister rief, in die Hände schlagend: Zwickauer, wie kommt Er mir denn vor? Ist Er's denn, oder ist Er's nicht? Und Marie sah hocherglühend zur Erde, die andern Frauen aber mit Wohlgefallen auf den schlanken, geputzten Gesellen.

Bravo! – fuhr der Meister fort – bravo, Zwickauer! Es ist ein Wunder geschehen, merke ich, Er ist solid geworden und hat das Seinige zurate halten gelernt. Prächtig! Und so wollen wir heute schon Mariens Geburtstag feiern, der erst morgen ist. – Gottlieb, du sollst leben! Marie, du sollst leben! Und ihr alle, meine lieben Freunde, sollt leben! – Vivat! Riefen alle, und lustig klangen die Gläser.

Aber nun erlaubt mir auch, – bat Gottlieb – dass ich noch einige nötige Gänge tue; zum Mittagessen bin ich wieder da.

Geh' und sei nicht lange, riefen ihm alle nach, und Marie begleitete ihn die Treppe hinunter.

Wohin aber ging der Zwickauer? – Das könnt ihr erraten. War nicht, wie er soeben erfahren, morgen der lieben Braut Geburtsfest? – Aber kein Mensch erfuhr, wo er gewesen, und im Jubel seliger Lust enteilte der glückliche Tag und der Abend in Lindenruh.

Wie am andern Morgen die Familie wieder zum Frühstück beisammen war, was keucht da mit schweren Körben die Treppe herauf, was trappelt da den Gang her mit mühsamem Ächzen?

Herein, Ihr lieben Leute! – rief Gottlieb – hier herein! Und öffnete weit beide Türen. Und herein in den Saal schleppen die vielen Träger die gewichtigen Körbe und wischen sich den Schweiß.

Was ist das? – rufen alle erstaunt – was ist das? Aber Gottlieb nimmt die Decke weg vom ersten Korbe, zieht

Marien hin und spricht: Marie, meine einzige Marie! Nimm hier dein Brautkleid zu deinem Geburtstage.

Wie Schnee glänzte der köstliche Atlas in der holden Farbe der Unschuld der Hochentzückten entgegen. Aber wie sie ihn nun aufnimmt, wie sie nun hüpfend das schöne Geschenk den Freunden zeigen will, Himmel! Was liegt denn darunter?

Lächelnd spricht Gottlieb: Marie, das gehört mit zum Angebinde, und das in den andern Körben auch, und alles, alles ist dein!

Hastig greifen der Meister und die Gäste in die Körbe, und was auch jeder herauszieht – es sind schwere Beutel mit Golde.

Was ist das?! Rufen alle erschrocken.

Gold ist's! Antwortete der jubelnde Zwickauer. Dreißigtausend Taler sind's, die ich in der Lotterie gewonnen, und die ich hier meiner lieben Braut zum Geburtsfeste schenke.

Ah! – Ah! – stammeln alle und stehn wie in starrer Verzauberung. Dreißigtausend Taler!

O behalte deinen Mammon! – ruft Marie an Gottliebs Brust – und lass mir dein Herz!

Aber was rasselt da vor dem Hause? Was hält da für ein niedlicher Wagen mit dem glänzenden Braunen im funkelnden Geschirr? – Vater! – spricht Gottlieb – lieber Vater! Das Wägelchen schenke ich Ihm zur Fahrt nach Lindenruh. Und hier – ein großes Paket öffnet sich – hier sind auch ein paar seidene Kleidchen für die lieben Muhmen.

Stille! Zieht nicht lustige Musik die Straße herauf? – Was schimmert so sonderbar vor dem Hause? – Ihr könnt wetten, das ist Schwappels Präsent. – Ein prächtiger, polnischer Ochse mit samtreinem, weißen Felle, mit vergoldeten Hörnern und mit Blumen bekränzt, staunt die ihn umklingende Haydnsche wohlbekannte Melodie zu demselben Texte an und wird dem überseligen Gastwirte als sein geschenktes Eigentum vorgeführt.

Die Freude, die Überraschung, das Treiben, das Getümmel, das Fragen, das Erzählen – male es sich ein jeder, wie er kann. – Engelmanns Haus war ein Haus des Glückes und des Jubels.

Als aber nun die ersten Töne dieser lauten und lärmenden Lust verrauscht waren, als nun das Meisterstück fertig und der Strenggeprüfte ehrenvoll eingezünftet war, als nun am Altare Herz und Herz, Hand in Hand den heiligen, ewigen Bund der Liebe beschworen; da zog die stille Seligkeit ein in Engelmanns Haus, und die Tage, die Wochen, die Monate flogen dahin im Genusse nie getrübter Wonne.

Bald war ein Jahr vergangen und herangekommen der Tag Bartholomäi, an welchem die Brüder briefliche Kunde von sich geben sollten. Der Gastwirt zum goldenen Anker aber in der Residenz hatte nur *einen* Brief erhalten, und zwar vom Schneider. Der Schlosser und Gottlieb hatten nicht geschrieben, warum? Wird die Folge lehren. Zickels Brief lautete also:

Gott zum Gruß, lieben Brüder,
Gottlieb Freudenberg von Zwickau und
Hanns Schwerlich von Mannheim!

Ich sitze in den Freuden des Paradieses bis über die Ohren und bedaure Euch, Ihr Armen, die Ihr keinen Sinn für das Große, Erhabene, Vornehme habt und ewig in der niedern Region der Mittelmäßigkeit bleiben werdet, trotz Eurem Mammon. Oh, dürftet Ihr nur ein einziges Mal zur Tür hereinschauen, oder durchs Fenster in den hellerleuchteten Saal, wo Euer Bruder Franz mit den Exzellenzen und Eminenzen umgeht wie mit seinesgleichen, und wo es ihm nur Pomade wäre, fünf bis sechs Herzoginnen in sich verliebt zu machen, zum Rasendwerden, wenn sich's eben der Mühe lohnte. Freilich bin ich aber auch ein Mensch danach – Euch dabei im geringsten nicht zu verachten. – Aber hört, wie alles so gekommen ist.

Von Euch weg zog ich immerfort nach Süden, meinem großen Ziele zu, und hier, in dem schönen, königlichen Mailand, habe ich's gefunden. Hier, gleich den ersten Tag bei meiner Ankunft, lernte mich der Graf Spadefanti kennen – Brüder! Ein Herr, dem die ganze Gegend rund um Cremona gehört, der in der weltberühmten Bank des ersten päpstlichen Dragoner-Regiments allein drei Millionen Dukaten auf Zinsen ausstehen und vier Kriegsschiffe zu Parma liegen hat, die jährlich für neunmal hunderttausend Taler Käse nach Norwegen bringen. Wunderbar führte mich das Glück zu dieser Bekanntschaft. Gleich den ersten Abend, nachdem ich gespeist hatte, fragte mich der Wirt, ein ausgewitzter Pfiffikus, der mich sehr lieb gewonnen, ob es meiner Gnaden nicht gefällig sei, ein wenig hinauf zu spazieren zur noblen Gesellschaft. Ich ließ mir dies nicht zweimal sagen und trat in ein geräumiges Zimmer, in welchem eine Menge Herren um eine grüne Tafel saßen und spielten. Die Leute waren gegen mich ganz außerordentlich freundlich, ja, einer mit einem großen Orden an der Brust machte mir sogleich Platz und ließ mich sitzen. Brüder, Ihr hättet sehen sollen, wie ich mich benahm! Ich spielte mit, als sei ich an dergleichen von Kind auf gewöhnt. Das Glück wollte mir zwar nicht wohl, ich verlor dreihundert Dukaten, aber was ich erwarb, war mehr wert als zehnmal soviel. Ein junger Mann vom vornehmsten Ansehen zog mich beiseite, machte mir die größten Lobeserhebungen über meinen Anstand, nannte mich nur immer den liebenswürdigen Deutschen und bot mir seine Freundschaft an.

Brüder! Das eben war der Graf Spadefanti. Den Morgen darauf holte er mich zum Frühstück in sein Hotel. Ah! Da sah ich zum ersten Male den glänzenden Stern meines Lebens, die Immortelle meiner ewigen Liebe, die schöne Rosa, des Grafen Schwester. Die war Euch denn gleich in mich vernarrt, ganz wie rasend. Der Bruder mochte es wohl merken, aber er drückte ein Auge zu und ließ uns sogar unter dem Vorwande, dass er dringende Geschäfte habe, allein. Brüder! Das war der Augenblick der Gelegenheit, der, wenn er mir ungenützt entwischte, nie mehr wiederkam. Ich benutzte ihn also redlich, und bald lispelten mir die allerholdesten Purpurlippen, die ich je geküsset, das: *O dolce mio tesoro!*

Ach, Ihr habt keinen Begriff von dem, was italienische Liebe und italienische Sprache ist! Wenn bei Euch in Deutschland unter der trüben Wolkendecke des nordischen Himmels der Hans Michel mit seiner Anne Liese die schläfrigen Grade der Liebe durchgeht, wie es im

Buche steht, oder das gnädige Fräulein Gans sinnend und sehnend an dem Strohhalme steht, der sie vom Herzgeliebten scheidet und den Ihr Konvenienz nennt, fliegen hier die Liebenden, frei und leicht wie Libellen im heitern Sonnenscheine eines ewigen Sommertages, über Hecken, Dornen und Gräben zum fröhlichsten Lebensgenusse! Ihr habt davon gar keine Idee! – Und wie kalt und plump ist schon Eure Sprache! O süßer Schatz! Wie ledern klingt das, da hier das einzige Wörtlein: *dolce*! Schon den Mund füllt wie ein reifer, saftiger Pfirsich. – Glaubt mir's daher, dass, seit mich die schöne Rosa liebt, ich erst den Wert des Lebens recht kenne. Was wollen dagegen die armseligen tausend Dukaten sagen, die ich nach und nach in kleinen Geschenken meiner Herzenskönigin opferte! Aber weit bedenklicher war der große Abstand unserer Geburt. Sie eine Gräfin und ich von Haus aus doch weiter nichts als ein erbärmlicher Schneidergesell! Sollte eine nähere Verbindung stattfinden, die wir doch so sehnsuchtvoll wünschten, so musste dieses Hindernis aus dem Wege geräumt werden, und wo war dies möglicher als hier im glücklichen Italien, wo ein leichter Himmel die bedächtlichen Skrupel von persönlichem und wirklichem Verdienste gar nicht zur Sprache kommen lässt.

Der Graf, nun mein allerintimster Freund, nahm sich meiner mit der tätigsten Wirksamkeit an, und in kurzem war ich durch ihn vom Fürsten von X ... zum Marchese Capreoli erhoben. Es kostete lumpige tausend Dukaten und ich durfte mich noch dazu selbst bei der Sache um gar nichts mühen und kümmern. Der Graf nahm das Geld, und aus seinen Händen erhielt ich das Diplom und mein neues Wappen, nämlich in blauem Felde den berühmten tibetanischen Königstiger, von dem das Kamelhaar kommt. [1] Ja, bald wird mich sogar der große Orden des heiligen Zyprian schmücken. Die fünfhundert Dukaten hat der Graf schon.

Ihr seht also hieraus, lieben Brüder, dass ich nun vornehm geworden, und mir darum hinfüro von Euch alle etwanige Anzüglichkeiten von: Schneidergesell, und dergleichen, so wie den Namen: Zickel, verbitte, da ich der Marchese Capreoli bin. Übrigens aber halte ich auch hier meine Talente keineswegs unterm Scheffel verborgen. Denn auf Verwenden meines Freundes hab' ich sogar, als ich noch nicht Marchese war – nun würde sich das freilich nicht mehr schicken – auf dem großen Theater der Skala getanzt. – Brüder, den Beifall, den ich da erlangt, Euch zu beschreiben, das ist rein unmöglich. Das ganze Haus bebte vom schallenden Gelächter.

Sogar Erfrischungen wurden mir ans Theater geworfen, Äpfel und Pommesinen, von denen freilich einige etwas angebrochen waren.

Und über die Großmut und Freigebigkeit des Grafen geht gar nichts. *Er* hat mir zu meinem Geburtstage einen Brillantenring verehrt, den ich seiner unflätigen Größe wegen gar nicht tragen kann. Ich Armer! Ich hatte freilich nichts als Geld, das ich ihm zu *seinem* Geburtstage dagegen geben konnte, aber er nahm's freundlich und gütig. Ja, was tat er? Ihr werdet es kaum glauben; er schenkte mir seine vier Käseschiffe in Parma und ließ mir sie gerichtlich verschreiben. Juchhe! Wie sprang ich,

---

[1] Wahrscheinlich die Kämelziege.

als mir der Notar das Instrument eingehändigt und sich mit dem raisonnablen Douceur in der Tasche zum Zimmer hinausgedrückt hatte. Welche Feste folgten nun, welche neue Freuden schuf mir mit jedem Tage das holde Geschwisterpaar, das übrigens ein Herz und eine Seele ist! Nein, wie *die* sich lieben, davon habt Ihr keinen Begriff! Stundenlang kann er bei der Schwester sein, wenn ich nicht da bin, und es ist ordentlich rührend anzusehen, wie sie manchmal glühend auseinander fahren, wenn ich ins Zimmer trete. O welchen himmlischen Bund der Liebe schließen wir drei Glücklichen! Aber es wird noch besser kommen, wenn die Zinsen aus der päpstlichen Regimentsbank eingetroffen sein werden und das unauflösliche Band der Ehe sich um mich und um meine Rosa geschlungen haben wird. Es ist daher wirklich noch ungewiss, ob ich übers Jahr zum Bartholomäustage zur persönlichen Zusammenkunft in B ... eintreffen werde. Auf jeden Fall aber schreibe ich. Denn wenn nun auch schon der nähere Umgang zwischen uns aufhören muss, so verbleibe ich doch stets

Euer wohlaffektionierter Freund
der Marchese
Francesco Capreoli.

Milano, **den 16. Juli.**

*

Ach du armer Teufel! Seufzte Gottlieb, als er dies Brieflein gelesen. O du verblendeter, betrogener Tor! Übers Jahr zum Bartholomäustage bist du doch ganz gewiss wieder in der Residenz und hast den freundlichen Traum deines Lebens ausgeschlafen.

Dass es so kommen würde und so kommen musste, und dass es auch bei dem Schlosser so kommen werde, der unbegreiflich verschollen war, das hatte dem noch so glücklichen Tischler in Z ... vom Anfange an seine Überzeugung gesagt, darum kam er nun auch nicht nach B ..., als auch das zweite Jahr vergangen und der zweite Bartholomäustag nun da war. Aber ein Schreiben an die Brüder von ihm lag beim Gastwirt zum goldenen Anker.

Ob sie nur kommen werden? Fragte *der* den ganzen Tag in gespannter Erwartung und schaute fleißig zum Fenster hinaus und vor die Türe. Die Remise war geleert zur Aufnahme der Wagen der reichen Gäste, und im Stalle für ihre Pferde Platz gemacht; aber der Tag verging und kein Wagen kam, keine Pferde zogen ein.

Endlich, am späten Abend, schlich still und bescheiden, mit seinem Ränzel auf dem Rücken und im dürftigen Reiserocke ein Wanderer die Straße daher. Es war Hanns Schwerlich von Mannheim, und fast zu gleicher Zeit wanderte auch von der andern Seite Zickel ein, ebenso schäbig angetan, und eben auch, wie jener, das schlappe Ränzel auf dem müden Rücken, aber fröhlich und wohlgemut.

Nun, willkommen! Willkommen! Ihr lustigen Gesellen! Rief der Wirt. Ei, ei, so allein? Wo ist denn die Equipage und der Koffer mit den Talern?

Ach! – rief der Schneider – das Gott erbarm! Wie ich auf die Welt kam, da war ich arm, und setz' ich wieder hinaus den Schritt, so nehm' ich auch keinen Heller mit.

Da hast du sehr recht, Bruder Zickel! Rief der Schlosser. Grüß dich Gott, ehrliche Seele! Das ist auch meine Philosophie. Im Paradiese der ersten Welt hatten Adam und Eva ja auch kein Geld. Wie ich merke, haben wir beide, wenn wir auf den Baum steigen, auf Erden nichts zu suchen. Nun schönstens willkommen! Sind wir doch wieder hier. Wenigstens werden wir uns was zu erzählen haben. Aber wo ist denn die treue Seele von Zwickau?

Der kommt nicht, – antwortete der Wirt – aber hier hab' ich ein Brieflein an Euch.

Gebt her! Riefen die Gesellen und lasen:

Gott zum Gruß, lieben Brüder,
Franz Zickel von Ulm und Hanns Schwerlich
von Mannheim!

*

Gern wäre ich am Bartholomäustage bei euch, wie ich's versprochen, ihr Guten! Aber es ist unmöglich, denn ich liege krank danieder im Spital und sehe meinem letzten – Gott gebe, seligen Stündlein entgegen. Durch schnöden, schändlichen Betrug bin ich um alles das Meinige gekommen, aber vor zwei Jahren, als wir uns trennten, habe ich dem Wirte zum goldenen Anker hundert Taler übergeben, die mögt ihr nehmen, wenn ihr's braucht, sie waren vom Anfange an für euch bestimmt. Ich selbst schmachte in Kummer und Elend. Könntet und wolltet ihr mich hier besuchen, so würde es mir sehr lieb sein, und ihr dürft euch nur im Gasthofe zur Weintraube melden, wo man euch schon zu mir führen wird. Gehabt euch wohl und denkt mit Liebe an

Euern armen Bruder
Gottlieb Freudenberg.

*

Also arm, krank und elend im Spittel bist du, treue Seele? Jammerten die Brüder. O so ist es bei uns allen zerronnen, wie es gewonnen war! Aber wie viel schlimmer bist du daran als wir; denn wir sind doch wenigstens gesund.

Ja – sprach der Gastwirt – und hier sind auch die hundert Taler! Dafür könnt ihr euch manchen frohen Tag machen.

Hundert Taler! Riefen die Brüder. Ja freilich, dafür wollen wir uns auch wirklich einen frohen Tag machen! Sie sahen einander an, und ohne dass es eines Wortes bedurft hätte, war es bei ihnen entschieden, welchen frohen Tag sie gemeint.

Als sie sich mit Speise und Trank gelabt – – der Wirt schüsselte ganz ordentlich auf und nahm in Erinnerung des frühern Genusses, keinen Pfennig dafür, – als sie sich satt erzählt und ausgeschlafen, schnürten sie am Morgen darauf mit liebender Eile ihre Bündel, näheten die hundert Taler ins Rockfutter und wanderten vereint nach Z*** zu Bruder Gottlieb, dem Zwickauer. Ja – sagten sie sich noch wechselseitig – wir wollen uns einen frohen Tag machen! Dir, du arme, treue Seele, wollen wir deine hundert Taler bringen, du wirst ihrer bedürfen. *Dir* wollen wir dein letztes Stündlein versüßen durch Treue.

Und so zogen die Brüder dahin den langen, weiten Weg, oft mit hungerndem, knurrendem Magen und mit lechzender Zunge, bettelnd und fechtend, aber ein unberührtes Heiligtum, die hundert Taler, eingenäht ins zerrissene Rockfutter, mit sich tragend und unter dem zerrissenen Rocke das redlichste Herz.

O Tugend, in welche Hütten wirst du dich noch flüchten! Ruft ein bekannter Schriftsteller; aber wer ruft nicht hier: Redlichkeit und Treue, wohnst du unter so armseligen Bettlerlumpen, was wunder, wenn die Paläste und Prunksäle der Großen dir ihre Tore verschließen! Zieht hin mit euern schäbigen, getigerten Röckchen, ihr von eigenem Unglücke dem Staube wiedergegeben, von dem ihr genommen worden, sie mögen eurer Liederlichkeit spotten und euch den wohlverdienten Leviten lesen, die klugen Moralisten, die im eisernen Gleise ihres Philisterlebens nie von der geraden, gewöhnlichen Straße weichen konnten; eure moralische Höhe zu erringen vermögen sie nicht! Ihr seid nur ein Paar liederliche Handwerksburschen, aber ihr opfertet euer Größtes, euer Höchstes – eben eure Liederlichkeit – der treuen Freundschaft.

Auch ihnen, den Müden, streckten sich endlich im herbstlichen Abendnebel die Türme des stattlichen Z*** entgegen, und als sie in die Weintraube einwanderten, war es schon dunkel. Kraftlos und matt sanken sie auf die Bank, aber dennoch fragten sie gleich nach dem Spittel und wollten hin, ohne sich Rast und Labung zu gönnen. Der Gastwirt hatte jedoch bereits geschickt, hielt die Wanderer mit der Nachricht zurück, der Zwickauer, der sich wieder etwas erholt, werde bald selber kommen! Und es dauerte auch nicht lange, so trat er in gar armseliger Gestalt in die Wirtstube.

O willkommen, Bruder! Willkommen! Willkommen! Jubelte es aus aller Munde, und an der Brust lag einer dem andern.

Wir sind nun wieder alle arm! – rief der Schneider und der Schlosser – aber du, Gottlieb, bedarfst der Hilfe am nötigsten. Wir haben dein Brieflein im goldenen Anker erhalten und auch dein Geld. Aber siehe, hier bringen wir deine hundert Taler, und nun führe uns nur gleich in den Spittel, wir bleiben bei dir zur Pflege und wollen für dich arbeiten.

O ihr treuen Menschen! Erwiderte der Zwickauer. Ja, ihr sollt in meinem Spittel mit mir leben, und nichts wird uns nunmehr trennen als der Tod. Marsch, ihr lustigen Gesellen! Vorwärts! Nun geht's in den Spittel.

Engelmanns stattliches Haustor öffnete sich. Herunter, Marie! – rief Gottlieb – herunter, Vater, bringt Lichter, es kommen die Gäste! Und wie nun das niedliche junge Weib die Kameraden hinaufführte, und wie sie nun der Vater mit herzigem Handschlage grüßte, und wie sie nun die Reihe von Zimmern vorübergingen und eintraten in den lichten, geputzten Saal, da trauten die Wanderer ihren Augen nicht. Bruder Gottlieb! – riefen sie erstaunt – was ist das?

Das ist mein Spittel! Antwortete Gottlieb. Seht, das ist mein liebes Weib, das ist Meister Engelmann, mein Vater, das ist unser Haus. Brüder! Ich bin ja nicht mehr der arme Gottlieb, ich bin reich, ich bin ja auch nicht krank. Nur um euch hierher zu haben, schrieb ich das Brieflein dem Ankerwirte, und ich wusste voraus schon, wie alles kommen musste. Nun setzt euch, labt euch und erzählt, wie es euch gegangen. Aber darf ich dich denn auch noch du nennen, Marchese Capreoli?

O schweige mir von dem Marchese! – antwortete Bruder Zickel – die ganze Sache war ein schändliches Narrenspiel, der Graf Spadefanti ein Glücksritter und Betrüger, der mir mein Patent und meinen Orden selbst fabriziert hatte, und seine schöne Rosa seine Betruggenossin und Konkubine. Als sie mir alles bis auf den letzten Pfennig abgelockt, waren sie verschwunden. Kaum reichten noch meine besten Sachen zu Bezahlung meiner Schuld im Gasthause. Nun dachte ich – – hast du doch noch die vier schönen Käseschiffe zu Parma. Ich wanderte hin mit meinem teuer bezahlten Dokumente, das ein anderer Spitzbube von Advokaten gemacht, aber kein Mensch wusste etwas von solchen Schiffen, und, ausgelacht und verspottet, zog ich von dannen, griff dann zur Nadel und eilte, den Staub des verruchten Mutterlandes aller Betrüger und Gaukler von meinen Füßen schüttelnd, arm, wie ich vorher gewesen, wieder zurück ins liebe, deutsche Vaterland.

Und du, Bruder Schwerlich, welches ist *deine* Leidensgeschichte? Warum schriebst du nicht voriges Jahr am Bartholomäustage? Fragte der Zwickauer.

Warum? – entgegnete der Schlosser – weil ich nicht konnte. Ich saß in der Büttelei. Wo? Das sage ich ein andermal. Aber *wie* ich dahin und wieder herausgekommen, das muss ich erzählen.

Lange ging es mit meinen kritischen, naturhistorischen Versuchen gar trefflich. Hier und da zwar musste ich Haare lassen, denn es fand sich manchmal, dass, wenn ich über allzu tiefem Forschen eingeschlafen, oder mich durch die himmlische Kraft meiner Geister in seliges Vergessen meiner selbst gezaubert, dass ich mit leerem Säckel erwachte, doch das alles hätte mir noch nicht geschadet. Was mir aber den Rest gab, das war ein Philosoph und die Justiz.

Wie ich einst so den schönen Rhein hinaufziehe, gesellt sich zu mir ein gar stattlicher Mann in altdeutscher Tracht, mit herumhängendem Haare, bloßem Halse und respektablem Knittel. Ein Wort gibt das andere, und so erfährt er denn bald meine ganzen Umstände. O herrlich! Trefflich – ruft er – Ihr habt die wahre Lebensphilosophie. Genießen, genießen, das ist der Zweck des Weisen. Sagt's nicht der unsterbliche Schiller mit dürren Worten in seinem göttlichen Gedichte: Auch ich ward in Arkadien geboren? Sind es nicht Narren, die bloß hoffen und entbehren, und nicht drei doppelte Narren, die gerade dieses Schönste aller Meisterstücke dieses großen Dichters aus seinen Werken hinwegwünschen, weil darin der, jeden gewöhnlichen Menschen mit hausbackener Moral und notdürftigem Christentum niederschlagende, die klugen Lebensschmecker aber erhebende Satz durchgeführt wird, dass der Hoffer eben im Hoffen seinen Lohn dahin hat, und es dem sehnenden, gläubigen Entbehrer, der darum den Genuss ausgeschlagen, am Ende mit dem Henker gedankt wird? O Hanns Schwerlich, Ihr lebt in die Breite, und wahrlich! Ihr tut wohl daran. Denn wenn Ihr nun genossen habt nach der Möglichkeit, was hindert Euch, auch noch zu glauben und zu hoffen? Aber eins nur, mein Lieber, eins nur hierbei ist not, nämlich diese Breite auch wie ein zu schlagendes

Goldblatt zur möglichsten Länge auszutreiben. Seht, dieses eine ruht – im Magen. Ihr trinkt erklecklich; alles das kommt in den Magen, aber der müsste ja von Eisen sein, wenn er nicht endlich nachgäbe. Wüsste nur einer das Arkanum, dieses wichtigste Gefäß des Menschen, diese Hauptresidenz, von der alles physische und moralische Gute und Schlechte, alles Große und Erhabene ausgeht, dergestalt zu inkrustieren, zu verglasen oder zu verzinnen, dass er, dauerhafter als Bockleder, selbst von Scheidewasser nicht angegriffen würde; seht, gegen den wäre doch Hufeland, der Euch die bittern Tropfen der Mäßigung und des Entbehrens vorschreibt, nur ein Stümper! Und seht, Schwerlich, der Mann bin *ich*!

Ihr – rief ich erstaunt – Ihr habt dieses Arkanum erfunden? O so teilt es mir mit, ich will Euch vergelten, reichlicher als die naturwissenschaftliche Gesellschaft zu N***, die einen Preis von hundert Talern auf die beste Beantwortung einer Frage setzt, deren Erforschung Tausende kostet.

Kommt Zeit, kommt Rat, entgegnete der Philosoph. Ja, ich habe eine Magengoldpechtinktur erfunden, die auch dem allerrasendsten Säufer ein Leben von wenigstens zweihundert Jahren sichert. Aber ich bin arm, und zur Bereitung der Tinktur, die eigentlich der allerreinste Extrakt des feinsten Goldes ist, gehört Geld.

Oh, wenn es nur dessen bedarf – rief ich – Geld habe ich, und dass ich's kurz mache, wir tun uns zusammen, leben herrlich und in Freuden, ein hundert, ein tausend Taler nach dem andern wandert zum Philosophen, und die – göttliche Magenpechgoldtinktur, die nun in kleinen, flimmernden Fläschlein zum Vorschein kommt, macht mir, statt den Magen zu stählen, nur Elend und Katzenjammer. Wie ich nun des Dinges am Ende überdrüssig werde, finde ich eines Morgens meinen Koffer leer, und der Philosoph war über alle Berge.

Statt mir zu helfen oder Mitleid mit mir zu haben, packt mich nun die Justiz, wirft mich als angeblichen Teilnehmer an den Gaunereien des Betrügers in die Büttelei und lässt mich sitzen, bis der Rest meiner Habe verprotokolliert und verdefendiert ist. Wie ich rein war, entließen sie mich als einen unnützen Kostgänger, der Bettelvogt gab mir noch an der Grenze gute Vermahnungen, und so blieb denn auch *mir* weiter nichts übrig als der Wanderstab.

Ihr armen Brüder! – jammerte Gottlieb – Betrug von innen und außen, das war zu viel, da musstet ihr zugrunde gehen. Aber fasset Mut. Ihr habt mir Treue erwiesen, als ihr mich elend glaubtet; ich will euch wieder Treue erweisen. Hier sollt ihr euch zur Ruhe setzen, ich will für euer Etablissement sorgen, und indes, bis alles fertig ist, seid und bleibt ihr meine lieben Gäste.

Herrlich! Herrlich! Und tausend Dank für deine Liebe! Riefen die Hochbeglückten, und freundlich wurden die Brüder in Engelmanns gastlichem Hause gehalten.

Aber schon den andern Tag zuckte und zwickte es den Schneider in den Gliedern, wie verhaltenes Quecksilber, und er wurde immer unruhiger. Unaufhörlich schauete er zum Fenster hinaus, oder stand an der Türe.

Was ist dir, Bruder Zickel? Fragte Gottlieb teilnehmend.

Ach! – erwiderte der Schneider – es ist nicht möglich – ich kann's nicht unterdrücken, nein, es leidet mich nicht, es treibt mich unaufhaltsam in die Welt, wieder hinaus ins freie, lustige Handwerksburschenleben. Ich kann wahrhaftig nicht hier bleiben, ich muss wahrhaftig wieder fort.

Sei kein Narr! – entgegnete Gottlieb – bleibe im Lande und nähre dich redlich!

Im Lande will ich bleiben – erwiderte der Schneider – auch redlich nähren will ich mich, aber still sitzen in ruhiger Philisterei, das kann ich nicht, darum lass mich wieder wandern, Bruder Gottlieb, oder ich vergeh' in Herzensangst und Bangigkeit.

Nun denn – zürnte Gottlieb – du unverbesserlicher Bruder Liederlich, wenn's denn unmöglich ist, dass du in dich gehst und ein solider Mensch wirst, wenn's unmöglich ist, dich hier bei mir zu behalten, so zieh' in Frieden. Hier hast du hundert Taler Reisegeld, hundert Dukaten aber bleiben dir aufgehoben, wenn du dich irgendwo zur Ruhe setzest. Die erhältst du dann, aber eher nicht einen Groschen.

Und so zog der Schneider von dannen. Schwerlich sah ihm mit sehnenden Blicken nach.

Aber du bleibst doch bei mir, Mannheimer! Fragte Gottlieb. Sieh', die ganze bedeutende Schlosserarbeit unserer Tischlerei fällt dir zu, und bis dahin sollst du bei mir keine Not haben.

Die hatte er auch wahrlich nicht, sondern sogar, was billig die Kehle fordern konnte, stand vorrätig im geheimen Schränkchen seines niedlichen Zimmers. Nur schade, dass dies Zimmer zu ebener Erde war. Denn eines Morgens früh, nachdem er abends vorher von Gottlieb fünfzig Taler zu neuen Kleidern empfangen, war der Schlosser zum Fenster hinaus – entsprungen. Auch er hatte die guten und soliden Tage der Ruhe nicht ertragen können und war zu seinen naturhistorisch-philosophischen Versuchen in der freien lustigen Welt zurückgekehrt.

Fahrt hin, ihr Unverbesserlichen! Rief der Zwickauer wehmütig den Brüdern nach – ihr konntet glücklich sein, aber ihr habt nicht gewollt, und eure Begriffe von Lebenswert und Lebenszweck sind nicht die meinen. Ich will auch darüber nicht streiten, wer das bessere Teil erwählet; aber mir sagt das Herz: *Euer* Sehnen und *euer* Streben gibt nicht den Frieden, der *mir* blüht im Himmel nützlicher Häuslichkeit und am Busen der treuen Liebe.

*

Als ich – der Erzähler – am 7. Julius 1816 auf einer Reise nach Dresden Nachtquartier im Dorfe G*** machte, fand ich den Schlosser unten in der Wirtsstube still und allein hinter dem Tische sitzen, im ernsten tiefen Nachdenken, vor seinem halbgeleerten Schnapsglase. Er hatte keine Kunde weiter von Zickel und Gottlieb und war aufs Äußerste abgerissen und schäbig. Aus der Öffentlichkeit der Weste und Rockärmel sahen mit trübem, schmutzigen Blicke grauweiße Lumpen.

Der Arme! Seufzte ich, bezahlte seine Zeche, ging hinauf in mein Zimmer, nahm aus dem Koffer ein gutes, reinliches Hemde und schenkte es ihm, der mir mit tränenden Augen dankte.

Am andern Morgen, als ich aufstand und weiter wollte, war Hanns Schwerlich schon aufgebrochen und hatte den Wanderstab weitergesetzt. Aber das Hemde war im Besitze des Wirtes, denn der Würdige hatte es die Nacht hindurch – in Schnaps vertrunken.

Zweite Historie

Der gnädigen Frau war der Strickknäuel entfallen, und der Kandidat Kilian sprang, von der Tarantel der Galanterie gestochen, auf, ihn vom Bodengetäfel zu haschen, stolperte aber unglückselig über die vorgestreckten Füße des dicken Landrates.

Herr Jesus! – schrie der im grimmigen Schmerze – Herr! Sie sind – ein Künstler! Sie haben gerade das Hühnerauge getroffen!

Schallendes Gelächter brach in der Gesellschaft aus, und schamglühend schlich der arme Equilibrist auf seinen Stuhl zurück. O Gott! Auch sie kicherte ja, für die er ohne Bedenken den Sprung von dem St. Stephansturme in Wien getan haben würde. Was half ihm nun seine hübsche Figur, was seine Gelehrsamkeit, was sein künstliches Zeichnen und Singen, was die Achtung, mit der ihn der alte Landrat behandelte, und kraft welcher er auch heute in dieser stattlichen und vornehmen Gesellschaft zu Mittag gespeiset! Er hatte sich lächerlich gemacht, und eben dieser Fluch des Lächerlichen, eben dieses widrige Schicksal verfolgte ihn auf allen Tritten und Schritten von Mutterleibe an.

Ich Unglücklicher – seufzte er still vor sich hin und sah die Tasse nicht, die ihm seine Hebe vorhielt. Nur als sie ihm freundlich sagte: Nehmen sie doch, nachher wollen wir auch eins singen, erwachte er wieder ins Leben und vermochte wieder Teil am Gespräche zu nehmen, und ein jeder hörte den Bescheidenen gern, dessen naive gemütlichen Einfälle ungesucht Beifall und Interesse erweckten. Bald war alles wieder im rechten Gleise und der Künstlertritt vergessen. Allons, Herr Kilian, zum Flügel! Kommandierte der Landrat. Kommen Sie, lieber Freund! Sprach Fräulein Alwine, seine Eurydice, und setzte sich ans Instrument, drückte ihm aber vorher, als sie ihn fortzog, verstohlen ein Mandelplätzchen in die Hand.

O, der Selige! – Es war beschlossen, er sollte mit ihr das erste schöne Duett aus Axur von Salieri singen. Aber vorher musste das süße Geschenk seiner Angebeteten recht nahe an sein Herz, und wie war das anders möglich, als – verstohlen und heimlich, wie er's empfangen, hinter dem vorgehaltenen Schnupftuche durch den prosaischen Weg des Mundes in den Magen.

Alles war still, kein Atem regte sich in der Gesellschaft als die zierlichen, mit den blitzenden Demantfunken geschmückten Finger der Holden, die fantasierend auf den Tasten dahinglitten, und der Entzückte schwebte verloren im süßen Reiche der Töne in höheren Regionen und vergaß den Rest des kaum halb verschluckten Mandelplätzchens im Munde, er merkte es nicht, dass sie schon das Vorspiel des Duetts begonnen, er merkte es nicht, dass sie schon sang:

Hier, wo des Frühlings Lüfte –

Er hörte nur und träumte, sah nichts und dachte an nichts, auch an das nicht, was er noch im Munde hatte. O Himmel! – da trat seine Stimme ein. Wie vom Donner gerührt, erwachte er, schluckte eilend den letzten Bissen hinab und wollte beginnen:

Nicht diese holden Lüfte,

aber der unglückliche Schluck war noch nicht ganz vollendet, und wie Eulen- und Rabengekrächz drangen Laute hervor, bei denen sogleich konvulsivisches Lachen der ganzen Gesellschaft den Saal erschütterte. Der Unglückliche erschrak, warf den Leuchter herab, trat, indem er zurücksprang, den Hund der alten Majorin, dass er Zeter schrie, ergriff den ersten besten Hut und stürzte außer sich vor Scham zur Türe hinaus. Ohne zu wissen, wohin, durchrannte er in wilder Wut und Verzweiflung die Gassen, sich und seinem nichtswürdigen Geschicke fluchend.

Gerade als er um eine Ecke brausete, rannte er einem an die Stirne, dass beide zurücktaumelten.

Hui! – rief der andere – Herr, aus welchem Tollhause entspringen sie soeben?

O Verzeihung! – erwiderte Kilian, plötzlich erwacht, mit bebender Stimme – Verzeihung, mein Herr! Ich bin nicht toll, aber der unglücklichste Mensch auf dem Erdboden. Dabei wischte er sich den Schweiß vom Gesichte und wollte weitereilen.

Halt! Rief der andere – Sie wären der unglücklichste Mensch? – Kann man sich darauf verlassen?

Sonderbar schien dem Kandidaten diese Frage, er machte halt und sah nun erst, wer vor ihm stand.

Es war ein kleines hageres Männlein, schon hoch in die Vierzig, in einem einfachen, doch sehr feinen braunen Rocke, aber unendliches Wohlwollen, ein Zug von Schwermut und gemütlicher Milde kontrastierte in seinem Gesichte mit den schwarzen, blitzenden Kohlen, die unter den buschigen Augenbrauen rollten. Ergriffen von der sonderbaren Gestalt und im Nu zu ihm hingezogen mit innigem Vertrauen, antwortete Kilian: o mein Herr, was kann Ihnen daran liegen, ob ich der unglücklichste oder glücklichste Sterbliche bin?

Gar viel – war die Gegenrede des andern – gar viel, junger Mann, kommen Sie, wir schlendern ein wenig in der würzigen Abendluft durch den Park, und Sie erzählen mir, wenn ich bitten darf, etwas aus Ihrer Leidengeschichte. Ich weiß nicht, ob Sie von mir gehört haben, – ich bin der Graf Fatali.

Oh, Herr Graf – stotterte der Kandidat – lassen Sie mich, meine Gesellschaft kann auch Sie nur verstimmen und Ihnen nur den heitern Himmel Ihrer Seele trüben.

Desto besser! – rief der Graf – das will ich ja eben, darum nur nicht erst viel Einwendungen! Und so fasste er ihn traulich unter den Arm, und dahin gingen die beiden im Gespräche unter den blühenden Linden.

Das heutige Elend des armen Kandidaten war natürlich der erste Teil seiner Erzählung, weil er der neueste und ihm am nächsten liegende war. Dann aber ging er weiter zurück in seine Vergangenheit, und allerdings glänzte da nicht ein einziger Lichtpunkt. Der Arme hatte Vater und Mutter verloren, ehe er sie kannte. Dürftige, engherzige und unwissende Anverwandte hielten seinen aufstrebenden Geist danieder in elender Sklaverei. Schon als Knabe musste er, wenn andere lose Streiche machten, die Zeche allein bezahlen. Nie fiel ihm die Butterschnitte anders aus der Hand in den Sand als auf die geschmierte Seite, und in der Regel kam er überall zu spät. So war er durch eine freudenleere Jugend unter Büchern und drückender Dürftigkeit zum akademischen Leben heraufgedrungen. Aber auch dies hatte ihm nur eine unversiegbare Quelle von Leiden und Demütigungen sein müssen. Nie war ein Fuchs – wie man die neuen Studenten zu nennen pflegt – mehr gehudelt worden als er, dem die Natur auch übrigens den imponierenden Mut versagt hatte, sich Ruhe zu verschaffen. Sein Fleiß, seine Bescheidenheit und seine sanfte Haltung verschafften ihm zwar manchen Freund, aber immer verscheuchte ein unglücklicher, lächerlicher Zufall den Nahenden, und – Kilian stand allein. In der Achtung, die ihm sein trefflicher Lehrer, der große Kant, bewies, ging ihm endlich ein Glücksstern auf. Ja, der Philosoph zog ihn sogar in seine vertrautere Gesellschaft. Aber ein Rockknopf, ein elender Rockknopf, zertrümmerte auch dieses Glück. Denn Kilian war ja eben der Student, der, wie wir aus Kants Lebensbeschreibung wissen, den Denker in seinem Lehrvortrage einst so sonderbar störte.

Dem Armen fehlte schon lange vorn am Rocke ein Knopf. Er hatte ihn verloren und es bisher nicht der Mühe wert geachtet, sich einen neuen an die Stelle setzen zu lassen. Aber gerade auf diese defekte Stelle heftete der Philosoph sein Auge beim Vortrage, denn Kilian saß vorn, und ruhig und ununterbrochen strömte der Fluss der Weisheit aus Kants Munde.

Endlich hatte Kilian zur unglücklichen Stunde den Einfall, mit einem neuen Knopfe die Reihe voll zu machen. Aber gerade dies verwirrte nun den Lehrer. In der nächsten Stunde stotterte er, kam aus dem Zusammenhange, wurde unruhig, und musste abbrechen. So ging's in der zweiten und in der dritten Vorlesung. Die Zuhörer stutzten und wussten sich das Ergebnis nicht zu erklären, aber der Philosoph selbst erschloss ihnen das psychologische Geheimnis und bat nun den Kilian, doch den Knopf wieder abzunehmen und ihn nicht ferner zu stören. Von schallender Lache dröhnte das Auditorium. Kant selbst verzog den Mund etwas, doch nicht der gestörte Denker, nein, Kilian mit seinem ewigen possenhaften Unglücke war der Gegenstand dieses Lachens und die Zielscheibe des Scherzes. In der Gewohnheit erlittener Kränkungen verstand er diesen Scherz unrecht, ließ den Knopf auf seiner Stelle, zog sich in den Hintergrund der Lehrstube, und dieses Eis seiner verwundeten Seele erkältete nun auch den sonst so freundlichen Lehrer. Der Arme hatte ihn verloren auf immer.

Sie haben recht, junger Mann! – rief hier der Graf – das ist Unglück.

Oh, das ist noch lange nicht alles – fuhr der Kandidat fort. Schon bei meiner Geburt, schon am Taufsteine wurde der Unsegen des Lächerlichen über mich gesprochen. Ein alter Vetter, von dem meine Mutter große Gnade und Hilfe hoffte, gab mir nie etwas weiter als das, was er mir bei meiner Taufe als Pate verehrte – seinen Namen Kilian. – Oh, dieser verruchte Name glänzt an meiner Stirne, wie das Zeichen Kains! Ich heiße zwar auch Felix, aber nur aus grimmiger Ironie meines Schicksals, und Kilian wurde ich genannt des Vetters wegen vom ersten Augenblicke an. Von meinem väterlichen Zunamen war nie die Rede gewesen, sobald man den abscheulichen Taufnamen erwittert hatte. Und nun sagen Sie, Herr Graf, ob ein Mensch, der Kilian heißt und so genannt wird, glücklich sein kann sein Leben lang. Hatte ich jemals das Herz, mich im Drange zärtlichen Gefühles einem Mädchen zu nahen, so war Ernst und Gefühl zum Teufel, wenn ich sagen musste, dass ich Kilian hieß. Selbst gesetzte Männer haben mir darüber ins Gesicht gelacht und sogar die Verse Blumauers auf den nichtswürdigen Namen hat man mir an die Türe geschrieben. Fräulein Alwine war die einzige, die mich Felix nannte. Aber – o mein Gott – was ich da mit dem Namen errungen, das verlor ich in der schmählichen Tat, und ich muss unglücklich sein, ich mag es machen, wie ich will.

O herrlich! O herrlich! – rief der Graf und sprang vor Freude. O wohl mir! Zwar ist vieles, was Sie auf Rechnung Ihres Unglückes setzen, nichts weiter als – wenn Sie es nicht übel nehmen – Mangel an Vorsicht, Menschenkenntnis und Takt. Aber ist nicht auch dieser Mangel Unglück? – Oh, wenn Sie die Probe halten – teurer Mann, so werden Sie der Retter meiner Ruhe und meines Lebens werden.

Mein Himmel! – rief der Kandidat – wie soll ich das verstehen, Herr Graf? Sind Sie denn noch unglücklicher als ich?

Ei behüte! War die Antwort. Im Gegenteil, ich, grade ich bin der glücklichste Mensch auf der ganzen Welt, und als Sie mir an die Stirn rannten, berührten sich buchstäblich die Extreme.

Nun – stammelte Kilian – so ist mir doch alles ein unauflösliches Rätsel. Ich, der unglücklichste aller Erdensöhne, soll Ihnen, dem glücklichsten, nützlich sein können?

Nicht anders – antwortete der Graf – und bald werden sich Ihnen diese Rätsel lösen. Ihr Leben will ich in das meine verschmelzen, dafür soll aber auch von nun an Ihr Leben jedem Sturm des Unglückes Trotz bieten. Haben Sie nie von jenen Vampiren gehört, die dem Schlafenden das warme Herzblut aussaugen zur eigenen Lebensfristung? Sehen Sie, ich sage es Ihnen offen und unverhohlen, und Sie können daraus wohl merken, dass ich nicht Arges begehre, so will auch ich Ihr Leben in das Meinige saugen oder tauschen mit dem Blute meines Herzens.

Nimmermehr, Herr Graf! – rief der Erschrockene – Sie haben keine Macht über mich.

Tor! – entgegnete der Graf! – meine Macht über dich ist fest begründet durch mein Glück. Wir tauschen Leben um Leben. Dem fürchterlichsten Abgrunde stürze ich unaufhaltbar entgegen, und jeden, der sich an mich schließt, musst ich im Sturme des rasenden Glückes mit mir zu der gähnenden Tiefe reißen, jeden, der –

Herr, – unterbrach ihn Kilian – das kann nur ein Teufel. Wer sind Sie?

Nun – antwortete der Graf gelassen – ich bin der Teufel.

So habe ich nichts mit dir zu schaffen, Versucher, – rief der Kandidat und stürzte fort aus der Nähe des Schrecklichen.

Laufe nur, lauf'! – lachte ihm der Graf höhnisch nach – du entgehst mir nicht, du bist mein oder ich wäre nicht mehr Fatali! Morgen um diese Stunde bin ich wieder hier!

Im Innern des armen Kilian tobten die Wogen eines ungestümes Meeres.

Auch dies noch, – sprach er zu sich selbst – auch der Teufel noch muss sich um mich bekümmern, um mir den Rest zu geben! Es ist klar, dass er mich mit Reichtum und Ehre ködert, dass er aber nach meinem Blute lechzt, o Gott! Nach dem Blute eines Kandidaten der Theologie! Hat er's nicht selber gesagt? Aber, o Kilian, was bist du für ein dummer Teufel, wenn du glauben kannst, der Teufel würde so dumm sein, das so offen und klar hinzusagen und *so* sich geradezu selber um den Braten zu prellen. Und was wollte er denn von mir? Schien er nicht eher ein Verrückter als ein listiger Versucher? Was hatte er sich so töricht über mein Unglück zu freuen, was konnte ihm, dem Glücklichsten auf Erden, noch fehlen? Und welchem Abgrunde eilt er entgegen? Wahrlich, so kann nur ein Wahnsinniger sprechen!

Diese sich wechselseitig bekämpfenden Betrachtungen ließen dem Geängsteten die ganze Nacht nicht Ruhe und Schlaf. Endlich kam er am Morgen zu dem Resultate, sich um den Rätselhaften gar nicht mehr zu kümmern und seinen gewohnten Berufsgeschäften nachzugehen wie vorher. Aber nun erwachte auch in seinem Herzen Alwinens Bild mit neuen Reizen. Es war ihm, als hätte er sie nie mehr geliebt als eben jetzt, nach seinem gestrigen Unfalle, und sein ganzes Wesen sehnte sich nach dem erquickenden Balsam ihrer Nähe. Er wusste, dass sie um die Mittagsstunde allein unter den Blumen in ihrem Garten lustwandelte. Diese einsamen Momente der Geliebten musste er benutzen. Er setzte sich hin, dichtete ein seelenvolles Lied auf sein Unglück und seine Liebe, schrieb es zierlich auf Postpapier, steckte es ein und schlich, als die Mittagsstunde tönte, mit schlagendem Herzen ins Gesträuch des Gartens. Da hüpfte wie ein Zephir die Liebliche heran zu der Rosenlaube und bückte sich, die schöne Unika für den jugendlichen Busen zu pflücken. Kilian zitterte hervor, ergriff die Hand der Erschrockenen und stammelte: Alwine, meine teure Alwine!

Um Gottes willen! – lispelte *die* hastig und leise – dort kommt meine Mutter!

Nun so nimm von mir – rief der Drängende – diesen Ausdruck meiner innigsten Empfindung, griff in die Tasche, ließ das Papier in der Hand der Hocherröteten und verschwand hinter dem Gesträuche.

O endlich, endlich – jubelte er vor Freude außer sich, als er wieder auf seinem Zimmer war – ein Sonnenstrahl! Ich bin nicht gestolpert, ich habe nichts Unschickliches gesprochen, sie hat das Blatt meiner Liebe angenommen, ja sie hat es in ihren Busen verborgen, jetzt, oh, ich Glücklicher! Jetzt hat sie's gelesen. Oder sollte! – wie vom Donner gerührt, stockte seine Stimme, Leichenblässe überzog sein Gesicht, und bebend griff er in die Tasche.

Es war richtig. Er zog das Gedicht heraus, und was er der Geliebten in die Hand gedrückt, war die Rechnung seines Schneiders über ein Paar gefertigte Unterkleider.

Nun ist alles vorbei! – rief er tobend, ergriff den Stock und zerschlug in blinder, rasender Wut Spiegel, Gläser und Bierkrug, dass die Scherben krachend und klirrend flogen – nun ist alles dahin! Vermaledeit auf ewig sei mein elendes Schicksal! Er weinte vor Schmerz und Ingrimm, dachte an nichts als an sein Unglück, stieß den Kopf gegen die Wand, rannte bald unsinnig im Zimmer herum und stand bald in starrer Betäubung eingewurzelt unter den Ruinen. So trieb er's mehrere Stunden und sank endlich erschöpft und matt bis auf den Tod auf sein Bett. Da ging er unter in den Wellen eines krampfhaften Schlummers, und es trat vor ihn der Versucher.

Was wütest du – sprach er – du ohnmächtiger Tor? Du wirst es nicht ändern, was über dich die Sterne bestimmt bei deiner Geburt, und dazu bedarf es höherer Kraft. Willst du sterben? Freilich, dann hört alles auf. Willst du leben, wie du gelebt hast? Oh, dann wäre der Tod noch besser für dich! Aber ich will dich heilen von dem unendlichen Schmerze, fortan sollst du nicht mehr leiden, die Tore des schönen Gartens, wo die Blumen des Glückes blühen, sollen dir geöffnet sein, komm', Kilian! Komm', komm'!

So rief es, so lockte es, und als der Arme krampfzuckend erwachte, stand sein Entschluss fest: Ich will zum Grafen Fatali. Der Zweifel an die Diabolität des Geheimnisvollen, die ihn am Morgen beruhigt und getröstet, erschien ihm nun als bitterer Störer seiner frevelhaften Hoffnung, und er fürchtete nichts als das neue Unglück, dass der Graf *nicht* der Teufel sein könne.

Im Wahnsinne seines Schmerzes war die Vernunft untergegangen, ihm, dem Schüler Kants, von der Tafel der Erinnerung rein alles weggewischt, was Weisheit Erhebendes und Beruhigendes hat, und mit der Leidenschaft kämpfte nur noch das Gewissen. Bald verstummte auch dieses, und als die Domglocke abends die achte Stunde schlug, stand er resigniert und ruhig am Eingange des Parks.

Auf der Bank im Dunkel der duftenden Linden saß der Graf, den Kopf tief nachdenkend in die Hand gestützt. Er gewahrt nicht den leise Nahenden. Aber *der* begann mit halblauter, jedoch fester Stimme: hier bin ich, Herr Graf. Ich habe mir die Sache reiflichst überlegt und finde Hochderoselben Intention von gestern so gar übel nicht. Wollten Sie, wenn wir den Pakt abschließen, ein Billiges mit mir machen und wegen des brennenden Schwefelpfuhles –

Sie wollen also mein sein? – unterbrach ihn der Graf – mein, für dieses Leben?

Ach ja – entgegnete Kilian – wenn Euer Exzellenz nur wegen des höllischen Schwefelpfuhles eine kleine Abänderung zu treffen belieben möchten, oder – kaum wage ich's zu sagen – sich gnädigst mit der Hoffnung begnügen ließen und mir den Weg der Buße nicht ganz und gar verschränkten.

Herr! – fragte der Graf erstaunt – was ist Ihnen? Was reden Sie für tolles Zeug? Für wen halten Sie mich?

Ach – fuhr der Kandidat fort – verzeihen Sie, ich weiß es recht wohl, dass ich unziemliche Bedingungen vorgeschlagen, aber es steht nur bei Ihnen, mir davon zu akkordieren, was Ihnen beliebt, ich übergebe mich ja Euer Exzellenz ganz und gar, nur wünschte ich, wenn's möglich wäre, dass das fatale Halsumdrehen unterbliebe und es bei einem milden Schlagflüsslein sein Bewenden behielte.

O Gott! – rief der Graf mit tiefer Wehmut und fasste Kilians brennende Hand – Mensch! Du musst sehr unglücklich sein. Du hältst mich wirklich und wahrhaftig für den krassen Teufel und übergibst dich mir unbedingt?

Und wären Sie's denn nicht? Fragte Kilian mit zitternder, versagender Stimme. Oh, ich Unglücklicher! O meine Ahnung! Sogar die Hölle lässt mich im Stiche, sogar der Teufel mag mich nicht! Reden Sie, Herr Graf, haben Sie's nicht gestern *verbis expressis* gesagt? Sind Sie der Teufel oder sind Sie's nicht?

Ruhig, Mensch! – tröstete der Graf und zog ihn zu sich auf die Bank. Ich wäre wirklich der Teufel, wenn ich's sein wollte, und ich habe gestern nichts Unwahres gesagt; aber, Gott Lob! Noch ruht Blutschuld nicht auf meiner Seele, die eine Menschenseele ist wie die deine, und nur, um nicht schuldlos zum Verderber zu werden, fliege ich im Wahnsinne schrecklicher Todesfurcht über die Erde, überall neben mir der entsetzliche Abgrund, der mich verschlinge. Aber meine Qual ist geendet. Ich fühle es, Mensch, durch dich bin ich erlöset. Erzählen Sie nun, Kilian! Was ist geschehen?

Und der Kandidat teilte dem aufmerksamen Hörer das Elend seines heutigen Lebens mit.

O Gott Lob! Gott Lob! – rief der Graf freudig – ja Sie sind der Unglücklichste, der mir im Leben vorgekommen, und nun ist's Zeit, Ihnen mein Rätsel zu lösen.

Ich bin von erlauchten Eltern in Sizilien geboren, mir ward also schon das Glück der Geburt. Aber auch das Glück der Erziehung sollte mir nicht fehlen. Ich genoss in Deutschland und England eine geistige und moralische Bildung, der ich alles Wissenswerte, jede Kunstfertigkeit und ein fühlendes Herz verdanke. Aber die dicke Luft Britanniens drückte die südliche Spiritusflamme nieder, die in mir brannte, und auch dies war ein Glück, denn mildere, sanftere Glut, die heilige Flamme Gottes, nicht die verzehrende, die belebende durchströmte mein Wesen, und ich reifte so zum frohen, lebenslustigen Jünglinge. Mit allem, was Reichtum, Luxus und Üppigkeit zu geben vermögen, war ich überschüttet. Immer froh und heiter verbreitete ich Glück um mich, wo ich nur war. Alles genoss ich, was nur zu genießen war, und nichts ließ den Verdruss der Übersättigung in mir zurück. Nie in meinem Leben bin ich krank gewesen, die wildesten Pferde ritt ich, nie bin ich gefallen, nie habe ich mich gestoßen, nie bin ich erschrocken. Mein Freund war jeder, der mit mir in Verbindung trat, keiner täuschte mich. Herangewachsen zu dem Alter der Tätigkeit, erhielt ich Orden und Ehrenstellen. Im Meeressturme, in dem mein 5chiff unterging, ward ich allein mit meiner ganzen Habe gerettet, und leicht und froh schwebte ich auch über die gefahrvollen Wellen einer bewegten Zeit. Die Liebe kränzte mich unaufhörlich mit frischen Rosen, und nun sagen Sie selbst – war ich nicht der glücklichste Mensch auf Erden? Aber es sollte noch besser kommen. Ich sah die engelschöne Prinzess Klotilde, ich lebte am Hofe ihres Vaters. Nur für sie schlug mein Herz und bald, bald lag auch sie an meiner Brust in heimlicher, verstohlener, seliger Liebe. O Gott, welche Nächte, wenn ich still durch den langen Korridor in ihre Zimmer, in meinen Himmel schlich, und wenn nun das erste Zucken Aurorens im Osten und der erste Triller der Lerche mich zur Heimkehr mahnte! Oh, wahrlich, ich hatte nur *einen* Schritt zum Throne!

Da, in einer Nacht, als ich im Zwielichte des dämmernden Morgens einst ermattet von Seligkeit in meinem Zimmer eingeschlafen, da trat der grauenvolle Engel des Todes zu mir heran. Im Traume erschien mir eine lange, ernste Gestalt, verhüllt in ein weites Totentuch. Wer bist du? – rief ich, und die Gestalt ließ das Totentuch fallen und streckte weit die magern Arme von sich wie ein Kreuz. Blut floss aus den Händen und von den Füßen, und leise und schauerlich stöhnte es: Ich bin Polykrates, ich bin der gekreuzigte Polykrates. Du bist glücklich, wie ich es war, aber du wirst unglückseliger werden als ich, und deine Lieben mit dir, wenn du dein Glück nicht von dir wirfst und dich mit dem Unglücke vermählst. Lebe wohl, denk' an Polykrates!

Im Todesschweiße erwachte ich. Die unselige Geschichte des Tyrannen von Samos stand vor meinen Augen, ich begleitete ihn durch das ungeheure Glück seines Lebens, ich sah, wie sein Gastfreund Amasis, der König von Ägypten, ihn ermahnte, die neidischen Götter durch das Liebste zu versöhnen. Ich sah seinen köstlichen Ring ihn ins Wasser werfen, ich sah, wie der Fischer ihn wiederbrachte, der ihn im Bauche eines Fisches gefunden, ich sah, wie der Gastfreund den Glücklichen mit Entsetzen floh, die Worte deines Schillers brannten mir vor der Seele:

Noch keinen sah ich fröhlich enden,
Auf den mit immer vollen Händen
Die Götter ihre Gaben streun.

Ich sah, wie nun die Herrlichkeit des Samiers mit einem einzigen, grausamen Schlage zertrümmert wurde, ich sah ihn gefangen und blutend sterben am Kreuze seines Überwinders und rief entsetzt: O ich bin Polykrates, ich werde schrecklicher enden als er, und meine Lieben mit mir! – Ich versank in düstere Schwermut und beschloss, freiwillig mein Glück zu fliehen. Ich verließ den Hof, verließ heimlich meine angebetete Klotilde, denn wie hätte ich *sie*, die mir das Liebste auf Erden war, mit in den Strudel meines Verderbens reißen mögen? Oh! Ich verließ auch mein Kind, das heimliche Pfand unserer Liebe! Bald lag die Residenz mit ihren Seligkeiten hinter mir, und ich glaubte nun, mein Glück abgebüßt zu haben. Ich stand auf dem Gipfel des hohen Gebirges, von dem ich noch einmal im Abendsonnengolde Klotildens Palast glänzen sah. Mir zur Seite gähnte ein bodenloser Felsenspalt, das Auge schwindelte ob der grauenvollen Tiefe. Hier hinein will ich das letzte, das heiligste Andenken, welches ich von dir habe, meine angebetete Verlorne, versenken! – rief ich, zog den Brillantring, mit ihren Haaren durchflochten, vom Finger und warf ihn tränend in den Abgrund. Aber ein zahmer Rabe Klotildens, der mir unbemerkt gefolgt, schoss hinab, kehrte wieder und setzte sich kosend auf meine Schulter, den Ring im Schnabel mir bietend. Ich riss ihn entsetzt an mich und rief, dass die Schluchten dröhnten, mit grimmiger Lache: der Ring des Polykrates! Der Ring des Polykrates!

Es war alles vergebens, ich mochte tun, was ich wollte, – das Glück blieb mir treu und verfolgte mich. Aber ebenso verfolgte mich das entsetzliche Traumgesicht, und ich schauderte vor meinem Ende. Das aber, was meine Todesfurcht auf den allerhöchsten Grad, das, was mich seitdem unstet und flüchtig durch die Welt trieb, war – das große Los in der englischen Staatslotterie.

Ich befand mich gerade in London. Die Ziehung hatte schon begonnen und ich an diese Lotterie gar nicht gedacht, die mich auch im Mindesten nicht interessierte.

Da bot mir ein Jude noch zwei Lose. Schon wollte ich sie zurückweisen, als in mir der Gedanke aufstieg: es grenze doch die Aussicht, den Hauptgewinn zu treffen, wenn man nur ein Los unter so vielen Tausenden nehme, unmittelbar an die Unmöglichkeit, gewönne ich das große Los *nicht*, so könnt ich dies immer als den Wendepunkt meines Glückes ansehen. Ich nahm also ein Los von den beiden mit dem herzlichen, sehnenden Wunsche, durchzufallen, und niemals hat wohl ein Mensch inniger eine Niete zu treffen gewünscht als ich. – Aber vergebens! Es war im Rate des Schicksals anders beschlossen. Ich gewann wirklich und wahrhaftig das große Los, gewann einmalhunderttausend Pfund Sterling.

Leichenblässe überzog bei der Jubelpost mein Gesicht, in starrem Todeskampfe sank ich zu Boden und stammelte: der Ring des Polykrates!

Von da an durchreiste ich die Welt, suchte den Wendepunkt meines Schicksals oder das Unglück, mit dem ich mich vermählen könne, und fand beides nicht. Immer und in allem glücklich, traf ich auf Menschenelend, aber es war Einbildung oder selbst geschaffenes Leid, nicht reines Unglück; vor meinem wohltätigen Golde verwandelte es sich in Glück, ich selbst war der Zerstörer meiner Hoffnung, und blieb es wirklich Unglück, so war es dennoch mit lichten Punkten vermischt; nie fand ich einen ganz und gar unglücklichen Menschen, und je älter ich an Jahren und Erfahrung ward, desto näher winkte mir meine schreckliche Katastrophe, desto grausamer peitschte mich der Wahnsinn der Todesfurcht. Darum auch, und um niemand in mein Verderben zu reißen, hielt meine nach Liebe und Freundschaft lechzende Seele von nun an fern von mir den Freund und die Geliebte. Ach! Auch meinem lieben Kinde bin ich fern! – Aber nun, da ich dich gefunden, Kilian, nun beginnt mir neues Leben. Ich will dein Leben mit dem meinen vermählen, du sollst mein Retter, ich will dein Vater sein!

O Herr Graf! – stammelte der Kandidat – was soll, was kann ich für Sie tun?

Angehören sollst du mir – war des Grafen Antwort – für das ganze Leben, bei mir wohnen, mich nie verlassen, und was mein ist, soll dein sein. Junger Mann, willst du? O sprich, willst du?

Ich will, – erwiderte Kilian mit feierlichem Ernste – ich will Sie nie verlassen, Herr Graf.

Nun wohl, mein Freund und Sohn! – rief der Graf gerührt und schloss ihn in seine Arme – du wirst es nie bereuen. Hältst du den Bund für Glück?

Ich weiß kaum, was ich sagen soll, – zögerte Kilian – aber Unglück kann es nicht sein, ja – ich halte Ihre Freundschaft für mein Glück, für das erste und einzige Glück meines Lebens.

O so ist – jubelte der Graf – der Wendepunkt unseres beiderseitigen Schicksals über unsern Häuptern.

Und Alwine? Fragte zagend der Kandidat.

Die musst du vergessen, war die Antwort des Grafen. Zwischen Eure Liebe ist das Gespenst getreten, das dich verfolgt und auf ewig von ihr scheidet – der Fluch des Lächerlichen, und nie kannst du mit ihr glücklich sein. Aber beruhige dich, ich habe besseres mit dir vor. Jetzt komme nach Hause. Du siehst die Trümmer deiner Wohnung nicht wieder, du lebst nun im neuen Dasein – bei mir.

Die Bedienten des Grafen trauten ihren Augen kaum über die Veränderung ihres gütigen Herrn, von dessen Angesicht die Wolke der Schwermut verschwunden war, der im heitern Scherze mit dem Freunde trank und kosete bis nach Mitternacht, und Freude zog in die prächtigen Säle, die sonst still und schauerlich glänzten, wie die Hallen eines verzauberten Schlosses. Manchmal wohl beschlich der Dämon der Melancholie den Grafen, und er versank in stilles Sinnen, wenn er bedachte, dass ja eben das Auffinden des Kilian und der Bund mit ihm auch ein Glück sei, aber die Sophisterei des Schlusses, der ihn in solchen Augenblicken ängstete:

> ist der Bund ein Glück für mich, so ist er mein Unglück, ist er ein Unglück für mich, so ist er mein Glück,

löste sich in herzliches Lachen auf vor den naiven und gemütlichen Scherzen Kilians, der dem Grafen täglich lieber wurde, der aber auch jeden Tag ein Unheil anrichtete. Bald zersprang ihm beim Aufziehen der Pendule die Kette, bald warf er, aufgewacht in der mondhellen Nacht, um die fremde Katze zu scheuchen, mit der Mütze und zertrümmerte die Venus von Alabaster, die nun mit Donnergeprassel vom hohen Gesimse herabstürzte, bald öffnete er dem fremden, eintretenden Besuche höflich die Küchentüre, bald wurde er im geheimen Kämmerlein verschlossen. Vieles von diesem Elende war allerdings seine eigene Schuld, allein so sehr auch durch die liebevolle Aufmerksamkeit des Grafen die Summe sotanen Elends sich mit vermehrter Besonnenheit und feinerer Ausbildung des Kandidaten minderte, immer geschah etwas davon, woran er durchaus nicht schuld hatte, und wo dann der Graf herzlich lachend gestehen musste: Ja! Er ist wahrhaftig ein Unglücksvogel!

Aber, ob auch in diesem Maße das Glück des Grafen fortdauere, das zu ergründen, war schwerer. Denn das Leben der vornehmen Reichen ist eine Galanteriebude, wo *alles* glänzt.

Endlich kam die entscheidende Probe, und auch diese Probe war wieder – die Lotterie.

Eines Morgens nämlich trat der Graf unruhig in Kilians Zimmer und sprach: da ist wieder ein verdammter Jude, der mir Klassenlotterielose anbietet, und grade wieder, wie damals in London, hat die letzte Ziehung begonnen. Es ist ein Wink des Schicksals. Freund, lass uns nun den 5chleier der Isis heben! Es gilt der Entscheidung, du nimmst ein Los und ich nehme eins.

Nimmermehr, Herr Graf! – war die Antwort des Erschrockenen – der Mensch versuche die Götter nicht und begehre nimmer und nimmer zu schauen, was sie gnädig bedecken mit Nacht und Grauen. Hinter dem Schleier der Isis lauert Wahnsinn und Tod. Wag's! – erwiderte der Graf – das Ungewisse nur ist das Schreckliche, darum muss ich Gewissheit haben, wähle! – – und zitternd nahm Kilian ein Los und der Graf ein anderes.

Die Ziehung ging fort, das große Los kam nicht heraus, ebenso wenig die beiden genommenen Nummern. Düstere Wolken der wiederkehrenden Schwermut umflorten den Sinn des Grafen, und die Scherze Kilians vermochten nicht, diese Nebel zu zerstreuen. Oft murmelte der Graf vor sich hin:

> Noch keinen sah ich fröhlich enden,
> Auf den mit immer vollen Händen
> Die Götter ihre Gaben streu'n,

und oft fuhr er wieder aus dem Schlafe mit dem Schmerzrufe: der Ring des Polykrates! So dauerte die Seelenfolter des Armen mehrere Tage, und die Ziehung nahte sich ihrem Ende. Da stürzte der Jude atemlos ins Zimmer und schrie: Ach, gnädiger Herr Graf, das große Los, das große Los, soll mer Gott helfen! Erschöpft sank er auf einen Stuhl, erschrocken sprang Kilian herbei, aber mit rasender Wut riss der Graf den Juden empor, schüttelte ihn und schrie: Elender! Ich erwürge dich, wer hat das große Los?

Steinigen Sie mich, Ihro Exzellenz! – stöhnte der Jude – werfen Sie mich die Treppe hinunter, ich hab's verdient! Dass verschwarzen soll meine Hand, die gegeben die Nummer dem Heymann, dem schäbigen andern Kollekteur, – au weimer! Die Nummer, worauf der Pfefferkrämer doch gewunnen hat's große Los! – Exzellenz hatten die 94 und der Krämer die 95, au weimer, au weimer!

Also, wie, wa – was? – stammelte der Graf und ließ den Juden fallen – ich habe das große Los *nicht* gewonnen? Jude, sprich! Ich hab's *nicht* gewonnen?

Leider Gottes! – meinte der Jude – as ich doch bin ein geschlagener Mann, und as doch haben Euer Gnaden und der Herr Vetter gewunnen gor nix.

Juchhei! – rief Kilian – Juchhei, Herr Graf, wir haben Nieten getroffen!

Viktoria! Nieten, Nieten! Jubelte der Graf und tanzte mit Kilian und dem Juden wie rasend im Zimmer herum.

Der arme Israelit wusste nicht, wie ihm geschah, und bat, als er wie ein Kreisel abgetrieben, endlich sich atemlos dem bacchantischen Wirbel entwunden, der gnädige Herr und der Herr Vetter möchten sich doch nicht so gar grausam alterieren bis zum Tollwerden, es sei freilich ein Unglück, aber *sie* könnten's wohl verschmerzen, nur ihn, nur ihn drücke es, denn er sei ein armer Teufel.

Und wie viel, Moses! – fragte der Graf glühend – hättest du verdient, wenn wir's gewonnen?

Tausend Toler gewiss! War die jammernde Antwort des Juden.

Nun, Moses, so nimm! – drängte der Graf – nimm hier tausend *Dukaten*, sie sind dein, dafür, dass ich das große Los *nicht* gewonnen.

Starr und versteinert wie ein Ölgötz stand der Jude. Endlich brachte ihn das Geld in seinen Händen zur Besinnung. Er zwickte sich in den Bauch, er riss sich Haare aus, um zu erfahren, ob er schlafe oder träume; als er aber sich von der Wirklichkeit überzeugte, fiel er auf die Knie, seine Tränen träufelten in den langen Silberbart, und schluchzend wünschte er dem Grafen und dem Herrn Vetter den Segen des Gottes Abrahams, Isaaks und Jakobs.

Aber nun fort von hier, mein Sohn! – rief der Graf – ich atme neue, fröhliche Lebensluft, fort in die Ferne, wo meine Liebe wohnt!

Und geschäftig rannten die Bedienten, die Wagen wurden gepackt, und bald flogen sie dahin durch Städte und Länder, über Flüsse und Ströme, in lustiger, glücklicher Reise.

Da endlich breitete sich vor ihnen aus das paradiesische Tal, das majestätisch zwischen Rebenhügeln der Rhein durchfließt. Nah und fern beleuchtete das mildere Licht der herbstlichen Sonne die bunten Wälder, fröhlicher Winzergesang tönte herab von den Bergen, und lebenslustige Gesichter lachten den Reisenden entgegen. Die Sonne sank; unter ihnen, im weiten, grünenden Garten, lag romantisch am schlängelnden Bache ein Dorf, und im dämmernden Parke ein stattliches Schloss, dessen Turmspitzen im letzten Abendstrahle funkelten.

O dort, mein Freund! – rief der Graf, und eine Träne glänzte im schwarzen Auge – dort ist die Heimat, da will ich ausruhen mit dir den langen seligen Abend meines Lebens! Da wohnt meine Liebe!

Ja – sprach der vom Anblicke bezauberte Kilian – da lebt Prinzessin Klotilde. Klotilde? – fragte der Graf mit Wehmut. – Nein, mein Freund! Klotilde wohnt *oben*. Lange schon ist diese schöne Blume in den Kranz des Himmels gewunden.

Aber – entgegnete der Kandidat erstaunt – sprachen Sie nicht von Liebe?

Wohl, guter Kilian! Erwiderte der Graf. Ist denn des fühlenden Mannes Brust nur *einer* bestimmt? Hat nicht neben dem Himmlischen auch wohl das Irdische noch Raum, und ist mein Irdisches weniger himmlisch?

O mein Freund, Sie werden sie sehen, die junge Rose, und mich glücklich preisen, und glücklich will ich fortan sein in ungestörtem Frieden und ewiger Vereinigung mit Seraphinen.

Sie fuhren durch die Reihen der niedlichen Häuser, unter den fruchtbeladenen Obstbäumen. Überall jauchzte ihnen der Zuruf entgegen: Ach, da kommt unser gnädiger Herr Graf. Auf dem Schlosshofe erhob sich ein fröhliches Getümmel. Jubelnd stürzten die Bedienten, die harrenden Offizianten, freundlich lachende Kinder heraus, umringten den Wagen und sprangen und grüßten und riefen: Willkommen, Herr Graf, gnädiger, lieber Herr!

Auch der wackere Amtmann, noch immer rüstig und munter, obschon sein Haar im Spätherbste des Lebens erbleicht war, ein froher Philemon, und seine ehrwürdige Baucis nahten sich respektvoll. Aber der Graf schüttelte ihnen treuherzig die Hände und fragte nur hastig: wo ist sie, wo ist meine Seraphine?

Wir haben unserer Tochter – antworteten die guten Alten – die Freude verhehlt, sie ist in den Weinbergen, aber sie muss etwas ahnen, denn dort fliegt sie eben herab, wie eine Libelle.

Und mit pfeilschnellen Schritten eilte die Allee her das niedlichste Winzermädchen, das Körbchen mit Trauben am Arme, aber mit brennender Wange, gelöseten Locken und hochfliegendem Busen.

Seraphine! Seraphine! Rief ihr der Graf entgegen und breitete weit die Arme aus, und sprachlos lag das liebende Mädchen an seinem Herzen. Wie Musik des Himmels tönten, als sie von der Betäubung der Freude erwachte, die italienischen Laute von ihren Lippen, denn nur in welscher Zunge lässt sich das Höchste, Süßeste, Feurigste der Liebe sagen.

Kilian stand verblüfft, denn solchen Liebreiz hatte er noch nie gesehen, und als sie im Schlosse waren, drückte er dem Grafen feurig die Hand mit dem Ausrufe: Sie haben recht, Herr Graf, Sie sind der allerglücklichste Mensch!

Wie prachtvoll glänzte es hier von allem, was die Welt Kostbares und Schönes hat. Kilians Zimmer waren

Tempel des Geschmackes und der Musen. An den Wänden lockten die seltensten Kupferstiche, dazwischen die reichen Bücherschränke mit den in goldenem Bande funkelnden Schätzen aller Weisheit, ein Flügel, Noten, Zeichnungen, Büsten, Mosaik, und nun die herrliche Aussicht in den reizenden Park. Das Herz schwoll dem Kandidaten vor Freude, und er konnte es sich nicht verhehlen, dass er im Hafen des Glückes sei. Überdies schien er – wie die Seidenraupe, seine letzte Häutung überstanden zu haben, denn abgestreift war von ihm der unglückliche Kilian. Niemand sollte ihn hier anders als unter dem Namen Felix kennen, und alle achteten und liebten den Gutmütigen, den Lebensfrohen, den Freund des gebietenden Herrn.

Am liebsten freilich war er bei Amtmanns.

Der würdige Landwirt, der Vielgereiste, Vielseitiggebildete, war der Vater der Tausende, die auf der weiten Herrschaft des Grafen unter ihm standen, und seine fromme Gattin die Mutter aller Notleidenden, deren es übrigens auf diesen Gütern nur wenige gab, denn Fleiß und Industrie gingen mit der reichen, lachenden Natur Hand in Hand, um aus diesen Gegenden ein Paradies zu schaffen. Reinlich, glänzend und geschmackvoll waren alle Gebäude von außen und innen, und der herrschaftliche Park mit seinen Blumengehegen, Hainen, Wasserpartien, Gewächs- und Lusthäusern ein wahrer Feengarten. Hier wanderte nun der Graf und sein junger Freund. Sieh, – sprach der Graf – lange schon sind diese Berge und Täler, diese freundlichen Dörfer und Auen mein Eigentum. Keine Sehnsucht zog mich nach meinem Vaterlande Sizilien, dahin, wo im dunkeln Laube die

Goldorange glüht! Deutschland wurde mein zweites Vaterland. Hier sticht kein Skorpion, hier tötet kein Sonnenbrand, hier zittert die Erde nicht unter dem Fuße des Wanderers, hier lauern nicht gedungene Mörder, sanftere Lüfte wehen hier, und blühte denn nicht auch in Deutschlands mildem Garten meine himmlische Blume Klotilde, und nun meine junge Rose Seraphine? O mein Freund, nur ab und zu verstattete ich mir bisher den Genuss dieses Paradieses, du weißt, welcher Cherub mir mit dem Flammenschwerte drohte, aber nun ist's ja überwunden, und hier will ich fortan leben in glücklicher Ruhe mit dir und Seraphinen.

Und wahrlich! Es war auch hier gut sein, hier in den weiten, prunkenden Sälen lebte die Freude und der Genuss, wenn alles, was weit umher im Umkreise edel und schön war, sich in prächtigen Festen um den Grafen sammelte, der wie die Sonne allem Leben und Dasein gab. Am liebsten aber war doch Kilian allein mit dem Verehrten, und dann fehlte nie im seligen Kleeblatte die wunderliebliche Tochter des Amtmanns. Jeden Tag entfaltete sich eine neue Blüte im Kranze der Vollkommenheiten dieser Holden, die im Frühlinge von siebenzehn Jahren Englisch, Französisch und Italienisch wie Deutsch sprach und mit Aberlischer Farbenglut die reizenden Ansichten des Gutes gezaubert hatte, die in den Zimmern des Grafen hingen.

Mit inniger Zärtlichkeit, mit ganz offenkundiger Liebe, war ihr der Graf zugetan, und auch Seraphine schien nur in seinem Anblicke, nur für ihn zu leben. Es war klar, dass dieser Vereinigung der Herzen bald eine festere des ganzen Lebens folgen würde, und ungescheut und ohne Erröten überließ sich Seraphine den Liebkosungen des Grafen, die auch den Eltern nicht auffielen. Natürlich, – dachte Kilian – größer konnte das Glück für sie nicht sein, und es war klar, dass dies himmlische Geschöpf schon lange für den Grafen gebildet worden in jeglicher Kunst und Tugend, aber auch ebenso wunderbar, dass sie aus all' dieser Kultur die kindliche Unschuld ihres Gemütes gerettet hatte. O wahrlich! Rief Kilian – dieser Graf weiß, was glücklich macht, und ich verdenke es ihm gar nicht, dass er diese herrliche Blume der freien Natur den geschmückten hochadeligen Ranunkeln und Tulpen vorzieht, die ihm auf dem Treibbeete der großen Welt entgegenlachen, und sieht man es nicht auch wieder deutlich, dass auch für den Herbst noch Knospen des Frühlings sich erschließen mögen, und dass Jahre nur da kalt zwischen die Liebe treten, wo die Flamme des Genius nicht mehr lodert, und der Spiritus des Lebens allgemach bis zum schalen Bodensatz sich abdampft? Freilich, solchem Residuo mag die Jugend keinen Geschmack abgewinnen. O glücklicher Fatali!

Sonderbar aber war es, dass Kilian noch lieber bei Amtmanns war, wenn Seraphine ohne den Grafen sich da befand. Da war er freier, da verließ ihn eine gewisse Bangigkeit, die er sich nicht erklären konnte, und da schien auch Seraphine gegen ihn unbefangener. Aber jeder Zwang der Seelen verschwand, wenn er am Klaviere mit ihr sang, oder wenn in die Tonwellen ihres Harfenspieles sich das Duett ihrer reinen Stimmen mischte und der Graf dann lächelnd und mit Wohlgefallen dem innigen Hauche des Gefühles horchte. Oft traf sich's wohl, dass, wenn sie am Flügel saß, Kilian wieder sinnend dastand und sein Blick träumend am Demantkreuze hing, das sich auf den Wellen des jugendlichen Busens hob, aber er erschrak vor sich selber, wenn er an den Grafen dachte, und das scheue Auge suchte dann emsig die Noten. Oft war er im Anschauen der schlanken Gestalt, wenn sie dastand und die Blumen am Fenster ordnete, versunken, aber er begegnete dem Blicke des Grafen und schlug errötend die Augen nieder, als sei er über etwas Unrechtem ertappt worden.

Aus dieser Scheu wurde bald ängstigender Zwang – er wusste selbst nicht, warum, und er zitterte, wenn im freundlichen Gespräche Seraphine die Hand auf seine Schulter legte, wenn sie ihn fortzog dahin und dorthin und ein leiser Druck ihrer Fingerspitzen seine Hand elektrisierte. Immer stand da vor der Seele des Erschrockenen der Graf, dessen beobachtendes spähendes Lächeln ihm nun wahre Folter wurde. Sein unbefangenes Wesen verlor sich und eine stille Niedergeschlagenheit bemächtigte sich seiner.

Das ist die Liebe! – sprach er zu sich selbst – das ist mein Unglück! Denn gehört sie, die Himmlische, nicht einem andern, gehört sie nicht dem väterlichen Freunde, dem Wohltäter?

Seraphine nur blieb sich gleich und hüpfte und scherzte in fröhlicher Lust. Ach, sie kannte den Pfeil nicht, der auch in ihr Herz gedrungen im ersten Augenblicke, als sie den Fremden gesehen, aber bald sollte auch sie nun die Wunde des Herzens fühlen und empfinden, was ihr dieser Fremde geworden. War er bei ihr, so war sie heiter und glücklich, war er abwesend oder verspätete er sich auf der Jagd, so hatte sie mehr als sonst am Fenster oder im Garten zu schaffen, wo sie ihn kommen sehen musste. Hielt der Graf sie küssend im Arme, dann zitterte sie, ob Felix kommen könne, und kam er und sah das Kosen, dann schlug sie errötend die Augen nieder. Ach, sie wäre vergangen, als sie einst singend zur Türe hinaus in die Arme des erstaunten Kilians lief, der aber zitternd und scheu den Kuss nicht wagte auf die brennenden Wangen, deren Glut er in seiner Nähe fühlte.

Auf seinem Zimmer grollte er dann still vor sich hin: der Glückliche! – *er* hält sie in seinen Armen, er küsst diese rosigen Lippen und ich – oh, ein einziger Kuss von ihr könnte mein Himmel sein! Aber, verdammter Kilianismus, der du auch hier mich Elenden mit Fäusten schlägst! Ich dürste in der mich umwogenden Flut wie Tantalus, und bald wird die Liebliche seine Gemahlin sein! O wäre ich nie diesem Grafen an die Stirn gerannt, o hätte ich mich ferner blamiert mein Leben lang, ich wäre ein ergötzlicher Pickelhering gewesen für meine lieben Mitmenschen und hätte doch noch eine Hungerpfarre mit dem Appendix einer fruchtbaren, abgesetzten Kammerzofe erwischt, statt dass ich nun verschmachten muss in elender Liebesqual, bei dem magern und ledernen Troste des kategorischen Imperativs. O Schicksal! O Pflicht! O Kilian!

Und worüber hat sich denn mein wackerer Freund zu beklagen? – fragte der Graf – der seine letzten Exklamationen gehört hatte.

Über nichts, Herr Graf! – war Kilians Antwort, der freilich nicht sagen konnte, wo der Hund begraben lag. Der Hafer sticht mich, weil mir's so wohl geht, und ich sehne mich zur Abwechselung nach etwas Unglück, merke aber wohl, dass man den Teufel nicht an die Wand malen darf.

Du bist ein Narr, Felix! – erwiderte der Graf lachend – oder – du bist verliebt.

Getroffen war es freilich, aber dennoch, was konnte dies dem andern helfen? Durfte er es denn dem Grafen sagen, dass er verliebt sei, und in wen er es sei, und eben das, dass er sich nun seiner ganz bewusst war, dass nun die Unmöglichkeit der Rettung und die Zukunft hier so ganz klar vor seiner Seele stand, das machte ihm alle die Pracht, die ihn umgab, zum Ekel und Gräuel und sogar diesen Grafen Fatali recht höchst fatal. Behalte deine Schätze – sprach er zu sich selbst – lass mich ein Bettler sein wie vorher, nur lass mir deine Seraphine! Aber mitten unter diesen Gefühlen des Unmutes regten sich dann Freundschaft, Hochachtung und innige Teilnahme für den Grafen, und dann konnte ihm sein Undank und seine Missgunst bitter schmerzen. Nein! – brach er dann heftig aus – nein, mein Freund und Vater! Nicht die trockene Überzeugung der Pflicht, nein, auch mein Herz ist auf deiner Seite! Ich will und muss untergehen, aber aus den Ruinen werde ich mein besseres Selbst retten.

Trübe und regnerisch waren die Tage des Spätherbstes, kalt und düster die Wintermonate, aber im herrlichen Schlosse blühte der ewige Frühling der Freude und der Kunst. Feste, Bälle und lautes Getümmel wechselten mit den stillen Abenden des freundlichen häuslichen Beisammenseins, und alles war glücklich – nur Kilian nicht. Immer tiefer drang in sein Herz der Dorn der weißen Rose, die hoffnungslose Liebe heißt. Hoffnungslose? –

nein, es war am Tage, hoffnungslos im Zweifel, ob die Geliebte sie erwidere, war sie nicht. Aber hoffnungslos dem Ohnmächtigen, der an der trennenden, unübersteiglichen Mauer stand. Und Seraphine? – Sie schwankte nicht zwischen dem Grafen und Felix, nein, sie gehörte beiden mit gleicher Innigkeit, aber ein ängstigendes Rätsel des Gefühls, das ihr unerklärbar blieb, versenkte auch sie oft in stilles tränendes Sinnen. Wenn sie mit Felix am Flügel sang:

Senza di te ben mio
vivere non possio,
no, no, morir mi sento!

schmolzen die Stimmen zusammen in einen einzigen sterbenden Hauch der Empfindung, sie wagten nicht, sich anzublicken, aber tief im Herzen tönte es wieder:

»Es ist nicht möglich, ohne dich zu leben!«

Und dachte sie sich wieder die Trennung vom Grafen, so rief sie laut weinend: nein, ich kann dich nicht verlassen, auch ohne dich mag ich nicht leben!

Kilian sah den Kampf des unschuldigen, sich selbst nicht verstehenden Herzens und war unglücklicher als zuvor. Der Graf sah alles und – lächelte. Oh, sein Glück blühte ja aus diesen düstern Wolken hervor schöner als je, und hatte er doch nun den Wendepunkt überschritten, der ihn aus dem Zauberreiche des Polykrates zu dem reinmenschlichen Glücke geführt, das mit lebenswürzenden Bitterkeiten vermischt ist, und sah er doch nun vorher, welche Dissonanzen ihm noch tönen würden.

So war der Winter vergangen, so war der schöne Lenz herangekommen, bald sollten die Haine wieder mit frischem Grün sich kleiden, schon verkündete draußen der Morgengesang der Lerche das erwachende Leben der Natur, aber im weiten Gewächshause standen noch die duftenden Lieblinge der Flora, und Schmetterlinge, die der Strahl der warmen Sonne ins Dasein hervorgelockt, umflatterten die blühenden Wipfel der Zitronenbäume. Kilian ging sinnend dahin unter den Blumen. Ein Schrei am andern Ende des Gewächshauses erschreckte ihn. Es war Seraphine. Er stürzte hin zu ihr und sah, wie sie in höchster Angst etwas von sich abwehrte.

Seraphine, Seraphine! Was ist dir? – Felix, retten Sie mich! – schrie sie – retten Sie mich, ach! Eine abscheuliche Spinne! Ach, hier unter den Locken.

Wo? Wo? Rief Kilian, umfasste sie und herab fiel die Spinne vom blonden Köpfchen der Geängsteten. Beide wollten lachen, aber der werdende Scherz erstarb in einem schmerzlichen Zucken des Mundes. Fester umschlang er sie, – sie sträubte sich nicht – ihre Wange ruhte an seiner Brust, ihr Herz an dem Seinigen. Des leisesten Wortes nicht mächtig, starben sie dahin in langen, glühenden Küssen.

Da erscholl am andern Ende des Hauses die Stimme des Grafen: Felix, Felix, wo bist du? Und auseinander flogen die Glücklichen, er dahin und sie dorthin.

Aber von diesem Momente an stand auch Kilians Entschluss fest. Ich habe das Höchste des Lebens gekostet! – jubelte er außer sich auf seinem Zimmer – was kann mir nun noch werden! Diesseits des Stromes der Pflicht, die uns trennt, blühte meine Seligkeit, keine Reue, kein Vorwurf befleckt sie, aber jenseits ist – Verbrechen und Schuld. Darum fort von hier, ehe ich mit mir in meinen Abgrund den Glücklichen reiße und Seraphinen. Fort aus diesen Zaubergärten der Armida! Still und arm will ich diese Gegenden, meinen Himmel, verlassen. Manneskraft und Kenntnisse werden mein Dasein fristen, und deine Lehre, mein verklärter Kant, dein Genius der Pflicht mich trösten.

Die Resignation des klaren Bewusstseins der heldenmütigsten Pflichterfüllung gab dem Armen Ruhe. Er war still und sanft, aber er verzögerte den Tag der Ausführung, so wie der zum Tode Verurteilte gern noch eine Stunde und noch eine und noch eine lebt. Als aber eines Abends sein Bedienter beim Auskleiden ihm vertraute, dass Fräulein Seraphinens Vermählung nicht mehr fern sei, und der Herr Graf heute schon den köstlichen Brautschmuck von London erhalten habe, da stand sein Entschluss der Flucht für den kommenden Tag unerschütterlich.

Düster brannten die Kerzen in seinem Zimmer. Ach! Es sollte ja das letzte Mal sein, dass er alle diese Herrlichkeiten in der magischen Beleuchtung sah. Drüben Seraphinens Fenster waren schon dunkel. Oh, du ahnest es nicht – rief er und breitete die Arme sehnend hinüber – du ahnest es nicht, Seraphine, dass du mich heute das letzte Mal sahst für dieses Leben. O sei glücklich, Seraphine, sei glücklich, du mein Wohltäter Fatali! Du hattest wohl Gutes mit mir im Sinne, aber das Schicksal hat es anders gewollt. Das Schicksal? – Wie? Habe ich denn das Schicksal schon befragt? Habe ich den Schleier der

Isis gehoben, der mir auch meine Zukunft verbirgt? Wohlan, du schauervolle Göttin, ich will vor dich treten! In der dunkeln Nacht meines Lebens sollst du mein Leitstern sein, ich will dich fragen, und du wirst mir antworten.

Er machte zwei Lose, auf das eine schrieb er: Entsagung, auf das andere: Liebe, wickelte sie zusammen und warf sie mischend in die silberne Schale.

Nun, – rief er – furchtbare Göttin! Bei den Schauern der Ewigkeit, die dein Gewand sind, frage ich dich jetzt: Was soll mein Schicksal sein? Hier schwöre ich's der dunkeln Nacht und den Geheimnissen deines Reiches – dem unsichtbaren – ich will erfüllen, was du sprechen wirst. Ein Los will ich greifen, und dies soll über mein Leben entscheiden. Furchtbare! Nun frage ich dich: Was soll mein Schicksal sein?

Da tönte hinter ihm eine ernste Stimme:

> »Der Mensch versuche die Götter nicht und
> begehre nimmer und nimmer zu schauen, was
> sie gnädig bedecken mit Nacht und Graucn!«

Es war der Graf. Was machst du hier? Fragte er den Erschrockenen.

O nichts! – war dessen Antwort – ein Kinderspiel, nicht wert, dass man davon spricht.

O doch, doch, – entgegnete der Graf – was hast du auf die zwei Zettel geschrieben?

Entsagung und Liebe – erwiderte Kilian leichthin.

So? Also Liebe? – fragte der Graf weiter – ei, seit wann sind wir denn so verliebt geworden, und wer ist denn die Schöne? Nun – was kümmert es mich! Aber du hast freventlich den Geist Samuels heraufgerufen, anstatt dich mit liebendem Vertrauen in die Arme deines Freundes zu werfen! Du hast dein furchtbares Schicksal beschworen und auch das meine, das unzertrennbar von dem deinen ist, nun kannst du nicht mehr zurück, nun *musst* du, und beim Himmel! – donnerte der Graf – nun sollst du auch. Ziehe! Ziehe den Augenblick!

Er hielt die Schale drohend, und Kilian zog bebend.

Als der Zettel geöffnet wurde, lasen sie: Liebe.

Nun, Herr Felix! – rief der Graf – nun bedank' er sich bei der Isis. Liebe! Liebe! Liebe! Lachte er und ging zum Zimmer hinaus.

Ists wirklich? ist's wahrhaftig? Fragte Kilian. Liebe mit Seraphinen? Also Liebe und Verbrechen – O Schatten Samuels, du bist der Teufel. Also dennoch soll ich eine Beute des höllischen Versuchers werden? O das ist grausam! – Aber wer zwingt mich? Wem habe ich geschworen? Ist es Frevel, den Schwur zu brechen, oder ihn zu erfüllen? Soll ich über deine Leiche, Fatali, das hochzeitliche Bett besteigen; soll ich den rächenden Erinnyen verfallen sein mit Seraphinen? – O, wer rettet mich aus diesem Labyrinthe?

So zagte, so kämpfte der Arme ruhelos die Nacht durch. Da nahte sich mit dem Frührote der Schlummer der Ermattung, und aus dem Schlummer erhob sich gestärkt seine Seele, wie ein stolzer Adler auf den hohen Felsen, der in der Glut des Himmels glänzt, auf den Sonnengipfel – der Pflicht.

Was ich trieb, war kindisches Spiel – lächelte er ruhig, ordnete alles, schrieb ein kurzes, dankendes Lebewohl an seinen Wohltäter, zog seine Reisekleider an und wanderte still und arm hinaus in die weite, unbekannte, freudenleere Welt.

Als er im Park war, verdoppelten sich seine Schritte. Wehmut, Bangigkeit, Heldensinn, Liebe und Verzweiflung trieben ihn wechselnd in wilder Hast vorwärts, und wie er um eine Taxushecke stürmte, rannte er wieder einem an die Stirne, dass beide zurücktaumelten. Es war der Amtmann.

Hui! Hui! Herr Felix! – fragte der erstaunt – wohin so früh?

Ich heiße nicht Felix! – war die Antwort – ich bin Kilian! Herr Amtmann, sehn Sie's nicht mit Frakturschrift an meiner Stirne stehen? Sehn Sie mir's nicht an, dass ich ewig und ewig nur Kilian, das heißt unglücklich, sein kann? – Leben Sie wohl und grüßen Sie Ihre Tochter Seraphine!

Also fort wollen Sie, fort von hier? – entgegnete der Amtmann – und warum denn, Herr Felix?

Nun, – erwiderte der – Ihnen mag ich's wohl sagen, Sie sind ja der Vater. Ich liebe Ihre Tochter und mag nicht der Teufel im Himmel meines Wohltäters, des Grafen sein. Er lebe glücklich mit der jungen Gattin.

O Herr Felix! – rief der Amtmann und hielt den Eilenden zurück – hören Sie doch nur, Seraphine ist nicht mein Kind, Seraphine ist ja die Tochter – des Grafen.

Wie? Was? Herr! – die Tochter des Grafen? O heilige Isis! O Mächte des Himmels! Ich habe also doch das große Los gezogen?

Das große Los! – erwiderte der Amtmann gerührt – so wahr Gott lebt, das große Los! Junger Mann, wir wussten alles, auch Ihre Flucht war uns kein Geheimnis, darum wurde ich hierhergeschickt, und darum soll ich Sie jetzt zurückbringen ins Schloss zu allen, die auf Sie warten. Wollen Sie?

O Herr! – rief der Selige – vorwärts, vorwärts, in den Himmel, zurück, zurück! Und so lief er, dass der Amtmann ihm kaum folgen konnte. Als es nicht mehr möglich war, keuchte *der* ihm atemlos nach: Am Schlosstore, da müssen Sie auf mich warten, – denn Sie sind – mein Arrestant.

Und wie sie nun zusammen in den glänzenden Saal eintraten, empfing der Graf den Flüchtling mit den strafenden Worten: Ei, ei, Kilian, wo kommst du her?

Ich bin nicht Kilian, mein teurer Vater! – rief *der* und sank auf ein Knie – ich bin Felix! O Herr Graf, ich bin wahrhaftig Felix!

Ja, du bist es, mein Sohn! – entgegnete der Graf – du bist es von nun an und immerdar! Sieh hier Seraphinen, – meine Tochter und Klotildens, sie ist deine Braut.

Nun erst sah der Entzückte, wer noch weiter im Saale war. Es waren da Philemon und Baucis, der Herr Pfarrer und der Herr Justizrat, alle stattlich geputzt, und an der Wand standen die Bedienten in der Festlivree. Aber wie eine Lilie im bräutlichen weißatlasnen Kleide und mit dem Schmucke von London schwebte an der Hand des

Grafen sein holder Engel Seraphine heran und lag weinend vor Seligkeit in seinen Armen. O nun ist mir alles klar – stammelte sie – o nun verstehe ich dich, mein Herz! Nicht ohne dich konnte ich leben, mein Geliebter, nicht ohne dich, mein Vater.

Felix, du hast mein Herz – fuhr der Graf fort – und das Herz meines Kindes gewonnen, das war Glück! Du hast gelitten im bittern Schmerze der Unmöglichkeit und der Entsagung, das war Unglück; ich habe dich gefunden, – das war mein Glück! Du hast dich mir verborgen in geheimnisvoller Zurückhaltung, mir, deinem Freunde und Vater, du hast mich treulos verlassen! – ach! Das war Wermut in dem Becher meines Lebens! Aber eben dieser Wechsel verbürgt uns nun unser künftiges Schicksal, wir werden menschlich glücklich sein, nichts Vollkommenes erfahren, aber auch von keiner Höhe stürzen. Und hast du denn nicht dein Glück verdient, du edler Mensch, der du dem Gebote der Pflicht, der du mir dein Liebstes zum Opfer brachtest? – O mein Sohn, alles, was ich habe, ist dein. Dreimal haben wir nach dem großen Lose gegriffen. Einmal gewann ich's, da war es der Engel des Todes, einmal verfehlten wir es beide, da war es der Wendepunkt unseres Lebens, und gestern zogst du es im grauenvollen Scherze, aber du ergriffest dein Glück, und wahrhaftig, du hast das große Los gewonnen.

Ja, ja, – rief der Überselige am Busen der Braut – ich habe das große Los gewonnen! Und ich mit euch! – fiel der Graf gerührt ein – und schloss die Kinder in seine Arme.

*

151

Wanderer, wenn du den Rhein hinaufziehest am Sommernachmittage, wenn lustige Rebenhügel dich umblühen und schattenvolle Linden, wenn dir ein herrlicher Garten entgegenlacht mit lang sich hinziehenden Dörfern unter Obstbäumen und buschigen Hainen, wenn dann vor dem stattlichen Schloss unter den Platanen patriarchalisch ein freundliches Männlein mit ehrwürdigem Silberhaare sitzt, bei ihm ein holdes, engelschönes Weib und ein kräftiger heiterer Mann, und um sie auf dem Rasen blondlockige Kinder hüpfen und spielen, und alle dich herzlich einladen zur gastlichen Ruhe, glücklicher Wanderer! Das ist der Graf Fatali, das ist Felix und Seraphine, das sind ihre Kinder, das sind die trefflichen Menschen, die das große Los gewonnen.

Dritte Historie

Hunderttausend Taler? – So ist es denn wirklich wahr? – So habe ich denn wirklich das große Los gewonnen? – Wirklich? Wirklich? – Wirklich? Rief der Dorfkantor Wolfgang Haberkorn. O jubelt laut mit mir, alt und jung, freue dich heut, werteste Christenheit! Mein erst Gefühl sei Preis und Dank! Erhebe Gott, o Seele! Und mit drei entsetzlichen Sprüngen war er zur Kammer heraus in der Stube, am Positive, wo er mit allen Registern und der ganzen erschütternden Kraft seines Singorgans das: »Herr Gott, dich loben wir« anstimmte. Erschrocken über das urplötzliche, nächtliche Getöse, fuhr Weib und Kind in der Kammer schreiend aus dem süßen Schlafe, und draußen aus seiner Hütte in rasendem Bellen und Heulen der Hofhund, der nichts Geringeres vermutete als Raub, Mord und Totschlag drinnen im Hause.

Wolfgang! Wolfgang! – rief und rüttelte ihn Martha – was ist dir? – Mann, bist du denn mondsüchtig? Oder hat dich die Tarantel gestochen? Oder träumest du? Tue die Augen auf, Wolfgang! Wir sind ja gar nicht in der Kirche! Es ist ja Nacht! Ermuntere dich!

Nacht? – Nacht? – Traum? – – stammelte der Kantor, und seine Hand glitt vom Manuale, sein Fuß aus der Schleife des Balgzugriemens. Er öffnete die Augen. Da sah er, wie der Vollmond der stillen Mitternacht herein durchs Fenster in die Stube schien. Da merkte er, dass er geträumet. Da lallte er kraftlos, mit zitternder Stimme: Und es ist also doch nichts? Und ich habe also doch das große Los nicht gewonnen? Und du hast mich also doch belogen, schelmischer Mauschel, ob ich dir schon ein Douceur zugedacht, wie es dir Tausende nicht gegeben haben würden?

Armer Mann! – lachte Martha – das große Los also hat dich aus dem Bette gejagt zu dem grausamen Spektakel? – Wenn das deine Jungen wüssten!

Und so gar umsonst und um nichts – fuhr der Getäuschte fort – soll ich mein dankbares, frommes Gemüt gezeigt haben mit Psalter und Lobgesang, mit Zimbeln und Orgelklang? Und es erbarmt dich nicht selber, lieber Herrgott? Und es ist dennoch alles vorbei und das schwere Geld weggeworfen?

Beruhige dich, Wolfgang! – besänftigte Martha – es ist nichts vorbei. Die Ziehung fängt ja lange noch nicht an, und du und ich, wir können beide noch glücklich sein. Denn haben wir nicht beide Lose? Du eins und ich eins? – Und brauchen wir es denn auch so nötig? Sind wir nicht glücklich auch ohne das? Darum, Vater, lege dich nieder in Gottes Namen und schlafe!

Ja – entgegnete der zur kühleren Besinnung Erwachte – du hast recht, Martha! Und ließ sich zurückführen in die Kammer und murmelte leise noch die letzten Worte des ambrosianischen Lobgesanges: »Auf dich hoffen wir, o lieber Herr, in Schanden lass uns nimmermehr!«, und versenkte sich wieder in die Wellen des freundlichen Bettes und schlief bald wieder sanft, wie das gute Gewissen. Denn das hatte der ehrliche Kantor. Arbeitete er nicht schon seine fünfunddreißig Jahre rüstig im Weinberge des Herrn – in der Schulstube? Blühte und prangte nicht rings um ihn, was er gesäet und gepflanzt in frohem Gedeihen und labender Frucht? Waren nicht die wildesten, verworfensten Rangen unter seiner Zucht gute, nützliche Menschen geworden? Herrschte er nicht mit Kraft über seine Gemeinde? Liebte diese ihn nicht mit fast scheuer Ehrfurcht? Hatten nicht die beiden Hornbläser, die sich aus niemandem etwas machten, vor ihm heiligen Respekt und pausierten richtig bei seinen Kirchenmusiken, ob sie schon in den Liebhaberkonzerten des nachbarlichen Krähwinkels in der Regel alles verpfuschten und zu Zeiten daselbst auf ihren Instrumenten anstatt der rechten Töne nur höchst verdächtige und unziemliche von sich gaben? Und diese Kirchenmusiken, waren sie nicht weit und breit berühmt? Hatte nicht neulich der Herr Konsistorialrat bei der Visitation absonderlich gelobt, dass in der Karfreitagspassion der Hahn Petri bei der Verleugnung höchst erbaulich gekräht auf der Geige des kunsterfahrenen Meister Böckleins, des Dorfschneiders? Item, dass, als der Herr Kantor wie ein wackerer Held das Solo gesungen: »weinet nicht, es hat überwunden der Löwe«, der Bader dazu auf das Rührendste den Fagott geblasen? Hatte nicht Wolfgang ein Amt, das – eine rühmliche Ausnahme von der Regel – auch ohne die nicht magere Mitgift der Frau seinen Mann leidlich nährte? Was ging ihm also ab? Selbst kein leiser Nebenwunsch blieb ihm unerfüllt. Denn prangte nicht eben auf seinem Fenster die *Fuchsia coccinea*, nach der er lange gesehnt und geschmachtet, und die ihm endlich der gräfliche Gärtner zum Geburtstage verehrt? Und was um ihn da lag im Arme des sanften, unschuldigen Schlafes, wie er, in der geräumigen Kammer, waren das nicht die lieben Engelein in seinem Erdenhimmel? Martha, die treue Gefährtin seines Lebens seit einem Vierteljahrhundert? Lieschen, die holde Rosenknospe? Georg, der rotbäckige Wildfang, der jetzt, in seinem zwölften Jahre schon den Flügel schlug wie ein David und die Geige strich wie Spohr und Rohde, nur etwas schlechter? August, der zehnjährige Superintendent, der von allen Bänken herab, aus allen leeren Tonnen predigte und der Mutter schon manche schwarze Schürze zerrissen als Reverende? – Freilich, Frau Martha, Hevas Töchterlein, wie alle ihres Geschlechtes, konnte dann und wann die liebe Urmutter nicht verleugnen, und

Das Mäulchen samt dem Zünglein flink
Saß ihr am rechten Flecke,
Sie schimpfte wie ein Rohrsperling,
Kam man ihr mit Genecke,

Aber auch nur dann. Sonst war sie still, freundlich und gutmütig und keineswegs versunken »im Lustpfuhl dieser Erde«, wie weiland Frau Schnips in dem Bürgerschen Gedichte. Dass sie, als des verstorbenen wohlhabenden Schulzen in Birkendorf einzige Tochter, dem Manne das bedeutende Heiratsgut eingebracht, das hatte ihren sanften und milden Sinn im geringsten nicht verändert, sie nicht hart und hoffärtig gemacht. Ja, sie blieb sogar absichtlich in der Mode hinter der Frau Pastorin zurück, ob sie es schon reichlicher dazu gehabt hätte als diese, bloß um sie nicht zu kränken. Denn – dachte sie – sie ist doch immer die Trau unseres Vorgesetzten. Aber in ihrem Hause, in ihrer Wirtschaft war dafür alles viel besser als dort. Das sauberste und reinste Linnen glänzte da wie Schnee. Von den Dielen der Wohnstube hätte man essen können, so blank waren sie. Kisten und Kasten und Schränke strotzten vom Segen des Vaters und von eigenem Fleiße und Sparsamkeit, wenn auch barer Mammon in blanken Talern sie eben nicht drückte. Einige Schuldscheine waren doch drinnen. Im Keller gor dem wackern Kantor köstliches Bier. Im Hofe schnatterte und gackerte es voll Leben und grunzten jahraus jahrein zwei Schweine, und im Garten – – nun da vollends war Elysium. Da wölbten sich kühle Jasmin- und Geisblattlauben, da rankten Bohnen und Gurken, da blühten die Aurikelbeete, die Levkojen von Dreißig auf den Stellagen die Nelken in wundervoller Pracht. Da röteten sich und schwollen in zuckersüßer Reife Georgs Pfleglinge, die Stachelbeeren. Da stand Augusts liebste Kanzel, die Baumleiter, und am Bache, der durch den Garten floss, nickten Lieschens Vergissmeinnicht und flatterten die schlanken blauen Libellen, fröhlich und leicht, wie sie selber, im Sommermorgen der Jugend.

Warum hätte also Vater Wolfgang nicht sanft schlafen sollen?

Dass dann und wann einmal ein kleiner Misston in diese reinen Harmonien schnitt – nun das gehört mit zur Würze des Lebens, das ohne die unbedeutenden Dissonanzen ein schales, kaltes Lichtbild ohne allen Schatten gewesen sein würde. Und bald verschmolzen ja doch die Misstöne wieder in befriedigende Auflösung. Freilich, wie sich am Ende *die* Dissonanz lösen werde, dass Mutter Martha den immer und ewig klug und heimlich lächelnden Krämer Baldrian, den anmaßenden Fant, der doch eine Stimme hatte wie ein Nusshacker, und dem alle Musik ein Gräuel, so gern sah und seine Absichten auf Lieschen begünstigte, dagegen den Raupenjäger Meier nicht leiden konnte, den Vater Wolfgang so lieb gewonnen wegen seines milden Tenors, das war ihm zur Zeit noch ein Rätsel. Aber es störte nicht im Mindesten weder seinen eigenen ruhigen Schlaf noch den der Mutter. Kömmt Zeit, kömmt Rat, dachten beide und drängten das Schicksal des geliebten Kindes nicht mit unbesonnener Eile zur Entscheidung. War doch Lieschen auch erst siebenzehn Jahre. Ob ihr selber die Sache so gleichgültig, wer wusste das? Wer ergründet die Tiefen der zagenden, vor Furcht und Wonne zitternden Psyche, die zum ersten Male hinter den verhängnisvollen Vorhang geschauet, der Amors Geheimnisse verbirgt, und die nun scheu in verschlossener Brust dieses erste, süßeste Geheimnis verbirgt vor den Blicken der Profanen – der Lauscher, und wäre es Vater und Mutter? Wer als sie wusste es, von wem sie träumte? Der lange ekelhafte Quappelbauch mit den dicken Wangen, dem, vornehm lächelnd, alles, was nicht, wie er, in Berlin gewesen, oder von daher kam, oder mir und dir statt mich und dich sprach, nur Pomade, der den wackern Georg nicht geigen und den armen August nicht predigen hören mochte, der schien es freilich nicht zu sein, denn das sah man deutlich an dem schnippischen Benehmen, mit dem Lieschen seine faden Späße erwiderte, und an dem schelmischen Lächeln, mit welchem sie den Unfug der Brüder ignorierte, wenn *die* ihm durchs Astloch des Gartenbretterzauns ihr höhnisches: Baldrian! Baldrian! In allerlei seltsamen Modulationen nachheulten. Aber der freundliche Grünrock mit den dunkeln Locken und der Jagdtasche, in welcher weder Schnepfen noch Hasen, wohl aber allerlei Gewürm in Unzahl in Schachteln, und Kräuter und Blumen in Kapseln und Löschpapier befindlich, der immer durch den Wald strich, wenn Lieschen da Beeren suchte, an dem die Brüder hingen wie Kletten, weil er die schönen Bilder malte, ihnen die bunten, seltsamen Schmetterlinge fing und tausend lustige Possen trieb, und der schon manchmal bei den Kirchenmusiken des Vaters Rührung und Entzücken in die Herzen der andächtigen Gemeine und also auch in ihr eigenes Mädchenherz gesungen – kurz, der Raupenjäger, wie ihn der Vater nannte, der mochte es eher sein. Das hätten Sachkenner an der fliegenden Glut ihrer Wangen merken können, wenn er zum Vater kam, die Singstimme einzuprobieren, und bei den Worten des Textes, die von Gefühlen des Herzens sprachen, über das Notenblatt hinweg nach Lieschen schielte, die gerade dann immer irgendetwas in der Stube zu schaffen haben musste. Aber ach! – der Grünrock war nichts in der Welt als ein unruhig umherstreichender Vagabunde, des liederlichen Maschinenbauers Sohn, der im Nachbardorfe gewohnt, mit dem landesherrlichen Vorschusse davongelaufen und fern von der Heimat in großem Elende gestorben. Und hatte nicht der Raupenjäger – Fritz hieß er, das wusste sie – ihr selber einmal gesagt, dass die ganze weite Welt sein Haus, seine Würmer, Schmetterlinge, Bilder, sein Herz und seine fröhliche Laune alles sei, was er sein nennen könne, und er übrigens nichts, gar nichts habe und hoffe? – Ach! – hatte sie wohl dann geseufzt – der Arme, der Arme, der auch nichts einmal hoffet! Dennoch hatte das innige Mitleid, die Erinnerung an die freundlichen, unschuldigen Augenblicke, wo er ihr im Walde seine schönen Raupen und Bilder gezeigt, ihr noch keine Stunde des süßen Schlafes geraubt. Und so freilich konnte alles in Vater Wolfgangs Kammer sanft ruhen, auch nach dem wunderlichen Spektakel, welches das dankbare Gemüt des Kantors in der stillen Nacht angerichtet. Schläft man doch auch nie süßer und fester als nach einem nächtlichen Gewitter.

Aber wie nun der helle Tag die Glücklichen wieder zum Bewusstsein des wirkenden Lebens weckte, in welchem sonst die lieblich funkelnden Sterne träumender Fantasie untergehen, da wollten diese Sterne in Vater Wolfgangs Seele immer noch nicht ganz verbleichen und schimmerten nur noch umso reizender, je weiter sie in das unergründliche Dunkel des Himmels zurückwichen.

Es wäre denn doch ein gar schönes Ding um die hunderttausend Taler! – murmelte der Kantor beim Frühstück vor sich hm – und *unmöglich* die Sache eben nicht! Das denke ich auch! – fiel Martha mit behaglichem Kaffeeschlürfen ein, und man sah es, dass auch in ihr die Saite noch fortklang, die der ambrosianische Lobgesang des frommen Ehegenossen angeregt. Warum kann nicht gerade eins von uns beiden das vom Schicksal erwählte Glückskind sein? Warum nicht eben ich?

Du? – fragte der Vater scherzhaft lächelnd – du willst das große Los? Liebes Weib, daraus wird nichts, das kriege *ich*. Du magst dich mit einem Zehntausendtaler-Gewinn begnügen. Denn ich nur, nur ich muss und will euch alle glücklich machen.

Nein, Wolfgang! – entgegnete Martha – lass es *mir*! Ich muss und werde dich glücklich machen.

Und hast *du* es denn nicht schon getan, Mutter? Durch fünfundzwanzig Jahre? – antwortete der Kantor und reichte ihr gerührt die Hand. Hast du mir nicht auch die vollen Kisten und Kasten, und nachher die schnippische Dirne und die wilden Rangen ins Haus gebracht, die sich da eben um den letzten Löffel Milchbrei zanken? – Die mögen zwar alle drei nicht viel taugen – was meint ihr, Schelme, habe ich nicht recht? – aber etwas ist doch immer besser als nichts, und man muss Gott für alles danken. Was bedarf es also bei dir des Mehreren? Ich, nur ich, habe dir noch nichts recht Reelles geben können mein Leben lang. Denn was hat ein armer Schulmeister! Aber gewinne ich das große Los, dann soll es aus einem andern Tone pfeifen. Dann tue ich meine milde Hand auf, und du bist mir viel zu gut – Mutter! – mir nicht die

Freude zu gönnen, zuerst an dich zu denken im Goldmeere des neuen Segens. Gar nicht herausfinden sollst du dich aus den Bergen und Labyrinthen der feinsten Leinwandschocke, der zahllosen gezogenen Tischtücher und Servietten, der Drilliche, Überzüge, Schleier und Battiste. Neue Schränke lasse ich dir machen von Schwarzpappelholze mit messingenen Schlössern und doppeltem Schneller. Eine Anschleppe wird gebaut ans Haus, eigens für die Millionen Tiegel, Töpfe, Schüsseln, Pfannen und Teller, die ich dir kaufe, und der Böttcher soll ein Jahr lang bloß für dich den Kandidaten Bählamm ärgern und stören in seinem abgeschmackten Dichten mit höllischem Humor hinter der Brauerei. Einen Rasenfleck miete ich dir, so groß wie unser Garten, dass deine unzähligen Betten darauf Raum haben zum Sönnen, einen –

Nicht übel, – fiel lächelnd Martha ein – aber du vergissest dabei, dass du dann ja gleich vor allem andern deinen Dienst aufgeben würdest, und wir dann nicht hier wohnen blieben.

Ich? – Mein Amt aufgeben? – fragte Wolfgang erstaunt. – Warum denn?

Nun freilich! – antwortete Martha – das wäre ja das allererste. Denn, Vater! – gewinne ich es, so musst du mir in der Minute darauf abdanken, dass du in Ruhe des Segens genießen kannst. Ich kaufe dich los vom Joche, ich kaufe dich für mich zum alleinigen Eigentume, und flugs musst du den schlechten Dienst meiden.

Den schlechten Dienst? – entgegnete Wolfgang, und die Hand sank matt mit der Tasse herab auf den Tisch – den schlechten Dienst? – Das Joch?

Was sonst? – erwiderte Martha – Musst du dich nicht ärgern Tag für Tag mit den rohen, wilden Buben und mit den Dorffiedlern und mit dem Balkentreter, der dir so oft den christlichen Glauben verpfuscht, weil er ihm zu lange gedauert, sodass im letzten Verse, wo »das Fleisch uns wieder leben soll«, weder Leben noch Wind mehr in der Orgel ist? Und was hast du denn von dem – ich sage es noch einmal – schlechten Amte? Reichtum etwa? – Dass sich Gott erbarme! – Ehre? Ja, Schulmeister-Ehre! Denn du bist ewig doch weiter nichts, und die vornehme Welt lacht dir hintennach und mir.

Martha! – zitterte Wolfgang – ein schlechtes Amt? – Schulmeisterehre? – das kann dein Ernst nicht sein! Mein Amt? – Ist es nicht gerade das allererste, hier und dort? Bin nicht ich es und meine lieben Kollegen, die den rohen Kloß zum Menschen bilden, dass er etwas tauge in der Welt und lebe nützlich und glücklich für andere und sich selber? Erkennen das nicht auch Könige und Kaiser, die auch nur liebes Vieh wären ohne uns? Und dort – Martha! – weißt du nicht, wie es in der Bibel steht: Die Lehrer werden leuchten wie des Himmels Glanz und wie die Sterne immer und ewiglich?

Wenn sie hier verhungert sind – fiel Martha ein – und abgetrieben und stumpf an Leib und Seele, und verachtet!

Verachtet? – stammelte Wolfgang und stand auf vom Tische. – Wer verachtet mich? – Verhungert? – Wann habe ich gehungert? Wann hast du gehungert bei mir? – Abgetrieben und stumpf? – Freilich bin ich nicht mehr der rüstige Geselle, wie er um dich schwänzelte in Birkendorf. Freilich könnten wir ohne das, was du mir zugebracht, nicht so leben, wie wir leben, aber es ist schlecht, dass du mir das vorrückest!

Ist es doch wahr! – eiferte Martha.

Mutter! – bat Wolfgang – widerrufe! Kaufe mich nicht los von meinem ehrenwerten Amt! Bitte ab, dass du es so sündlich verachtet, dass du mir meine Armut und dein Eingebrachtes vorgeworfen – zum ersten Male. Sage, dass du albern geredet –

Ich albern? – unterbrach sie ihn noch aufgebrachter. – Ich? Abbitten? – Ei! Warum denn? Dein Amt ist doch das schlechteste und das verachtetste auf Erden und was ich gesagt, bleibt doch wahr, und warum bist du so hartnäckig und willst dich nicht aus deiner Niedrigkeit erheben lassen zu Ansehn und Ehre?

Ich habe Ehre! – rief der Kantor heftig. – Ich habe Ansehen! Das brauchst *du* mir nicht erst zu geben! Aber dich, dich blendet der Satan, und ich merke nun wohl, was die Glocke geschlagen!

Magst du! – antwortete Martha kurz und räumte zusammen, dass Teller, Tassen und Löffel klirrten. Ich kaufe dich doch los. Ich baue doch dem Herrn Baldrian die Essigfabrik und nebenan ein Haus von drei Stocken, in das wir ziehen mit den jungen Leuten.

Mit den jungen Leuten? Essigfabrik? Baldrian? Schlechtes Amt? – murmelte Wolfgang im aufgeregten Unmute vor sich hin, als er hinüber in seine Stube ging, und zum ersten Male war er zerstreut und hörte die Lesefehler seiner Gymnasiasten nicht, die erstaunt den sonst so strengen und aufmerksamen Lehrer anblickten. Auch der Bakel ruhte zu wunderbarer Erquickung der Schotendiebe von gestern, denn der sonst unerbittliche Richter war heut selber zerschlagen und zerknirscht. Sein ganzes Innere war ein brausendes Meer. Es kochte und brannte ihm im Herzen. *So* war ihm noch nie gewesen. Die Worte: »verachtet«, »Schulmeister«, »schlechter Dienst«, »verhungert«, »abgetrieben« schwirrten um ihn wie falsche Quinten und Nonen und übermäßig unaufgelöste Sexten, und wie er in die Schulstube gegangen mit trübem Sinnen, so kam er wieder heraus zum Mittagessen, das diesmal stumm war, wie vorher nie, und des Abends, wo ihn statt der unbefangenen Heiterkeit der Seinen finsteres, gedrücktes Schweigen empfing. Denn auch Mutter Martha schmollte, und die Kinder, scheu und ängstlich, wussten nicht, was sie denken sollten.

Warum schmollt sie noch obendrein? – murmelte der Kantor – was hab ich ihr getan? Ist das nicht gerade die Taktik der Xanthippen? Beißen, Kratzen und noch groß recht haben?

Warum ist er böse? – seufzte sie – Womit hab ich ihn beleidigt?

Zum ersten Male goss der schöne Sommerabend vergebens für den ehrlichen Kantor sein mildes Licht über seine Blumen. Zum ersten Male empfand er nichts von dem Dufte seiner Lilien und Violen. Zum ersten Male war es ihm, als ob er allein sei auf Erden. Denn – dachte er – sie, sie verachtet dich – armer Schulmeister! Sie könnte dich verlassen in den Verlockungen des Reichtums! Sie hat dich genommen – o Himmel! – damals, als du ihr eben gut genug und ein rüstiger Springinsfeld wärest! Jetzt bist du ihr verhungert und abgetrieben. Jetzt wirft sie dir die Mitgift vor, ohne welche du ein miserabler Schlucker wärest, wie andere! Jetzt ist ihr dein hoher Beruf ein Gräuel! Jetzt rückt sie heraus mit dem innersten Geheimnis ihrer Seele, dass dennoch Hochmut sie erfüllt und sie dem elenden Baldrian ihr Kind und ihren Mammon opfern könnte, weil er ein prahlender Narr ist und sie – wer weiß warum – Madam Haberkorn nennt und ihr die Hand küsst. O Schicksal! O Weiber! Geschieht das am grünen Holze, was will am dürren werden! – Wenn eine Martha nach fünfundzwanzig Jahren ehelichen Friedens endlich doch mit den Krallen aus den sanften Katzenpfötlein herausfährt, was soll man von andern hoffen? Ist nicht alles Lug und Trug? Und bedarf es nicht auch bei der Besten nur der Veranlassung, nur des rechten Fiedelbogenstriches vom Schicksal, um Ohr und Herz zerfleischende Misslaute hervorzulocken? – – Aber Wolfgang! Bist du nicht auch dennoch ein Tor, dich über ungewisse Wenn und Aber, – über des Kaisers Bart zu ängstigen und abzuärgern? Ist denn alles schon wirklich? Hat sie denn schon das große Los? Sinnend ging er herum und blies wirbelnde Tabakwolken in die tauende Abendluft. Allein so sehr er sich auch mühte, sich zu überreden, dass nur ein Phantom ihn erschrecke, so sehr überzeugte er sich doch endlich, dass sein Unglück gewiss sei. Er glaubte, in den innersten, tief verborgenen Grund des Herzens seines Weibes geblickt zu haben. Mochte sie das große Los gewinnen oder nicht, er glaubte zu wissen, wessen sie fähig. Jener Gewinn war problematisch und ungewiss, aber gewiss und deutlich, dass er ihr, seinem Liebsten auf Erden, nichts weiter sei als ein verachteter Schulmeister. Bitterkeit und stille Trauer über die Entdeckung, dass sein ganzes eheliches Glück nur ein Traum gewesen, wie *der* in der vergangenen Nacht, zog in die Brust des armen Kantors. Ohne laute Klage, ohne Vorwürfe ging er herum, wie vor den Kopf geschlagen, und sah auch das holde Kleeblatt seiner Kinder, das in der schwülen Luft dieser drückenden Spannung in furchtsamer Schüchternheit welkte, mit düstern Blicken an, als wollte er sagen: Auch *ihr* seid mir noch ungewiss! Auch euch wird der Teufel angeigen zu seiner Zeit, über lang oder kurz, und auch eure Dissonanzen werden mein Herz zerreißen. Doch schien es ihm Pflicht, noch das letzte zu versuchen, die entsetzlichen Misslaute aufzulösen in Harmonie. Vielleicht – es war ja doch noch möglich – erkannte sie ihr Unrecht. Allein, was Vernunft und Gemüt ihm anrieten, das verdarb sein noch zu heißes Gefühl. Er war der sanfteren Stimme freundlicher Überredung noch nicht mächtig. Weib! – sprach er, als sie des andern Tages gerade allein waren, nicht eben mit schmeichelnder Stimme, ich will ein übriges tun, ich will dich belehren.

Belehren? – entgegnete sie kurz – Behalte dein übriges für dich! Ich mag nicht belehrt sein! Und wandte ihm den Rücken.

Sie mag nicht belehrt sein? – grollete er – Sie mag ihr Unrecht nicht einsehen? Es ist also wirklich ihre wahre; ernste Überzeugung, was sie gesprochen? – Wie konnte ich auch daran zweifeln! Und düster ging er von ihr und herum in feindseligem Schmollen.

So trieb er bis zum Sonnabende, der ihm sonst in seinen späteren Nachmittagstunden der Tag heiterer und friedlicher Erholungen war. Die Arbeit der Woche war dann getan, die Sonntagsmusik einprobiert, und im grünen, behaglichen Großvaterstuhle genoss er nun, sein Pfeifchen rauchend, der wohlverdienten Sabbatruhe und stärkte sich auf morgen zu dem schweren und doch so lieben Kirchendienste. Jetzt war es anders. Er saß zwar auch im alten, treuen Lehnstuhle wie sonst und dampfte sein Feierabendpfeifchen; aber kein liebendes Weib saß bei ihm und strickte.

Dieser Traum war vergangen. Schon seit drei Tagen hatte sie mit ihm nicht gesprochen, und er nicht mit ihr. Doch draußen in der Küche knisterte ein lustiges Feuer – die Opferflamme des Friedens. Martha hatte Pfannkuchen gebacken, zum Sonntage, des Vaters Lieblingsimbiss beim Frühstück und zur Vesper. Mit freudeglänzenden Augen trat sie in die Stube, denn das Werk war herrlich gelungen, weder zu fett, noch zu mager, und locker waren die Kräpplein wie Wolle und überzogen mit brauner, knorpelnder Rinde. Auf der Hausschwelle saßen die Buben und speisten die zerborstenen Auswürflinge, die sich nicht in die Schüssel schickten, selig in ihren Kirschmusschnurrbärten und erwartend noch größere Seligkeit, wenn ihnen zuletzt der Tiegel zum Auskratzen der Scharre preisgegeben würde. – Wie konnte da Mutter Martha noch schmollen? – das war unmöglich. Froh und doch ängstlich trippelte sie herum in der reinlichen Küchenschürze und immer näher und näher auf Umwegen dem Großvaterstuhle. Endlich fasste sie sich ein Herz, erwischte den Vater seitwärts bei der Schlafmütze und fragte mit niedergeschlagenem Blicke: Alter, bist du noch muckisch?

Wie ein freundlicher Ton der Vergangenheit klang dem Trauernden der leise, zitternde Ruf in die Seele, und wehmütig neigte sich sein Haupt, herabgezogen von sonst so lieben Händen, schon zum Kusse süßer Verständigung ohne Worte; da raunte der Satan ihm ins Ohr: Es ist doch alles nur Lug und Trug! Kann sie wegheucheln, was sie so klar ausgesprochen? Und noch wehmütiger, aber mit langsamer Gewalt entwand er sich den fesselnden Armen. Nein, Martha – sprach er kopfschüttelnd – du bist nicht gut genug! Dein Herz hat mir nie gehört, nur den Götzen, die in deinem Innern leben und die ich nie geahnet, bis nun. Du bist – nimm mir's nicht übel – eine – böse Sieben!

Wolfgang! – stammelte die Erschrockene, und Tränen stürzten ihr aus den Augen – ich eine böse Sieben? – Das magst du bei Gott verantworten! Was hab ich dir getan? Was hab ich geredet, das nicht die Wahrheit wäre? Dennoch –

Und du bleibst dabei? – unterbrach sie der Kantor – und du erkennest dein Unrecht noch nicht und tust nicht Buße im Sack und in der Asche?

Buße? – entgegnete Martha – Buße? – O du Tyrann! Nein, ist das möglich? – Pfannkuchen habe ich gebacken ihm zur Liebe – er muss es riechen – herein komme ich zu ihm, will ihn hätscheln, überwinde mich, will fünfe gerade sein lassen und das gottlose Mucksen seit drei

Tagen vergessen, da wehrt er sich, als wenn ich giftig wäre, der alte Grimmbart –

Jawohl! – Der alte Narr, solltest du sagen! – fiel der Kantor höhnisch ein – Das war ich, seitdem ich an treue, wahre Liebe, seitdem ich dir geglaubt. Aber das ist vorbei. Alt bleibe ich zwar, doch kein Narr mehr. Bist du klug, so lässest du mich in Frieden und traktierst mit deinen Pfannkuchen den galanten Krämer, wenn er morgen herkommt, zu schnüffeln und über die neu anzulegende Essigfabrik zu reden, – der kalte schleichende Molch, der den Vater ruiniert durch sein wüstes Leben in dem üppigen preußischen Babylon, dem vornehmen Berlin, und zu Tode geärgert, der schon überall nach Gelde herum gefreit, um dem Bankrotte zu entgehen, den aber keine mag, und der nur nach Lieschen die Angel wirft, weil er Mutterpfennige wittert – denn lieben kann der nicht – und dem du dein Kind in den Rachen werfen willst samt deinen Schätzen, weil du ein eitles Weib bist und eine Xantippe! –

Was? – rief Martha, und der Zorn färbte ihre ohnedies schon von der Herdfeuerglut geröteten Wangen kirschbraun – eine Xantippe nennst du mich? Ein eitles Weib? Eine böse Sieben? – O du Sokrates! O du Muster der Sanftmut und Liebe! – Nun gut; da du so gar unversöhnlich, gottlos und verstockt bist, so will ich dir eine Xantippe sein, bis du in dich gehst und dich besserst. Nun sollst du auch wissen, dass Herr Baldrian allerdings dieser Tage sein Wort um Lieschen bei mir angebracht und ich sie ihm zugesagt.

Wie? – fuhr der Kantor auf – ohne das Mädchen, ohne mich zu fragen?

Wozu dich? – entgegnete Martha bitter – Wusste ich nicht deine Antwort vorher? Wozu das einfältige Mädchen? Sie sieht ihr Glück nicht ein, aber das wird sich geben, wenn ich das prächtige Haus baue, mit den Goldsäcken rassele und den Herrn Baldrian zum Kommerzienrate mache. Denn dir zum Trotze gewinne ich das große Los. Gestern habe ich darauf Blei gegossen, und jedes Mal traf es, und die alte Ursula Buttermilch wies deutlich in den Karten, dass der Schellenkönig –

Also auch Aberglaube? – unterbrach sie Wolfgang – O Weib, was muss ich erleben!

Großes Glück in der Lotterie und den Juden Aaron bedeutet – fuhr Martha ungestört fort – Willst du dann schulmeisterieren bis an dein Ende, gut, so bleibe hier, ich ziehe zu den Kindern!

Und wirklich verlassen könntest du mich? – forschte Wolfgang.

Warum nicht? – lachte Martha unter Tränen – du würdest deine Xantippe los und könntest dann ungestört mit dem Raupenjäger botanisieren und singen, um dessen willen dir der Herr Baldrian so verhasst ist, der dir im Kopfe steckt und dem du – wenn unser Herr Gott nicht klüger wäre – Mammon und Kind an den Hals würfest – dem nichtsnutzigen Tunichtgut, der, wie der Apfel, nicht weit vom Stamme fällt!

Schimpfe mir den Menschen nicht – eiferte der Kantor – den du nicht kennest. Was kann er für seinen Vater? – Darbt er sich's nicht am Munde ab, dessen Schulden zu bezahlen? Hat er nicht das Seine brav gelernt und studiert, und –

Und was hat er gelernt? – fiel Martha ein – was hat er studiert? Kann er predigen? – Nein! – Ist er ein Jurist? – Nein! – Ein Mediziner? – Nein! – Was ist er? – Gar nichts! Ein wilder Jäger, ein Gänseblumen- und Käfermaler! Was kann aus dem werden?

Und ist das nichts? – fragte Wolfgang heftig – Ist das nichts, dass er aufs Haar weiß, wann jegliches Würmlein auf Erden auskriecht und was es frisst und wie man Birken und Eichen pflanzt? Und ist das nichts, dass er lateinisch, englisch und französisch spricht, und in Kupfer sticht, und das schöne Werk über das Forstungeziefer gemacht hat, in Quarto mit den herrlichen Bildern, und dass sogar der Grobschmied hat weinen müssen bei seiner Arie: ihr weichgeschaff'nen Seelen? – Tausendsapperment!

Und welchen Hund hat er damit vom Ofen gelockt? – entgegnete Martha – welchen kann er damit vom Ofen locken?

Ich weiß es nicht! – antwortete Wolfgang grimmig – aber er ist ein brauchbarer Mensch, brauchbarer als ein trockener, lederner Advokat, Dorfpapst und Pillenkönig, aus denen außer der eingewürgten Brotwissenschaft kein Tropfen gesunde Vernunft zu quetschen, und mit ihm, gerade mit ihm teilte ich meine Schätze, möchte er doch sein und werden, was er wollte, der treue, ehrliche, freundliche Bursche! Und gern gäbe ich ihm das Mädel, wenn er es möchte, wovon ich übrigens noch nichts weiß, mich auch nicht darum kümmere. Sie würde wohl aufgehoben bei ihm sein, und in Gottes Namen möchtest du zu deinem Kommerzienrate ziehen, noch lieber dahin, wo der Pfeffer wächst, am allerliebsten aber –

Ins Reich der Toten! – schluchzte Martha.

Besser da als in einer Hölle auf Erden! – polterte der Kantor und entsprang im Sturme seines Innern der schwülen Stube, hinaus in den Garten.

Hölle auf Erden? – stammelte sie ihm erstarrend nach – Er hat recht! – Aber aus dieser Hölle erlösen die Gesetze – die Scheidung! Ja! – die Scheidung! Rief sie überlaut, dass er es noch im Fliehen hören musste.

Und so war die eherne Wand, die zwei Herzen und Leben auf ewig trennen sollte, zwischen *ihn* und *sie* gefallen. Ein tückisches Gespenst wies *ihn* hierhin, und *sie* dorthin, und einsam wandelten die Armen unter den reich und üppig blühenden Blumen der Wirklichkeit.

Die muntern Jungen hielten sich für die drückende Befangenheit daheim schadlos in allerlei Unfug und Exkursionen in Felder und Wälder. Aber Lieschens Augen weinten in dem stillen, häuslichen Unfrieden, den sie mit allem holden Schmeicheln und Kosen unschuldiger Liebe nicht zu beschwichtigen vermochte. Ach! Noch ein anderes schneidendes Schwert war in ihre Seele gedrungen.

Leb' wohl, Lieschen! Hatte gestern Fritz Meier im Schatten der Erlen ihres Gartenbaches zu ihr gesagt:

Wohl heute noch und morgen
Kann bleiben ich allhier;
Wenn aber kommt der dritte Tag,
Da bin ich fern von dir!

Fern, Lieschen! Und das auf Nimmerwiedersehen.

Fern von hier? – hatte sie erschrocken erwidert. Sie wollen fort, Herr Meier? Auf Nimmerwiedersehen? Und dabei war ihr der Strickstrumpf entfallen aus den zitternden Händen. Mit der so urplötzlich hereinbrechenden Trennung stand es ja auf einmal vor ihr, wie gut sie ihm war. Wohl mochte er sonst Tage, Wochen lang wegbleiben im unruhigen, unsteten Treiben seines Lebens; immer wusste sie es gewiss, er werde wiederkommen. Und nun plötzlich auf Nimmerwiedersehen! – Das war zu hart. Die lieben freundlichen Eltern hatte sie verloren, den heitern, häuslichen Frieden, nun sollte sie auch noch *ihn* verlieren, an den ein Etwas sie fesselte, über das sie bisher gar noch nicht nachgedacht. Konnte man ihr den Schreck über die unerwartete Veränderung verdenken? Wie ein Donner aus heiterem Himmel schlug das grausame Wetter vor ihr nieder. Fort wollen Sie? – fragte sie noch einmal mit leiser Stimme: auf immer?

Ja, Lieschen! – antwortete er – Fort, ins Weite, fort in die Fremde! Doch – kann ich wohl sagen: in die Fremde? Wo ist denn meine Heimat?

Wo dämmert ein Hüttchen, wo grünt mir ein Plätzchen!
Wo klopft mir ein Herz, wo lacht mir ein Schätzchen,
Das *mein* auf Erden ich nennen darf?

Und warum denn das und wohin? – stammelte sie mit niedergeschlagenen Blicken.

Warum? – entgegnete er – Nun darum, weil ich mir eben das Hüttchen, das Plätzchen suchen will, und weil hier doch kein Herz und kein Schätzchen für mich ist. – Wohin? – In die neue Welt, nach Brasilien, mit dem jungen Grafen.

Nach Brasilien? – wiederholte sie langsam, und der Ozean und die entsetzliche Weite dehnte sich aus zur Unmöglichkeit des Wiedersehens. Ihre Tränen perlten herab auf den Rasen, in Trauer und in Kränkung darüber, dass sie nun wohl fühlte, *ein* Herz habe doch für ihn geklopft, dass sie das aber ihm nicht sagen könne, dass er sie darum auch nicht einmal frage.

Dir geht mein Scheiden nahe, lieb' Lieschen? – unterbrach er die bange Stille – Nun, sei ruhig. Ich schicke dir Bilder aus der schönen neuen Welt. Da sind Schmetterlinge, so groß wie meine Hand, schillernd wie Wandeltaffet. Die rarsten sollst du haben und einen Laternenträger zum Andenken.

Behalten Sie Ihre Schmetterlinge und Ihren Laternenträger! – lispelte sie abgewandt und wehmütig – und schenken Sie sie einer hübschen Amerikanerin!

Und warum denn nicht *dir*! – lächelte er – Ist dir's nicht recht, wenn ich ein holdes Bräutchen mein nenne in Rio de Janeiro?

Eine Braut? – rief sie erblassend – eine Braut in Amerika? O Sie abscheulicher Mensch! Und der Aufruhr ihres empörten Gefühls jagte sie fort mit fliegender, stürmischer Hast aus der Nähe des kalten höhnenden Bösewichts, der mit Lachen ihr die Worte nachrief: Dir zuliebe gebe ich noch acht Tage zu und nehme vorher Abschied von den Eltern, ehe ich reise zur Braut nach Brasilien.

Ein Tränenstrom hatte, als sie allein war, ihr gepresstes Herz erleichtert. – Stille Trauer blieb zurück. Sie litt die Qualen der Liebe. Ihre Wonne hatte sie mit klarem Bewusstsein noch nicht empfunden. Kuss und Händedruck und heimliches Kosen hatte er sich noch nie erlaubt, *sie* noch nicht daran gedacht. Jetzt ahnte sie, wie alles so ganz anders hätte sein mögen, und wie es ihr nun mit *ihm* verloren sei auf immer, und diese stille Trauer mischte sich mit dem wehmütigen Schmerze über das Unglück der teuern Eltern.

Diese entfernten sich mit jedem Tage mehr voneinander im finstern, argwöhnischen Grübeln und Misstrauen. Die Mutter kam fast nicht aus der Kammer, wo sie einsam strickte und weinte, und dem Vater geschah, was er vorher nie geahnt, nie für möglich gehalten. Sein Amt, das ganze Leben wurde ihm lästig. Wie hätte er aber auch mit der kummerbeladenen Seele frei arbeiten und wirken können im geistigen Berufe? Das Wort: »Scheidung« dröhnte ihm noch im Innern, – erst schrecklich, dann immer milder, endlich wie ein wehmütiger, letzter Trost.

Zum ersten Male schüttelte über ihn der Pastor, sein biederer, alter, vertrauter Freund, beim nächsten Besuche der Schule den Kopf. Zum ersten Male fehlte es bei der Kirchenmusik hier und da, und ein dumpfes, verdächtiges Munkeln lief im Dorfe über die auffallende Veränderung in des Kantors Hause um.

Der schlaue Krämer, der das Gras wachsen hörte, war der erste, der zu wissen glaubte, wo Barthel Most schenke. Mit pfiffig lächelnder Miene lehnte er an der Ladentüre und schaute hinüber nach der Schule. Ihm war die

Sache klar. Kantors hatten in der Stadt bei bösen Schuldnern verloren, die Mutterpfennige waren ausgeflogen, und klüglich musste der Rückzug begonnen werden, damit nicht das nackende, einfältige Schulmeistergänslein, das nicht einmal Gitarre spielen konnte, denke, es sei ernst gewesen.

Der ehrliche Pastor sah tiefer. Mit herzlicher Teilnahme forschte er nach der Ursache des Unheils und erfuhr von Wolfgang, dem es nottat, sein Leid dem Freunde zu eröffnen, alles. Kantor! – sprach er – Und weiter ist es nichts?

Und ein Phantom hetzt Euch? Über des Kaisers Bart macht Ihr Euch elend in sündlichem Unfrieden? – Das soll anders werden, darauf verlasset Euch! Aber seine redliche Mühe bei *ihm* und bei *ihr*, die düstern Wolken des Irrsals zu verscheuchen, war und blieb vergebens, und immer tiefer versank die noch vor Kurzem so glückliche Familie in Trauer und bittern Gram. Georg geigte nicht mehr. August hielt nur Leichenpredigten. Lieschen ging mit verweinten Augen herum – sie litt ja zweifach. Selbst Vater und Mutter hatten nun noch den letzten unglücklichen Trost verloren. Denn es war ihnen bedeutet worden, das Landrecht sage:

Wegen wörtlicher Beleidigung, Drohungen und geringer Tätlichkeiten sollen Eheleute gemeinen Standes nicht geschieden werden.

O über die klugen Gesetzgeber! – grollte Wolfgang – die das Menschengefühl an der Barometerröhre des Standes und der Geburt abmessen! Nach ihrer Skala ist der Bauer kaum ein wenig besser als der Ochse, der seinen Pflug zieht, und der Fürst ein Superlativ von Mensch, der vor Empfindung und Gefühl aus der Haut fahren, oder des Teufels werden möchte. Ob er dessen ungeachtet stumpfer sei an Seele und Gemüt als sein *glebae adscriptus* danach wird von Rechts wegen nicht gefragt. Genug, es stehet da und er wird geschieden, obgleich er über dieselbe Scheidungsursache nur lacht und spöttelt, die jenem das Herz zerreißt.

Nur erst, als er sich vom Gesetze und seinen Interpreten unter die Leute *gemeinen Standes* geworfen sah, fing der gute Haberkorn an, zu ahnen, dass die irdische Herrlichkeit seines Amtes wohl auch nur in seiner Einbildung beruhe, und Martha demnach so gar unrecht nicht gehabt haben möge. Alter Tor! – rief er sich zu – was die ganze Welt sagt und denkt, was der Handelsherr und seine hochweisen Perücken öffentlich aushängen lassen zur Regel und Richtschnur, das nimmst du dem Weibe so übel? Doch diese Betrachtung, weit entfernt, zur Versöhnung zu führen, machte die Last, die auf ihm lag, nur noch schwerer. Er fing an, sich selbst zu verachten, und eben, dass ihm Martha das alles gesagt, nachdem sie es fünfundzwanzig Jahre, aus Mitleid offenbar, verschwiegen, und dass auch das große Los sogar ihn zwar zu einem vornehmen Herrn machen, nie aber ihm eine andere Überzeugung geben könne, als dass Martha ihn dann nur um des Geldes und Standes, nicht aber um sein selbst willen, wie er bisher geglaubt, achten werde, das kränkte ihn am meisten. Und nun die Unmöglichkeit, dieser Qual anders zu entgehen, als durch den Tod, diese vollends beugte ihn zu Boden. Hätte er kühler sich und anderen Rechenschaft über die wahren Gefühle seines Herzens geben können, so würde er gefunden haben, dass es ihm um *seinetwillen* mit der Ehetrennung nicht so ernst gewesen. Aber *sie* – o Gott! *Sie* konnte ja nicht mehr glücklich mit ihm sein. Hatte sie es nicht selber gesagt? Hatte sie nicht zuerst das Wort »Scheidung« ausgesprochen? Und für *sie* gab es nun keine andere Erlösung als jene – durch Freund Klapperbein.

Gerade dasselbe fühlte Martha für ihren Alten eben auch, ohne sich dessen klar bewusst zu sein, oder bewusst werden zu wollen, und es hätte nur eines seelenkundigen Arztes bedurft, um die Krankheit der im schrecklichen Irrsale Untergehenden radikaliter zu heilen. Ein solcher war freilich der ehrliche Pastor bei all' seiner Redlichkeit und Teilnahme nicht. Daher schlich denn das Elend unaufgehalten seinen traurigen Weg. Beide Teile verwünschten die Ursache desselben, die heillose Lotterie. Er und sie seufzten in betrachtender Stille, wenn sie den Zettel ansahen, von dem sie größeres Glück als ihr bisheriges erwartet! O hätte ich dich nie gesehen, tückisches Papier, mit deinen verführenden Hoffnungen! Was hälf' es mir, wenn ich nun auch das große Los gewönne? Könnte ich dadurch die verlorene Ruhe des Herzens und Lebens wiederkaufen? Ist sie nicht dahin auf ewig? Und durch dich, verwünschter Zettel? Bist du nicht die Schlange, die zwei schwache Menschen aus dem Paradiese verlockt – in die Hölle? O – jammerte *er* – dass ich ein Narr war, über die Grenzen meines Standes hinauszulangen und zu hoffen! O – weinte *sie* – dass ich, wie Eva, mitten im Segen nach der giftigen, täuschenden Frucht griff!

Aber die Klagen und Verwünschungen beider führten zu keinem andern Resultate als zu nur immer größerem Bewusstsein ihrer Schuld und der Unmöglichkeit einer freundlichen Zerteilung der schweren Wolken, die über ihrem Leben hingen. Nun erst war ihnen das Grab des kranken alten Bettlers auf dem Dorfkirchhofe, auf dessen schwarzem Kreuze die Worte standen: »Er starb an seinem Glücke!« ein wehmütiger Wallfahrtsort in den stillen Sommerabenden, nun erst der tausendkünstlerische Schneider Böcklein eine recht merkwürdige Person. Sie kannten ja die Geschichte beider, und sie hätte ihnen zur Warnung dienen können. Aber *sie* waren beklagenswürdiger. Denn *jener* schlief den unruhigen Traum des Lebens aus – im langen Schlafe, und *dieser* – vergeigte die Grillen. *Sie* tröstete kein Schlaf und kein glücklicher Leichtsinn.

Und so war denn wieder der sonst so liebe, heitere Sonntag herangekommen. In der Kirche hatte der Pastor vom reichen, bösen Manne und vom armen Lazarus gepredigt, dem die Hunde die Schwäre geleckt und der zum ewigen Frieden gelangt in Abrahams Schoß. Dazu war vom Kantor eine Musik aufgeführt worden, in welcher das Züngeln und Flackern des höllischen Feuers auf das Entsetzlichste sich dargestellt, und wo dazwischen der Kantor, im Gefühle der eigenen verzehrenden Glut, mit gedämpfter, fast zitternder Stimme gerufen: Vater Abraham, sende Lazarum, der seinen Finger in Wasser tauche und kühle meine Zunge, denn ich leide Pein in dieser Flamme! Wobei wieder der Bader wehmütigst auf dem Fagotte geblasen. Niemals hatte ihn das traurige C-Moll, die prickelnde, stechende Hitze im *pizzicato* der

Geigen, das Emporlodern im schwankenden Gellen der Klarinetten und im Geheule der Hörner, und dazwischen die verschmachtende, fast resignierte Bitte in *Es*-Dur, und dann wieder der verzweifelnde Schrei im entsetzlichen *Fis* des übermäßigen Quart-Sext-Akkordes auf das Wort »Pein« so ergriffen wie heute. Ja – sagte er – das ist der Unsegen und die Verdammnis des Reichtums! Oh! Auch ich leide Pein in dieser Flamme! O du vermaledeites *Fis*, in das ich geraten!

Keinen Bissen vermochte er zu Mittag hinunterzubringen. Er saß mitten in der Qual der Hölle, und kein Vater Abraham erbarmte sich seiner.

So war er des Nachmittags mit Lieschen zu Hofgärtners gegangen. Da blühten ja die schönen unschuldigen Kinder ferner Zonen, in deren Anblicke wohl Gram und Leiden verschwinden konnte. Die Buben spielten draußen im Dorfe, die Mutter saß, wie immer, einsam daheim in der Kammer. Aber ein unerklärliches Etwas trieb ihn bald wieder fort von Hofgärtners, indes Lieschen noch da blieb bei den Freundinnen.

Was klopft dein Herz, ehrlicher Kantor, so angstvoll und ahnend, wie es dir nie geklopft? Warum musst du fort aus der schönen Blumenwelt, von der du heute allein noch Beruhigung gehofft? – Ist es zum Tode oder zum Leben, wohin ein wankender und doch dahineilender Schritt nach Hause dich führt? Ist es der Teufel, der zu neuem Unheil dich treibt, oder die Hand des Arztes, der allein die verborgenen Wunden der Seele kennt und – zu heilen vermag? Ist es die Entscheidung deines Schicksals, die dich in deiner stillen Wohnung erwartet?

Ja! – Es war die Entscheidung, die ihn erwartet.

Als er sinnend und im höchsten Aufruhre des Innern in seine Wohnstube trat, stand auf den, mit dem zierlichen Teppiche bedeckten runden Tische die Kaffeekanne, daneben eine volle, soeben erst eingeschenkte Tasse. Es war klar, dass Martha sie für sich eingegossen habe, durch irgendein Geschäft in der Wirtschaft aber abgerufen worden sei. Er blickte scheu um sich. In der Stube war sie nicht, auch vor dem Glasfenster der Türe, die in die Kammer führte, war innen in der Kammer die grünseidene Gardine vorgezogen und alles still und wie ausgestorben. Diese Stille, diese Einsamkeit fiel ihm auf das Herz. Er musste die Fenster öffnen, um nur atmen zu können. Sonst war es nicht so. Die kühle Düsternheit, die das dicke Weinlaub draußen an den Fenstern um ihn her verbreitete, machte ihn nur noch wehmütiger. In der Ruhe, die hier ihn umgab, sehnte er sich nach der ewigen. Gedankenvoll trat er an den Tisch und schüttete aus der Zuckerbüchse die feinen Staubreste in seine Hand. Arsenik! – rief er – Gerade so siehst du aus! Aber der Zucker ist ein unschuldiges Kind gegen dich, *du* hingegen bist ein durchtriebener, schlauer, kräftiger Bursche mit Riesenfäusten! Die schweren Fesseln des Lebens zu brechen ist dir ein Spiel! Arsenik! Wie leicht befreiest du von der unendlichen Qual! *So* viel deines schmerzstillenden Pulvers gibt sicher den langen Schlaf, ist auch – setzte er höhnisch hinzu – unter Leuten gemeinen Standes ein Ehescheidegrund! Und mit diesen Worten schüttete er den Zucker in die Tasse.

Da öffnete sich die Kammertüre, und heraus trat Martha. Sie hatte alles gehört, doch nur, hervorlauschend hinter der Gardine, Wolfgangs letzte Bewegung mit der Hand nach der Tasse und den hineinfallenden weißen Staub gesehen. Leichenblass und langsam, mit vor sich hinstarrenden Augen schritt sie zum Tische und nahm die Tasse. Mann! – sagte sie mit hohler Geisterstimme, und die Tasse zitterte ihr in der Hand – ich trinke!

In Gottes Namen! – antwortete Wolfgang, erschrocken über die unvermutete und so grauenvolle Erscheinung und abgewandt. Trinke! Im Kaffee vertrinkt das Weib ihr Leid und ihren Gram. Ist ihr der junge, rüstige Gatte seitwärts hinter der ehelichen Treue wegspaziert, der Kaffee tröstet sie. Die unerträgliche Kette, die sie an den abgetriebenen Alten fesselt, mildert ihr – der Kaffee. Ihre Gewissensbisse, ihre Furcht vor Strafe, hier und dort, versenkt sie in die braune Flut. Stirbt ihr der Mann, oder krepiert ihr gar die Katze – sie trinkt Kaffee. O man glaubt gar nicht, was der für ein Allerwelt-Spezifikum ist! – Trinke!

Vater! – rief Martha mit erhöheter Stimme und matt bis zum Umfallen – ich trinke! Ich trinke wahrhaftig!

Wohl bekomm's – murmelte Wolfgang noch immer abgewandt. Da setzte sie außer sich die Tasse wieder auf den Teppich, rang die Hände über dem Kopfe und schrie, indem sie nach dem offenen Fenster hin wankte, mit fürchterlicher Stimme: Mord! Mord! Mord und Totschlag! O du barmherziger Gott! Vergiftung!

Vor dem Fenster vorbei ging der Pastor, der über den Zeterruf von starrem Entsetzen ergriffen, eine Minute lang wie eingewurzelt stand und nicht von der Stelle konnte. Aber Wolfgang trat gelassen und finster an den Tisch und trank mit *einem* Zuge und nach dem Worte: Auf dein Wohl! Die Tasse aus, ehe *sie* es, vom Fenster zurückspringend, hindern konnte.

Zu Hilfe! Zu Hilfe! Gellte ihr durchschneidender Laut, und verzweifelnd und kraftlos sank sie vor ihrem Manne nieder. Hilfe! Hilfe! – Vater! Um Gottes willen! Was hast du getan! Vater! Lebe! Lebe! Ohne dich mag ich nicht leben! Oder lass mich sterben mit dir!

Da trat der Pastor herein. Was ist hier? – stammelte er in Todesangst – Redet, Leute! Was ist vorgefallen?

Doch ohne zu antworten, hatte der Kantor die kaum noch atmende Gattin heraufgezogen vom Boden, hielt sie staunend vor sich hin und rief: Martha! Besinne dich! – Ich bin der arme verachtete Schulmeister! Ohne mich willst du nicht leben? Ist das wahr? Mit mir? – Mit mir?

Mit dir! Mit dir! – schluchzte Martha – du mein alles, du mein Liebstes auf Erden! O hätte *ich* das Gift getrunken! O Hilfe! Hilfe!

Gift! lallete der Pastor.

Und du hättest mir den Todestrank verziehen? – zitterte Wolfgang.

Ich hätt es verschwiegen – weinte Martha – und es gereut mich der Schrei des ersten Schreckens. Wenn es eins von uns beiden sein musste, wie gern wäre ich es gewesen! Still und ohne Klage wäre ich hinübergegangen! – O Hilfe, Herr Pastor, Hilfe! Was soll ich auf der Welt, wenn er stirbt!

Nun dann – lachte Wolfgang unter den fließenden Tränen und umschlang die Gattin – willkommen im fröhlichen, neugeschenkten Leben! Lustig, du treue Seele! Lass uns tanzen und singen! Es war alles ein Traum! Unser Unglück, unser Elend ist kommen zu einem seligen End'. Der Trank war reiner, ehrlicher Kaffee, rein und ehrlich wie deine Liebe und Treue. Tanze, Martha! Hochzeit ist heute! Mutter! Mutter! Der Herr Pastor hat uns soeben getraut. Fiedelt, ihr Schurken! Tanzt, lieben Gäste! Heidideldum! – Seine Stimme versagte in der wehmütigen, überschwänglichen Wonne, und er taumelte und musste sich halten an Tisch und Teppich.

Was ist das? – fragte der ganz verdutzte Pastor – Kantor! Seid Ihr denn verrückt worden und ein Narr? Helft mir aus dem Traume! Geschwind! Sagt, was ist vorgegangen?

Und du hast mir nicht den Arsenik in die Tasse geschüttet? – nahm Martha mit glänzenden Augen das Wort – du hast mich nicht vergiften wollen?

Weder dich, noch mich! – antwortete Wolfgang. Meine Rede, die dich, Horcherin, so erschreckt, war nur ein gottloser Monolog in einem schlechten Trauerspiele. Und das ist vorbei. Ja, Mutter, nun sehe ich's, du liebst mich doch! O vergib, vergib meine unvernünftige Verblendung, meines Herzens Härtigkeit!

Vergib meinen Unverstand! – fiel Martha ein – vergib meinen sündlichen Argwohn!

Und beide lagen sich an der Brust in süßem Verzeihen.

Der Pastor, dem nun endlich alles klar geworden, ehrte die lange, schweigende Pause, während welcher zwei sich wiederfindende Herzen im Gefühle des neuen und in der Erinnerung ihres alten Glückes gegeneinander klopften. Dann nahm er andächtig sein Sammetkäpplein vom silberhaarigen Haupte und segnete: Amen! Amen! Der Herr segne und behüte Euch! Er behüte Euch vor dem Bösen! – Er behüte Euch – vor der Lotterie! Ja, lieben Freunde! – fuhr er fort und fasste ihre Hände – sie war der Grund Eures Haders! Das große Los, nach welchem Ihr wie nach einer strahlenden Sonne die Augen erhobt, blendete Euch, und von da irrtet Ihr im pfadlosen Dunkel. So unbändiger Mammon ist nicht für Euch, und Ihr seht nun, was er Euch genutzt hätte. Ihr littet Qual, wie der reiche Mann in unserm heutigen Evangelio, und wäret untergegangen, wenn nicht der himmlische Vater Erbarmen mit Euch gehabt und Euch Licht, Trost und Frieden gesendet hätte – im Kaffee! Wunderbar sind die Wege des Herrn! Was aller Welt Klugheit nicht vermocht, das tat die arme Tasse, und wohl habt Ihr es getroffen, Kantor! – dass der Kaffee ein herrliches Spezifikum ist für allerlei offenes und heimliches Leid des Leibes und der Seele, und die Weiber also auch hier nicht unrecht haben. Aber noch immer berget Ihr die Schlange in Eurem Busen. Sie wird Euch dennoch verderben, wenn Ihr sie nicht von Euch tut. Darum entsaget täuschender Begierde nach höherem Glücke durch Geld und Reichtum. Waret Ihr nicht ohnedies glücklich in der treuen Erfüllung Eures Berufes, in bürgerlichem Wohlstande, im Kreise Eurer lieben, hoffnungsvollen Kinder? Entfernt nun die Möglichkeit der Erneuerung Eures Unglückes! Schafft Euch – – die Lose vom Halse!

Recht, Herr Pastor! – jubelten beide – Das ist ein weises Wort! Weg mit den heillosen Zetteln!

Ich verbrenne meinen! Rief Martha.

Ich meinen auch! Setzte Wolfgang hinzu.

Übereilet Euch nicht, Freunde! – ermahnte der Pastor. – Damit möchtet Ihr schwerlich den Zweck erreichen, da ihr auf *diese* Weise ja doch die rechtmäßigen letzten Inhaber bleibt, und, wie der Phönix aus seiner Asche, auch aus der Asche Eurer Lose der Verderber neu und furchtbarer als zuvor aufleben könnte. Schenkt sie den Armen, würde ich sagen, wenn wir hier in der Herrschaft Arme hätten, und nicht unser Graf jedem Dürftigen Arbeit und Brot gäbe. Schenkt sie –

Herr Pastor! Mutter! – fiel der Kantor ein – Heureka! Ich hab's gefunden! Ich hab einen herrlichen Gedanken, und so soll es auch sein! Wir wollen die Lose dem Schicksal – vergib mir, lieber Herr Gott, das heidnische Wort! Ich wollte sagen, deiner weisen Fürsorge für unser und unsres Kindes Wohl – in die Hände legen. Was meinst du, Mutter! Wie wäre es denn mit deinem Herrn Kommerzienrate Baldrian? Ich bin dem Kerl herzlich gram, das weiß Gott; aber gäbe ihm das Glück den Treffer, wüsste er den rechten Gebrauch davon zu machen, würde er dadurch aus einem Molche zum Menschen, und könnte das Mädel sich drein finden, nun dann hielte ich es für höhere Bestimmung und dürfte nicht murren. Darum also, und – *nota bene* Mutter, – dir zuliebe schenke ich mein Los – dem Krämer.

O du Schelm! – lächelte Martha mit freudigen Blicken – denkst du nicht, dass ich's merke? Mit lauter Liebe und

Güte will er mich breitschlagen und zwingen, seinen Willen zu tun und *mein* Los – dem Raupenjäger zu schenken. Ja! Prosit die Mahlzeit! – Aber was will ich machen? Tue ich's nicht, so bin ich wieder eine – du weißt schon, was. Also mag's sein. Eine Liebe ist der andern wert. Dein Meier ist freilich ein leidlicher, hübscher Bursche, und wenn er den Treffer hat, ist's offenbar Gottes Wille, dem auch ich nicht widerstreben werde. Aber ich denke immer, ich denke, das Glück wird gerecht sein und einen feinen Kaufmann, der in Berlin gewesen in der vornehmen Welt, bei Herrn Wisotzky in der Stallschreibergasse, und den berühmten Italiener Jakobi singen gehört, einem unruhigen Vagabunden –

Der Strom der Rede der Mutter Martha, die soeben im Begriff stand, wieder in das alte Thema einzulenken, wurde hier unterbrochen, und zwar von niemand anderem als – wie das Sprichwort sagt, vom Wolfe, den man beim Namen gerufen – vom Vagabunden selbst. Er trat ins Zimmer, Abschied zu nehmen.

Abschied, Herr Meier? – fragte der Kantor erstaunt – Ei, und wo denn hin?

Nach der Residenz – antwortete Meier – zum Herrn der Herrschaft, zu unserem gnädigen Grafen, der mich eingeladen zu dem großen fürstlichen Jagen, ich weiß nicht, warum, und wo ich wohl einen oder ein paar Monate –

Glaubt ihm nicht! Unterbrach ihn Lieschen, die ihn nach der Schule gehen gesehen und ihm nachgefolgt war, sie wusste auch nicht, warum. Er ist ein Lügner! Er schifft über das weite Meer nach Brasilien, er hat eine Braut in Rio de Janeiro!

Ja – lächelte Meier – ich bin ein Lügner, doch nur gegen dieses holde Mädchen. *Ihr* freilich sagte ich das. Aber warum ich das tat und welchen Zweck ich damit erreichte, o – dass ich das zur Stunde noch nicht entdecken darf! – Nein, Lieschen! Ich reise nicht in die neue Welt! Eine Braut habe ich, das mag ich jetzt wohl sagen, da es mir von ferne dämmert wie eigener Herd, doch nicht in Rio de Janeiro. Hier, hier im Dorfe lebt sie und sie ist deine beste Freundin!

Hofgärtners Julchen! – murmelte Lieschen erschrocken und drehte sich nach dem Fenster, und eine Träne stand ihr im Auge.

Patron! – rief der Kantor – es gemahnt mir, als merke ich nun, was die Glocke geschlagen, und dass Ihr wohl nicht bloß ein leidiger Raupen- und Molkendiebjäger sein mögt, sondern auf dem Anstand gelegen habt nach edlerem Wilde. Rückt heraus mit der Sprache und gebt zum Besten, was Euch dämmert. Heute hat alle Fehde ein Ende, alle Verstellung und aller Hader. Nicht wahr Mutter?

Erstaunt wandte sich Lieschen nach den Eltern, und als sie die frohen Augen, die lachenden Mienen sah, da stürzte sie mit einem Tränenstrom in die Arme der Mutter. Oh, nun bin ich ja glücklich! – schluchzte sie – Ich habe Euch wieder, liebe Mutter, lieber Vater! Nun fehlt mir nichts, gar nichts mehr auf der Welt!

Und das sagst du – lachte der Kantor – mit einer Art, als ob du alleweil zum allermindesten geschunden werden solltest? Ei! Ei!

Sie hat ein zartes, weiches Gemüt, belehrte der Pastor.

Ja, – fiel die Mutter ein – dem der Abschied vielleicht näher geht als das Wiederfinden.

Mag's! – nahm der Kantor das Wort – Reisen Sie glücklich, Herr Meier! Schreiben Sie uns bald und viel Gutes und denken Sie an uns mit Freundschaft und Liebe, wie wir an Sie!

Wie Sie an mich? – stammelte Meier leise mit niedergeschlagenem Blicke – Und auch die verehrungswürdige Mutter?

Das werden Sie gleich sehen! – entgegnete der Kantor. Sie selber wird es Ihnen sagen, wie gut sie Ihnen ist. Mir? – gut? – fragte Meier kleinlaut.

Ja! – sagte Martha kalt und abgewandt, und mit einer Miene, als ob sie ein Wurmsamenküchlein verschluckt und griff in den heimlichen Schubladen des Wandschrankes – Ich habe da ein Los zur Lotterie, und da ich Ihnen – Herr Studiosus! – endlich einmal einen festen ehrbaren Sitz und alles Glück und Wohlergehen von Herzen –

Der Husten hinderte sie, weiter zu sprechen – Wolfgang aber fuhr in ihrem Namen fort: von Herzen wünsche, und der Schellenkönig auf dem Zettel die hunderttausend Taler und den Juden Aaron gewahrsagt durch Ursula Buttermilch, so schenke ich –

So schenke ich hiermit – fiel Martha rasch und mit fester Stimme ein – *ich*, ich ganz allein, ohne jemandes Zureden, Ihnen das Los.

Und Gott gebe seinen Segen dazu, – schloss der Kantor – dass es den großen Treffer gewinne!

Wenn es gut und nützlich ist, meinte der Pastor.

Meier wusste nicht, wie ihm geschah. Ungläubig hielt er das Papier und schaute herum im Kreise der Lieben, ob er die seltsame Erscheinung enträtsele. Der Mutter, seiner Wohltäterin, Blick blieb abgewandt und verlegen. Lächeln zuckte um den Mund des Vaters. Fromm und mild stand der Pastor da. Nur Lieschen mit ihrer Unruhe, mit dem fliegenden Wechsel der Farbe ihrer Rosenwangen, mit dem scheuen, verstohlenen Blitz ihrer Augen vom Boden herauf nach ihm, war ihm klar. Sie liebte ihn mit der Glut einer unschuldigen Seele, mit dem Zittern und Bangen der ersten Liebe, das sah, das fühlte er, und durfte es doch nicht sagen. Denn noch war seine Zukunft nicht hell aufgeschlossen, noch sein Schicksal nicht fest bestimmt, so heiter und blau auch der Fleck des Himmels durch die Nebelwolken ihm leuchtete, den ihm der Brief seines edlen Freundes und Wohltäters, des reichen, weltberühmten Kunsttischlermeisters und Viertelsherrn in der Residenz, gezeigt, der auf eigene Kosten sein schönes Buch über das Forstungeziefer hatte drucken lassen, und der die rechte Hand des Grafen und die Ursache der Einladung zur fürstlichen Jagd war. Darum konnte er nun nur schweigend die Hand des wackern Haberkorn drücken, nur mit wenigen Worten Dank stammelnd, der Frau Kantorin den letzten, zierlichen Reverenz machen, nur bedeutend dem Pastor noch sagen: Denken Sie meiner im Besten! Und nur flüchtig seinem Lieschen noch zuflüstern: Vergiss mein nicht!

Er war fort, ach! – und durch die Fensterscheiben und durch das dicke Weinlaub hindurch folgte ihm der verstohlene, feuchte Blick der Liebe.

Nun dächte ich aber, Vater! – mahnte Martha – wäre die Reihe an dir.

Du hast recht! – erwiderte er, und rief zum Fenster hinaus, hinüber nach der Ladentüre, an welcher der Krämer lehnte: Pst, Pst, Herr Nachbar! Auf ein Wort!

Mit schwebendem Schritt und neugieriger Miene erschien der Gerufene und empfing, sich höchlich wundernd, aus der Hand des Kantors das ihm zugedachte Los, nur mit dem Unterschiede, dass Frau Martha dazu nach tiefem Knicks die Rede hielt und der Pastor das Amen zu sprechen vergaß, auch kein unruhiger, leuchtender Blick vom Fenster her verstohlen nach ihm zuckte.

Und so war denn nun die Ursache des traurigen Zwiespaltes entfernt. Rein und wolkenleer glänzte wieder der eheliche Freudenhimmel. Die Nelken und Levkoien blühten und dufteten nicht mehr umsonst, das Grab mit dem schwarzen Kreuze wurde nicht mehr besucht. Georg geigte wieder, August hielt Lob- und Freudenpredigten, und alles wäre wieder im alten Gleise gewesen, wenn Lieschen froh und unbefangen gelacht und gehüpft hätte wie sonst. Aber konnte sie denn das? – Hatten nicht wunderbare Rätsel um ihre Seele den trüben Schleier gezogen? Hatte nicht Hofgärtners Julchen noch gestern mit innigem Wohlgefallen von dem schlanken, wilden, schwarzgelockten Menschen gesprochen, der, so sanft und schmeichelnd er auch reden konnte, doch ein Tigerherz haben musste, da er sogar am Abende vor seiner Abreise sich nicht unter den Erlen des Gartenbaches hatte blicken lassen, wo Lieschen noch ganz spät viel damit zu tun gehabt hatte, nachzusehen, ob die Vergissmeinnicht noch gehörig wüchsen, und Augusts Wassermühle noch da sei.

Und die Eltern, so freundlich und froh sie auch wieder waren, so sehr sich nun auch beide überzeugt hatten, dass alte Liebe nicht roste, und ihr Leid ein Jammer um Nichts gewesen, zwickte und spannte doch die Neugierde und die Erwartung, wie es mit den Losen werden, und welches das daran geknüpfte Schicksal ihrer Schützlinge sein würde. Der Baldrian wollte *ihm* nicht in den Kopf und der Meier *ihr* nicht, die nun nichts eifriger wünschte, als dass die Kartensibylle rücksichtlich *ihres* Loses gelogen und der Schellenkönig eigentlich das Los des Vaters gemeint haben möge.

So vergingen vier Wochen. Umsonst blickte bange Sehnsucht nach dem Postboten, ob er ein Brieflein bringe aus der Residenz. Er brachte keines. Auch Hofgärtners hatten keine Nachricht, aber auch der verhasste Rosinen-Amor hielt sich still und lauschend hinter seinen Heringstonnen. Alles war still und in schweigendem, fast ängstlichem Harren der Dinge, die da kommen sollten.

Da begann endlich die Ziehung der großen Lotterie, und gleich im Anfange schleuderte das Glück den ersten und fettesten Bissen in eine weit entfernte Provinz des Reiches.

Also umsonst gehoffet, gestritten und gelitten? Also wirklich nichts mit dem großen Lose? – fragten sich die beiden Alten, meinten jedoch nach der ersten, unangenehmen Überraschung, die Sache sei noch keineswegs vorbei und im ominösen Rade des Segens genug, um noch manchen glücklich zu machen.

Und allerdings war es so. Denn welch' ein Lärm und Getümmel entsteht im Dorfe? Was rennt der Lotterieeinnehmer so hastig mit verschobener Perücke daher nach der Schule? Hat denn wirklich Fortuna einen gescheiten Gedanken gehabt und auch einmal dem Lehrstande gelächelt?

Sie hat es! – Es ist wirklich! – Keuchend schwenkt der Einnehmer das Schnupftuch, mit dem er sich den Schweiß getrocknet, wie eine Siegesfahne und ruft: Gratuliere, Herr Kantor! Getroffen! Getroffen! Ihr Los hat fünftausend Taler gewonnen!

Mein Los? Fünftausend Taler? – stammelte der Erstaunte – Nun, es ist Gottes Wille! *Dorthin*, Herr Einnehmer! *Dort* hinüber zum Krämer, *der* hat mein Los! *Dem* habe ich's geschenkt!

Wie? Was? – der Herr Baldrian? – fuhr Martha mit verklärtem Gesicht zur Küche heraus, der hat fünftausend Taler gewonnen? O Freude! O Wonne! O Essigfabrik! O prächtig! O himmlisch!

O dumm! O närrisch! – brummte Wolfgang – und mit eilenden Schritten flog der Einnehmer hinüber zu dem Glücklichen, vor dessen Laden sich nun der staunende, gaffende Plebs sammelte.

Mag's sein! – faßte sich der Kantor – Auch für dich – guter Fritz! – hat das wohltätige Rad noch Segen und Gabe.

Doch umsonst war das Hoffen und Sehnen des ehrlichen Herzens. Die Ziehung wurde beendigt, und auf Meiers Nummer fiel eine Niete. Gott hat es nicht gewollt! – tröstete sich der Getäuschte – wer weiß, wozu auch *das* gut ist! Und erwartete nun fast zitternd den mutigen Sturmlauf des Krämers auf das väterliche und bräutliche Jawort. Allein, so scheu und voll Furcht er auch hinüber schauete nach dem Kramladen, so festlich Martha auch jeden Tag in der Staatskontouche und Spitzenhaube prangte und dem demütig bittenden Handkusse des glücklichen Schwiegersohnes und baldigen Herrn Kommerzienrates entgegenharrete, so schreckhaft Lieschen auch zusammenfuhr, wenn es an die Türe klopfte, – kein Freier erschien. *Der* hob die Nase nun hoch über seine leeren Pfeffer- und Schmaltebüchsen, *dem* war nun das arme Schulmeistergänslein vollends unter seiner Würde.

Nun die Dankbarkeit, – dachten beide Eltern in ganz verschiedener und sonderbarer Stimmung – *die* wenigstens wird ihn doch herübertreiben.

Mitnichten! Sie trieb ihn nicht herüber. Mich war es ehnmal bestimmt – sagte er – und das Glück haftet nich uff die Nummer, sondern uff die Person.

Wohl Ihnen, Herr Baldrian! – trat der Pastor zu ihm – dass Ihnen die Vorsehung nun die Mittel gegeben hat, auch das Leiden anderer zu lindern. Ich bitte für den unglücklichen Tagelöhner mit Weib und sieben Kindern, dem gestern der fallende Baum den Arm zerschmetterte, um eine kleine Gabe. Aber höhnisch lachte der Krämer und meinte, wenn er alles Lumpenpack beschenken solle, das Arm und Bein gebrochen und sieben Kinder habe, da reiche sein Vermögen nicht zu.

Der Kantor, auf Ansuchen des Pastors, für den Verunglückten ein gutes Wort zu sprechen, da ihm, dem Urheber so großen Segens, die Gewährung nicht verweigert werden könne, fasste sich, verbiss seinen Ingrimm und bat: Herr Baldrian! Der hundertste Teil Ihres Gewinnes rettet die Armen vom Untergange.

Det is mich janz ehngal! – dehnte der Fühllose kalt und vornehm – Ich reise nach Behrlin, grüßen Sie mich die Frau Schulmeistern!

Und den Morgen darauf war der Laden zu. Herr Baldrian war abgereist, sich wieder zu tauchen in die vornehme Welt bei Wisotzky in der Stallschreibergasse und Herrn Jakobi singen zu hören. Ihn begleitete, als lustiger Famulus, Meister Böcklein, der Schneider, dem mit einem Male die *tempi passati* seiner eigenen brillanten Periode wieder auflebten, und der sich zum Mitgenusse seliger Stunden durch üppiges Abstreichen der Geigenvariationen auf das Lied: »Ich bin liederlich, du bist liederlich, sind wir nicht liederliche Leute!« sattsam vorbereitet.

Mag er ziehen zum Henker, der kalte Wüstling! – rief der Kantor – Bald wird sein Mammon vergeudet und er elender sein als vorher! Und diesem Molche konntest du dein Kind zusagen, Mutter? Von *dem* konntest du Liebe und Pflege im Alter erwarten, wenn *ich* nicht mehr bei *dir* bin?

Und der Bösewicht konnte mich Frau Schulmeistern schimpfen? – eiferte Martha – du bist Kantor, und hätte er Millionen, er bekäme das Mädel nun nicht.

Aber so ist das Glück! – fuhr Wolfgang fort – blind und täppisch! Es wirft seine Gaben unter die Menge. Wen es trifft, den trifft es, sei es der Bedürftige oder der Unwürdige, det is ihm man och janz ehngal!

Am wohlsten bei der Sache fühlte sich Lieschen. Jammerte sie auch in tiefverschlossener Brust darüber, dass die Segensspenderin ohne Zeichen ihrer Gunst an *dem* vorübergegangen, der solche ihr am meisten zu verdienen schien, wenn er auch wirklich die Spende mit Julchen geteilt hätte, dennoch war sie den ekelhaften Freier los, und was die Hauptsache war, die Mutter kannte nun den Patron. Und war denn auch die Sache mit Julchen schon so gewiss? Hatte er ihr nicht beim Abschiede zugeflüstert: Vergiss mein nicht? – Ach! Die Liebe ist eine gewandte Auslegerin schwieriger Stellen in der Sprache des Herzens! Was *sie* nicht entziffert, das bleibt ewige Hieroglyphe, die kein Champollion enträtselt. Aber oft trügt auch ihre Interpretation, und *verschiedene Lesarten* lassen dann beklagen, dass die Auslegung nicht lieber gar keinen Sinn als dieses Zuviel gegeben.

Trog und täuschte sie etwa auch hier? – Armes Herz! Du ahnest es, doch du magst es nicht sagen. Denn Tage und Wochen schleichen dahin in zagendem Erwarten. Von *ihm* kommt keine Kunde. Kann man schweigen, fern von seiner Holden, wenn man liebt! Er hat dich vergessen, das ist klar, er hat euch alle vergessen und schwärmt, wer weiß, wo und wie, mit seinen Schmetterlingen um fremde Blumen! Schon hängen die Zweige des Apfelbaums, schwer von den reifenden Früchten, zur Erde. Schon strotzt der Haselstrauch von den gebräunten Nussbüscheln. Schon blühen im Garten nur noch die herbstlichen Astern und die duftende Reseda. Schon wird alles draußen in Feld und Wald wehmütiger und stiller – still, wie es von *ihm* ist. Ach! Diese tieferen, einsamen Schatten sind die Schatten der traurigen Lethe, in welche du – banges Herz! – deine Hoffnungen und deine Sehnsucht tauchen sollst!

Aber was hat denn die Mutter? Seit einigen Tagen schon lächelt sie so bedeutsam, als drücke ein schweres, fröhliches Geheimnis, das sie nicht verraten dürfte bei Todesstrafe, ihr das Herz ab. Ganz es zu verschweigen, wie wäre das ihr möglich gewesen! Nein! Luft musste sie sich machen, mochte es so wenig sein, als es wollte. Vater! – sagte sie mit verklärtem Gesichte – ich weiß etwas!

Nun? – antwortete *der* – Darf man es nicht auch wissen?

Beileibe nicht! – entgegnete die frohe Geheimnisträgerin – Ihr Männer seid ein eitles Volk und denkt, Ihr allein könnt schweigen, aber wir können es auch. Übrigens ist es gar nichts und nicht der Rede wert!

Nun – lachte Wolfgang – dass es dich nur nicht umbringt! Es wäre ja der schrecklichste, schmählichste Weibertod, der dich, gute Seele träfe!

Spotte nur, wie du willst! – eiferte Martha – Ich weiß etwas!

Und was wusste denn die frohe Mutter! Welch ein Freudenstern war ihrem Leben aufgegangen?

Geduld! Alle werden es erfahren zur rechten Zeit und Stunde.

Es fehlte zwar an verblümten Ausforschversuchen nicht, in Sonderheit gab sich Lieschen alle erdenkliche

Mühe, um herauszubekommen, ob das große Geheimnis den betreffe, an den sie fast allein nur dachte; jedoch alle noch so versteckten Anläufe scheiterten an der Festigkeit der Mutter, die unter ihrer Bürde freilich unbeschreiblich leiden musste.

Da öffnete sich einst nachmittags um vier Uhr drüben der Schulpferch, und heraus strömten lärmend und jubelnd die barfüßigen Studiosi ins Freie. Hinter ihnen folgte gravitätisch der Kantor, als milder Hirt der fröhlichen Herde, und begab sich, nach geendeter Arbeit des Tages, hinüber in das stille Asyl des friedlichen Wohnzimmers.

Aber was der Tausend hast du denn, Martha? Rief er erstaunt, als er sah, wie sie ihm feierlich in der Sonntagsspitzenhaube entgegenkam, und angetan mit dem großen, weißen Festtuche, auf welchem die prächtigen, durchbrochenen Fantasieblumen künstlich eingenäht waren. Erhältst du Gesellschaft, oder stehst du Gevatter? Doch, ohne zu antworten, bedeutete sie Lieschen, die sie von Hofgärtners hatte holen lassen, und die fast gleichzeitig eintraf, rasch und beinahe zornig: Hierher setze dich ans Fenster und rühre dich nicht von der Stelle! Und den Jungen: Muckst nicht, oder es ist Euer Ende!

Nun – forschte Wolfgang mit steigendem Staunen – was ist denn los? Zieht der Großmogul ein, oder der Kaiser von Fez und Marokko?

Ach! Was Großmogul! – antwortete Martha schnell – Es hat sich was zu moguln! Siehst du nicht hier auf dem Tische?

Ein Brief? Fragte Wolfgang.

Ein Hiobsbrief! Entgegnete Martha.

Ein Hiobsbrief? – fiel Wolfgang ein – Woher weißt du denn das? Und deshalb hast du die gute Haube aufgesetzt und das feine Tuch umgehangen? Und dazu müssen die Kinder still sitzen und nicht mucksen? Ei! Ei! – Nun wir wollen doch sehen.

Und damit nahm er den Brief. An mich? Von Herrn Meier? – Hm! Was kann *der* denn böses schreiben?

Lieschen saß in Todesangst. Die Mutter trippelte um den Tisch, zupfte am Teppich und Tuch, und man sah in ihren gespannten, gewaltsam zusammengehaltenen Mienen, dass nun die Aufklärung ihres problematischen: »Ich weiß etwas« folgen werde.

Da erbrach der Vater den Brief, überflog ihn erst schnell für sich und las dann laut:

»Hochedelgeborener   Herr   Kantor!
Hochzuverehrender Herr und würdigster Freund!«

»Ich habe lange geschwiegen; hätte längst gern geschrieben. Aber konnte ich denn? Lesen Sie, mein Verehrer! Und Sie werden mich entschuldigen. Doch nicht bloß Entschuldigung hoffe ich von diesem Briefe; ich hoffe durch ihn das Glück meines Lebens. Nicht mehr der arme, unstete und flüchtige Meier, der nicht hatte, wo er sein Haupt hinlege, sind mir dennoch alle Schätze der Welt tot und ungenießbar, wenn nicht Euer Herz und Eure Liebe – Ihr, meine Teuern! – darüber den Segen spricht!«

»Sie wissen – hochgeehrter Herr Kantor! – mit welcher edlen Aufopferung mein Freund hier in der Residenz mein unbedeutendes Werklein über die Forstinsekten drucken lassen. Allein Sie wissen den noch viel edleren Zweck davon nicht, der kein anderer war, als mich dadurch der Welt und namentlich unserem Herrn, dem Grafen, dessen Vertrauen er sich erworben, vorteilhaft bekannt zu machen. Und der Plan gelang. Der Graf wurde aufmerksam auf mich. Er stellte Erkundigungen nach mir unter der Hand an, die nicht ungünstig für mich ausgefallen sein müssen; denn ich ward – wie Ihnen bewusst ist – zu ihm in die Residenz, wo er sich eben wegen der Ständeversammlung aufhalten muss, beschieden.«

»Wie gütig empfing er mich und der holde Engel, seine Gemahlin, die reizende Gräfin Seraphine, und der freundliche Greis, der ihm Namen, Stand, Reichtum und Kind gegeben! Wie durfte ich reden und über das Schöne und Gute dieser Erde mich verbreiten im unbefangenen Gespräche, als sei ich unter meinesgleichen! – Wahrlich, diese Stunden waren, zunächst noch einigen andern in Ihrer Nähe, die glücklichsten meines Lebens! Doch unvermerkt hatte man mir dabei auf den wissenschaftlichen Zahn gefühlt. Das spürte ich, als der alte, freundliche Schalk nach einer lebhaften Abendunterhaltung zu einigen gelehrten Perücken, die mit dabei waren, auf Italienisch, dessen Kenntnis ich ihm verschwiegen hatte, sagte: Mit der Theorie ist's charmant, wir wollen sehen, wie es mit der Praxis steht.«

»Hui! – dachte ich – mit aller Manier und Höflichkeit haben sie dich examiniert! Dabei ging mir ein Licht auf, das den Hintergrund meines Lebens mit rosigem Schimmer beglänzte, und ängstlich fragte ich nun mich selber: Was mögen sie vorhaben?«

»Da kam die große fürstliche Jagdlustbarkeit heran, und mir, mir Unbekanntem, wurde dabei ein Hauptarrangement aufgetragen. Aha! Frohlockte ich und wusste nun, was die Glocke geschlagen hatte. Ich nahm mich zusammen. Mein wackerer Freund stärkte mich mit Rat und Hoffnung. Die Jagd ging prächtig. Leute, Wetter und Hunde, alles folgte mir auf den Wink, als ob es bestellt und auswendig gelernt wäre. Auch schoss ich, wohin ich wollte. Da überreichte mir der Graf den Tag darauf das Patent als Forstmeister der Herrschaft und wies mir zu meiner Wohnung das schöne Waldschloss an unter Euern Eichen und Linden, Ihr – meine Teuern!«

»Ich sprang und jubelte in unaussprechlicher Wonne und drückte dankbar meinen treuen Freund an das klopfende Herz. Ja! – seufzte ich aus dem Freudenrausche heraus – Hätte ich eine Marie wie du, die mit mir den Segen des Lebens teilte, o wie –«

»Und hast du sie denn nicht? – unterbrach mich der Freund – Ist denn nicht dein – – Julchen –«

Julchen? Julchen? Fuhr Lieschen erschrocken auf.

Ach nicht doch! – lächelte der Vater – wie konnte mir doch *der* Name in den Mund kommen! Nicht Julchen, – Lieschen steht da.

Und Lieschen, mit Purpurglut übergossen, blickte zur Erde.

Ruhig! – gebot die Mutter – und der Vater las weiter: »Ist denn nicht dein Lieschen deine Marie?« Weiß denn nicht auch der Graf schon deine Schliche?«

»Wie? – fragte ich erstaunt und zitternd – er weiß davon?«

»Er weiß und billiget, antwortete mein Freund, und ein neuer Sternenhimmel ging über mir auf.

»Wirklich nahm mich den Tag darauf der Graf bei der Hand und sagte: Sie haben das beste Teil erwählt, Herr Forstmeister! Jugend, Schönheit, Unschuld. Wie konnte aber auch diese Blume nicht herrlich sich entfalten unter der frommen Zucht meines ehrwürdigen Kantors, des ersten und wackersten Mannes meiner Herrschaft!«

Des ersten und wackersten Mannes meiner Herrschaft? – lallte Wolfgang, beinahe kraftlos wiederholend – Weib! Kind! – Ich, der erste Mann in der ganzen Herrschaft! Also kein verachteter Schulmeister, dem man lachend hinten nachschauet und den Gecken sticht?

Worte! Worte! Worte! Fiel Martha ein.

Auch Sinn, Weib! – polterte Wolfgang – gewichtiger, herzerhebender Sinn! Ich, ein ehrwürdiger Kantor! Der erste und wackerste Mann in der Herrschaft! – O Tausendsapperment! – Aber ruhig, alter Tor! Hört, ich lese weiter.

»Wie sollte sie nicht schön sein an Leib und Seele, da eine Mutter sie geboren und erzogen, der an häuslichen Tugenden, an den Tugenden der Gattin und Frauensitte nur wenige gleichen –«

Wolfgang hielt inne und schaute lange und schweigend nach der Mutter. Du! Du! – unterbrach er endlich das Schweigen – Das hat der Graf gesagt! Wie schmeckt das? – Martha, verehelichte Haberkorn, geborne Goldhaar! – Das hat der Graf gesagt, unser gnädigster Herr!

Wenn's wahr ist! – entgegnete Martha kurz und schnippisch – und der Leichtfuß nicht gelogen!

Martha! – stammelte Wolfgang, und das Blatt entsank ihm auf den Teppich – wie kommst du mir vor trotz Spitzenhaube und Festtuch? Plagt dich denn der leibhaftige Satan? Der Herr Forstmeister ein Leichtfuß, ein Lügner? Unbegreiflich! Unbegreiflich! – Doch weiter im Texte!

»Leben Sie glücklich mit ihr! Und bedürfen Sie eines Fürwortes, wie ich nicht glaube, – so wenden Sie sich getrost und frei an mich!«

»Und nun, hochgeschätzter Herr Kantor! – wissen Sie mein Glück, meine Wünsche, meine Hoffnungen – Alles! Alles? – Nein! Alles wissen Sie noch nicht! Sie können vielleicht glauben, auf dem gewöhnlichen Wege habe der wilde, lustige Meier sich in das Herz des arglosen Mädchens, geschlichen, durch – Verführung und List. Doch nein! Sie werden das nicht glauben! Sie kennen mich besser! Fragen Sie sie selber, ob *ein* Kuss diese Lippen berührt, an denen ich gern meine Seele aushauchte, ob ich nun ein einziges Wort von Liebe zu ihr gesprochen?«

Ist das wahr? Fragt der Vater über das gesenkte Blatt hin nach Lieschen.

Es ist wahr! Lispelte sie leise und sah herauf mit den großen, unschuldigen blauen Augen.

Und *den* Brief – fuhr der Vater fort – kannst du einen Hiobsbrief nennen, Mutter? – Aber weiter!

»Darum musste ich denn auf andere Art ihr Herz erforschen, darum ihr zuletzt auch scheinen, was ich nicht war. Und es gelang! Ich überzeugte mich, dass sie mich

liebe und gern Schicksal und Leben mit mir teilen werde
–«

Ist das auch wahr? – fragte der Vater wieder, und Lieschen, nicht vermögend, die brennenden Wangen und den Blick heraufzuheben, wie vorhin, seufzte: ach ja!

Wie? – Was? – herrschte die Mutter – und das konntest du mir verhehlen?

Ach! – bat Lieschen – ich wusste ja selber nicht, dass ich so verliebt bin!

Es kommt immer schöner! Lachte Wolfgang.

Schweige – gebot die Mutter – du böses Kind. Die Strafe wartet auf dich, und es fehlt mir nicht viel, ich sperre dich in die Kammer! Doch lies nur weiter, Wolfgang!

Und er las kopfschüttelnd:

»Darum bitte ich nun Sie – hochverehrter Vater und Sie, würdige Mutter! Um die letzte Vollendung meines Glückes – um die Hand Ihrer Tochter. Sie hatten mir in wohlwollender Seele das große Los gewünscht. Was das Glücksrad mir versagt hat, das können *Sie* mir geben – das schönste große Los, welches ein Sterblicher zu ziehen vermag. Der, durch dessen Güte Sie diesen Brief erhalten, wird sein Wort mit meinen Bitten vereinigen. Schriftliche Antwort kann mich in der Residenz nicht mehr treffen! Denn ich eile, die Entscheidung meines Schicksals persönlich zu holen, und verharre, mit respektvollem Gruße an die gute Mutter, in Hochachtung und Ehrfurcht, Ihr ganz ergebener Diener, Friedrich Meier.«

Alles schwieg, die höchste Überraschung malte sich auf dem Angesichte des Kantors. Er wusste kaum den innern Sturm seiner Gefühle zurückzuhalten. Doch bezwang er sich, legte den Brief auf den Tisch und schritt, verlegen über das, was nun kommen dürfte, mit gesenktem Blicke im Zimmer herum. Endlich unterbrach er die drückende Stille und sprach: Du bist mir unbegreiflich und unklar – Martha! Ich weiß nicht, was ich aus dir machen soll! Aber dennoch bist du die Mutter, also die erste Person, und hast bei der Sache das erste Wort! Darum sollst du nun deine Ehre behaupten, von Rechts wegen! Rede und sage deine Meinung!

Meine Meinung? – entgegnete Martha – Gift und Galle über die heimlichen Praktiken. Nicht wahr? – O du Muster von Klugheit und Scharfsinn! Habe ich dich? – Mann, bist du denn wirklich blind, dass du es nicht lange gemerkt, wie abhold ich dem Freier bin und wie ich dem Hiobsbriefe sein Recht antue mit Spitzenhaube und Festtuch? – Meine Meinung? – fuhr sie nun mit zitternder Stimme fort und wankte nach der Kammer, die sie mit den Worten aufriss: Hier hast du sie! Hier hast auch *du* – böses Kind, deine Strafe!

Heraus stürzte mit Jubelrufe Meier in seiner glänzenden Uniform, ihm folgte der redliche Pastor.

Fritz! Fritz! Schrie Lieschen und flog ihm entgegen, und niemand wehrte ihr. Herr Meier! Herr Meier! Jauchzten die Buben und sprangen nach ihm und standen in starrer Verwunderung vor dem silbernen Hirsche der glänzenden Kuppel. Herr Forstmeister! – rief der ganz verdutzte Kantor – Mutter! Was ist das?

Das ist's, – antwortete Martha aus den Tränen heraus – was ich wusste! Still, Kinder! Ruhig! Nur eine Minute! Ich bin dem Vater Rechenschaft schuldig. Denn lange genug habe ich es ihm verheimlicht – aus Eitelkeit und Schälkelei, um ihn etwas zu ärgern, damit er mir nicht hoffärtig werde, aber auch – aus Liebe, um euch allen eine recht unvermutete Herzensfreude zu machen. Denkt Ihr denn wirklich, dass mir der schäbige Krämer nicht ebenso ein Gräuel gewesen, seit der große Gewinn seine Schlechtigkeit ans Licht gebracht? Denkt Ihr denn nicht, dass ich auch lange schon den Herrn Forstmeister schätze und ihm gewogen bin, besonders seitdem er Forstmeister geworden ist mit tausend Talern Gehalt und in das schöne Waldschloss zieht? Denn hat er mir das alles nicht zuerst gemeldet durch den Herrn Pastor? Ja, *mir* zuerst hat der Herr Forstmeister die Ehre angetan und mich zu seiner Vertrauten gemacht, und ich habe mich des schätzbaren Vertrauens würdig bewiesen. Ich habe viel getan! – Ach Gott! Ich habe – geschwiegen!

Viel! Bei meiner Seele, viel! Lachte Wolfgang unter verhaltenen Tränen.

Und *wer* hat mir noch größere Ehre angetan? *Wer* hat an mich geschrieben, mich »werte Freundin« genannt und mich um meine Einwilligung für den Herrn Forstmeister gebeten? Und wer hat versprochen, bei der Hochzeit zu sein mit dem Herrn Gemahle und dem alten gnädigen Herrn Grafen? – – *Sie*, sie selber, Gräfin Seraphinchen, sie selber! – Hier ist der Brief mit Goldenem Schnitt auf Rosapapier. Ja, Vater! Du hast recht! Wir sind nicht verachtet, wir sind hochgeehrt, das sehe ich nun deutlich, und es wurde mir gar sauer, die Freude bei deinem Vorlesen hinunterzuschlucken und bärbeißig zu scheinen. Vor einer Stunde erst erhielt ich den Brief vom Herrn Pastor, der lächelnd dabei meinte, der Schreiber dürfe wohl bald selber nachfolgen, ich solle es aber ja niemand sagen, auch dir den Brief nicht eher geben, als nach der Schule, bis dahin könne noch manches passieren. Oh, Herr Jerum! Wie erschrak ich. Ich hatte ja nichts gebacken. Die paar Flaschen Würzburger im Keller sind auch so sauer, dass man sie ohne Schande vornehmen Gästen nicht vorsetzen kann, und vom Schinken hat die Katze genascht. O mein Himmel! Was sollte ich tun! Ich setzte mir nur geschwind die gute Haube auf und warf das Tuch um, denn ich war ja keine Minute sicher und das Mädel bei Hofgärtners. Du, in deiner Schule, du wusstest freilich den Henker von allem, und von meiner Sorge Freude und Angst! Es litt mich nicht in der Stube, es litt mich nicht draußen! Wie Feuer brannte mich der Brief unter dem Halstuche. Unruhig lief ich hierhin und dorthin und endlich in den Garten. Da raschelte etwas hinter der Geisblattlaube, und als ich hinsehe – was erblicken meine Augen? – Zwei goldene Epaulettes, die aus den Blättern herauswackeln. Ich will schreien, aber da hält mir der Herr Pastor die Hand vor den Mund und spricht: Stille! Stille! Liebe Frau! Wir kommen heimlich wie die Diebe von hinten herein über den Bach. Wir wussten es, dass Lieschen nicht zu Hause und der Herr Liebste noch in der Schule ist, und die sollten uns nicht sehen. An *Sie* wollten wir uns wenden zu einem recht überraschenden Hauptspaße. Sie haben doch den Brief noch nicht abgegeben? Nun, das ist charmant! Was meinen Sie, wir legen ihm *den* auf den Tisch und stecken Sie in die Kammer, und wenn er liest –

Da will ich ein wahrer Sadrach sein und keinen guten Fleck am Herrn Forstmeister lassen! Unterbrach ich ihn und schlug Freudentriller mit beiden Händen auf die Schürze.

Recht! – fuhr der Herr Pastor fort – und wenn er ihn gelesen hat, dann –

Ach! Sind wir denn schon so weit? – fiel ihm der Herr Forstmeister in die Rede – bin ich denn überhaupt schon in der Kammer?

Wären wir hier, – tröstete der Herr Pastor – wenn Ihnen und mir nicht längst schon der guten Mutter Gesinnungen bekannt wären?

Darum stille, stille, Herr Forstmeister! – trieb ich, meiner Freude nicht mächtig über den herrlichen Einfall. Geschwind und sacht hinein in die Kammer! – Das Mädel ließ ich flugs holen, dachte an die hundsvöttische Katze, an den sauern Wein, an die vier letzten Dinge und Gott weiß, an was sonst, um nur mit Gewalt die nötige Ernsthaftigkeit zu erzwingen. – Und was nun weiter vorgegangen, das wisst Ihr. Kannst du meine Hinterlist verzeihen, Wolfgang? Kannst du? – Es geschieht gewiss nicht wieder!

Mutter! Stammelte Wolfgang und legte seine Hand auf ihre Schulter. – Du bist ein braves Weib! Wohl dem Manne, der solchen Treffer in der Lotterie des Lebens zieht! Und wenn der Herr Forstmeister – –

Ja, wenn der Herr Forstmeister – fiel Martha ein – –

Herr Forstmeister und immer Herr Forstmeister! – unterbrach sie Meier fast wehmütig. – Soll ich denn nicht bald einen schönern Namen hören?

Sohn! Sohn! – rief es nun – Mutter! Vater! Tochter! Geliebter! Braut! Bruder! Freund! Jubelte es durcheinander und in wechselnden Umarmungen, Küssen und Tränen lösete sich die unaussprechliche Wonne. Zum Positive sprang der Vater und wollte orgeln und singen: »Herr Gott, dich loben wir«, aber er musste es lassen, denn er war keines Tones mächtig.

Da nahm endlich der Pastor das ruhigere Wort und sprach: Und wem verdankt Ihr, als wunderbarem Werkzeuge der Weisheit und Güte des himmlischen Vaters, dennoch dieses Euer Glück? – – der Lotterie.

Ja, meine Freunde, sie führte die wackern Eltern in Irrsal und Jammer, aber sie läuterte damit auch ihr Bewusstsein und ihr besseres Selbst aus den Schlacken törichter Wünsche, der Eitelkeit, der Selbstsucht. Sie zeigte euch, dass Reichtum allein nicht glücklich mache. Sie öffnete der Mutter die Augen über die Schlechtheit des elenden Krämers. Sie führte Liebende zusammen zur treuen, ewigen Verbindung, und ihr alle gewannet, wenn auch nicht aus dem trüglichen Rade, doch in der Lotterie des Lebens – das große Los.

Denn, wer mit dem, was ihm beschieden,
Und dem Berufe treu, zufrieden,
Im Kreise seines Wirkens lebt,
Nach höherm Schattenglück nicht strebt,
Wer Honig saugt aus jeder Blume,
Aus Mammon nicht und eitlem Ruhme

Die Plane seiner Zukunft webt;
Wer Frohsinn auch bei trüben Stunden
In stiller Häuslichkeit gefunden;
Wem Liebe lohnt, wen Freundschaft hält,
Dass er im Lebenssturm nicht fällt;
Und wer sich freut der schönen Welt,
Der hat den rechten Lauf begonnen,
Der ist der Täuschung Qual entronnen,
Der hat – das große Los gewonnen. Aber wen
deckt denn an der Mauer des Dorfkirchhofes das
einsame Grab mit dem schwarzen Kreuze, auf
welchem die Worte stehen: »Er starb an seinem
Glücke«?

Habt ihr's nicht geahnt, lieben Leser? War es euch
nicht, als ob es ein alter Bekannter sein müsse? – Er ist
es. Das einsame Grab deckt – – den Schlosser Hanns
Schwerlich von Mannheim!

Krank und elend, wollte er sich zur treuen Seele von
Zwickau betteln, da ereilte ihn sein Ende. Der lustige
Franz Zickel von Ulm drückte ihm die Augen zu, er, der
sich im Dorfe unter dem veränderten Namen: Böcklein
zur Ruhe gesetzt, damit er, gänzlich von der Vergangenheit geschieden, durch nichts mehr behindert werde,
fürder in Zucht und Ehrbarkeit Nadel und Bügeleisen
zu handhaben. Zwar hat ihn die Gelegenheit verleitet,
dem Possenspiele seines Lebens noch einen Auftritt hinzuzufügen, und er ist nun auf Reisen, aber er kommt
wieder, sobald Herr Baldrian die Leerheit des Säckels errungen.

Und wer ist der edle Freund des Forstmeisters in der Residenz, der das prächtige Werk vom Forstungeziefer drucken lassen und die rechte Hand des Grafen geworden?

Wer anders, als die treue Seele von Zwickau, Gottlieb Freudenberg, der kunsterfahrene, weitberühmte Tischlermeister und Viertelsherr.

Und der Graf der Herrschaft, in welcher die Familie des wackern Kantors Wolfgang Haberkorn das rechte, wahre große Los gewonnen?

Wer ist der? –

Kilian Felix Fatali.

Die Mühle der Humoristen

Idylle

Halt, respektable Gesellschaft! Rief der dicke, schwitzende Justizamtmann, der Weisel des bunten Zuges, der ihm durch den Kiefernbusch nachfolgte. Der laute Jubel, mit welchem der muntere Schwarm von Haus aus den Weg nach der, etwa eine Stunde von der Stadt entfernten Talmühle angetreten, war nach und nach verstummt in der brennenden Hitze des sonneheiteren Juliustages, in dem langen ewigen Kiefernwalde, der nirgends ein kühlendes Obdach bot. Matt und schweigend schlichen sie, die mit Hüpfen und Singen den lustigen Spaziergang begonnen, und die Kinder dürsteten und lechzten nach der erquicklichen Semmelmilch, die ihrer am Ziele harrte. Jetzt war der Zug an einem Grabenrande, an welchem längshin, unter und zwischen dem labungslosen Nadelholze duftige Erlen und Birken flüsterten. Unten im dunkeln Grunde schlängelte sich zwischen üppigen Brombeerufern ein Bächlein. Und hier war es, wo der Justizamtmann sein Halt rief und den Wanderstab, auf dem er den ausgezogenen Rock trug, von der Schulter nahm. Hier ist gut sein, – seufzte er, tief Atem holend. – Darum lasst uns, ob zwar nicht Hütten bauen, jedoch ein wenig verschnaufen, sintemal ihr alle beträchtlich zu schwitzen scheinet, so wie ich. Aber nicht lange, nur auf ein kleines halbes Viertelstündlein, damit wir richtig um drei Uhr in der Mühle sind und das Ökonomie-Kommissariat mit dem Kaffee nicht wieder auf uns warten darf, wie das letzte Mal. Und alle folgten dem ersehnten Rufe und lagerten sich ins weiche Heidekraut unter die zitternden Birken, die Kinder aber kletterten hinunter zum Bache, zu den Beeren, die aus dem Gestrüpp hervorlockten. Wir hätten freilich – nahm der Justizamtmann weiter das belehrende Wort – auch durch die Dörfer drüben ziehen können, wie die andere Abteilung unserer Karawane, wo Schatten und Abwechselung genug ist, item frische Buttermilch, und wo wir *en passant* noch bedeutend unsere geografische Wissenschaft von mancherlei Völkerschaften und Nationen hätten erweitern können; doch das stritt gegen meine Grundsätze. Denn ich bin, wie ihr wisst, ein Genussmensch, dem das Mahl wenig gilt, wo der letzte Bissen nicht auch der beste ist. Darum wählte ich den dürren Wald, so wie ich jedes Mal, wenn ich mit dir, liebes Weib, und unseren Kindern in den Hundstagen ins schöne Riesengebirge reise, nach Hirschberg und Warmbrunn, den Weg durch die Wüste Sahara, das heißt, durch das Fürstentum Sagan, von der Stadt aus über die Antonischenke wähle. Über Sprottau und Bunzlau wäre es allerdings viel angenehmer, durch laubige Dörfer und grünende Auen. Aber wo bliebe dann das Jauchzen und die Wonne der Überraschung, mit welcher man hinter Löwenberg in das Paradies des Schlesierlandes hineinfährt? Nein, durch meilenlange Sandstraßen, die rechts und links der unabsehbare Föhrenwald umgibt, muss die Reise gehen. Hier lernt man erst die Wahrheit des Titelschildes der alten Homannschen Karte jenes Fürstentums gehörig würdigen. Hier in diesen tiefen Forsten sind die Hirsche, die wilden Schweine, die Auer- und Birkhähne zu Hause, die da im Kupferstich prangen, und deren heimatliche Reviere die Wälderpunkte jener Karte bezeichnen. Ach, welch ein Gefühl, durch diese Einöden zu ziehen mit Weib und Kind! Wie glaubt man sich da versetzt in die Urwälder Amerikas! Wie vernickt man hinter Eisenberg im sanft durch den Sand schleichenden, freundlichen Wagen manche Viertelstunde des warmen, nüchternen Morgens, öffnet wieder die Augen und sieht nichts vor sich als die meilenferne Endspitze der schnurgraden gelben Straße, hört nichts als den einsamen Gesang der Heidelerche, oder tief im Forste den Ruf des Jägerhorns, – ach, und möchte vergehen vor Langeweile, die nur die herausgelangte Buttersemmel noch zu verleidlichen imstande. Aber nun hält der Wagen vor den ärmlichen Häusern der Antonischenke. Nun wachen die sanft schlummernden Kinder auf, mit ihnen die fantastischen Mord- und Räubergeschichten, die sich in diesen abgelegenen, unheimlichen Gegenden zugetragen, oder sich doch hätten zutragen können. Nun sehnt man sich nach einem kühlen, schattigen Baumplätzchen zum Absteigen, während den Pferden ihr Frühstück gereicht wird. Umsonst! – die wenigen Ebereschbäume, zwischen deren sonneverbrannten Blättern die schon halb geröteten, verkümmerten Beerendolden schimmern, geben so wenig Schatten als die Gummimimosen am Senegal. Doch still! Steht da nicht der freundliche Schuppen, in welchem der Ziehbrunnen? Ach! – da ist Kühle, da ist Labung! Und wie schmeckt da drinnen das Glas köstlicher Milch! Welcher frische Wasserduft steigt labend aus der finsteren Tiefe, in welche die Eimer an ihren langen Ketten hinab- und heraufgewunden werden! Und seht, lieben Freunde, das ist gerade so eine Zwischenerquickung, wie hier das wohltuende Plätzlein am Grabenrande. Mutiger steigt sich's dann in den Reisewagen. Gestärkt geht's bei Klitschdorf vorbei wieder in den öden, unermesslichen Kiefernwald, bis nachmittags die Gegend sich öffnet, hinter Ottendorf das Simonishaus bei Neudörfel über das Gebüsch mit dem alten, stumpfen Gesichte herabschaut, als riefe es Willkommen den Reisenden im schönen Gebirge. Nun duftet das frischgemähte Heu der Wiesen von Rackwitz, nun rollt der Wagen dahin unter dem Schatten der Fruchtbaumalleen von Löwenberg, die die labenden, großen, süßen, schwarzen Knorpelkirschen bieten. Nun strecken sich hoch herauf die riesenhohen Steinbrüche links. Nun plätschert rechts am Wege das zarte Forellenbächlein durch saftiges Ufergrün, aus welchem Vergissmeinnicht, wie Türkisen, mit den freundlichen blauen Augen nicken, und über welche die flockige *Spiraea ulmaria* sanft in Zephirlüftchen wedelt. Nun geht es lustig durch das fruchtbaumdunkle Schmottseifen mit seinen grellen Christus- und Heiligenbildern, vorbei an den tief im Laubgrün versteckten Hütten, vor denen alte Weiber mit stattlichen Kröpfen sitzen und mit Händen und Füßen sich im Strumpfstricken an den ellenlangen Holznadeln abäschern. Nun erhebt sich die mächtige Höhe hinter Röhrsdorf. Nun sind wir oben. Nun schauen wir wie Moses das gelobte Land, links zur Seite im romantischen Tale die über den lachenden Wiesengrund verstreuten Häuser, die an den Bergen wie lackierte Bildlein klebenden Gärtchen mit den reinlichen Kraut- und Kartoffelbeeten, ferne den Spitz-, Zobten- und Grödisberg. Aber was vor uns liegt, hemmt Wort und Atem. Majestätisch dehnt sich, so weit das Auge schaut, von Westen bis Osten; wie eine dunkle, dämmernde Wand das Riesengebirge zum Himmel, und rückwärts gegen Norden schimmert im Glanze der untergehenden Sonne wie ein ausgebreiteter Teppich ganz Niederschlesien zwischen dem Bober und der Oder, Städte mit ihren roten Dächern, Dörfer mit ihren Schlössern und Kirchtürmen, alles schwimmend im magischen Dufte der nebelnden Ferne. Ah! – Ah! – Ah! – ruft alt und jung und ist außer sich vor Überraschung und Entzücken. Gelt, das ist schön und herrlich? – frage ich dann lächelnd durch die Tränen der Wonne, die mir die Augen feuchten. – Aber würde euch der Genuss so ergreifen, so erquicken, wenn ihr nicht vorher tüchtig gehungert hättet, – das heißt, geseufzt und gestöhnt im Sande der Antonischenke? – Nun seht, lieben Freunde, die ihr heute mir folgt durch diesen dürren Busch in das Land Gosen der Talmühle, wo Milch und Honig fleußt und die Krebse zum Abendbrote schon im Topfe der flinken Meisterin krabbeln, so wird es auch heute uns sein, wenn wir nun die Anhöhe hinabsteigen und den Kalmusteich und die bunten Wiesen zwischen den Eichen und Erlen vor uns sehen und die Mühle aus dem dunkeln Gezweige heraus klappern hören. Darum munter, lustige Gesellschaft, munter fürbass! Meine Predigt ist aus! Munter und getrost über die Dornen und den Sand des Lebens! – setzte er leise hinzu, sich zu der achtzehnjährigen, reizenden Fernandine, seiner ältesten Tochter, neigend, die zu seinen Füßen saß und das blonde Lockenköpfchen sanft an sein Knie lehnte. – Auch dir wird noch ein freundliches Land lächeln! Nicht wahr, Magister, *non si male nunc, et olim sic erit*? Das heißt, liebe Frauenzimmer, wenn auch der Herr Nunc etwas maliziös ist, der Herr Olim, der auf jenen folgt, wird nicht so, er wird vernünftiger sein. – *Mir* lächelt keine Freude mehr! Seufzte Nandchen still und setzte geschwind wieder den Strohhut auf, dass die Tränen ungesehen unter ihm aus ihren großen blauen Augen hinabrollen konnten ins hohe Gras, und weiter zog die Karawane.

Wer sind die Völker, wer die Namen, die gastlich hier zusammenkamen? – Wer anders als ein sinnig gebundener Kranz fröhlicher Menschen, die die Fettaugen des Lebens von oben schöpften und sich wenig um den trüben, schlammigen Grund kümmerten, der unten ruhte. Kluge Eiertreter, denen Herz und Gefühl wie eine Taxus-Karyatide zugeschnitten, finstere, unter den Mühseligkeiten des Amtes und des irdischen Jammertales ächzende Lastträger, kalthöhnende Gemütlose, denen Frohsinn ein Ärgernis und die wahre Lebensphilosophie eine

Torheit, schalten sie wohl als Leichtsinnige und hätten auch nicht unrecht gehabt, wenn sie leichten Sinn und nicht Leichtsinn damit gemeint. Jener ist eine dankenswerte Gabe Gottes, die unter Dornen und Molchen auf Rosen bettet, dieser die schwachmütige Verachtung des Feindes, dem man nicht ins Auge zu schauen wagt, die Narrenjacke, die der Teufel der Verzweiflung zuwirft. Besser und richtiger nannte man die wackeren Spaziergänger die Humoristen. Und wirklich verdienten sie den Ehrentitel männiglich, denn ihnen blühten duftende Blumen aus jedem Boden, sogar aus der Poudrette der Schlechtheit anderer, der unvermeidlichen Mängel der sublunarischen Existenz. Was Schwächeren den Magen verdarb, war *ihnen* ein heilsames, notwendiges Pfefferkörnlein in der Spittelsuppe schaler Alltäglichkeit. Mit Lachen und Possen umhüllten sie den Schmerz und die Wehmut. Aber dieses Lachen war nur ein leichtes Gazekleid, durch welches der Tränentau der Wehmut hindurchschimmerte und mit dem Lachen ein Clairobskur bildete, schöner als Claude Lorrains allerschönstes. Denn hatte nicht der ehrliche Magister Muzelius – sein Großvater hieß noch schlechtweg Muzel – ein ganzes langes Leben vereselt im schmählichen pädagogischen Joche, war, am Predigerteiche Bethesda liegend, immer zu spät gekommen zum ersehnten Sprunge ins Amt, zu welchem L'hombre und Jagd, reichbegabte Kammerjungfern und Klugheit der Schlangen anderen verholfen, und dennoch guten Mutes? Erhob sich nicht der magere, gabelbeinige Registrator Lüdtke wie der Riese Wolfgrambär über den Staub seiner vollen Repositorien, über die Kleinlichkeit seines Präsidenten, dem an der Überschrift eines Aktendeckels das Wohl und Wehe des Staates, ja der ganzen Menschheit hing? War nicht der redliche, wohltätige Pastor Eheu, der das Schicksal hatte, bei Anwesenheit der durchlauchtigsten Herrschaft in der Predigt stecken zu bleiben, und der, in der Regel von seinen eigenen Worten gerührt, weint wie ein Kind, draußen der witzvollste Lacher? Konnten die bedenklichsten Handels-Konjunkturen dem dicken Kommerzienrate Scheitelfuchs die joviale Laune rauben? Lebte nicht der Major von Schienbein trotz der feindlichen Kugel, die ihm in der Lende stak und Sturm und Regen richtig barometrisierte, dennoch glücklich unter seinen Blumen und Freunden? Musste nicht das trübste Gesicht sich erheitern, wenn der alte französische Sprachmeister Du Bois erzählte, wie er sich aus Paris Froschengsten (Froschhengste) kommen lassen, um die Rasse der deutschen Frösche, sein Lieblingsgericht, zu veredeln, oder wenn er im vergeblichen Abmühen, das Ch auszusprechen, kirschbraun im Gesichte ward, oder wenn der dürre Professor Kilian, der bei größter Gemütlichkeit und Wissenschaft den Tick hatte, für allerliebst und zierlich gelten zu wollen, wahre Hasensprünge machte und den der Freundin entfallenen Zwirnknäul nicht anders als mit einem Entrechat aufhob und mit dem Daumen und Zeigefinger, auf einem Beine schwebend, überreichte? War die affektierte Grobheit des biederen trockenen Proviantmeisters Fahlleder nicht die allerergötzlichste, ein saftiger Roastbeef, an dem sich niemand den Magen verdarb? Und hatte nicht bei Sprachmeister, Professor und Proviantmeister das Schicksal reichlichst für den Pfahl ins Fleisch gesorgt? Bei dem einen durch interessante *pizzicatos* des Zipperleins, bei dem anderen durch Nervenübel, nämlich am *neorv rerum gerendarum*? War nicht des alten, anekdotenreichen Doktors Hahnentritt fast einzige Kundschaft, seitdem der neue, junge, um die Weiber schwänzelnde Homöopath sich eingenistet, er selber mit seinem Rheuma? War nicht erst vorgestern wieder dem braven Irrenhausinspektor Kohlnase der Schah von Persien mit der Kaiserin Katharina davongelaufen? – Und die Frauen des freundlichen Vereins, der sich in der magnetischen Attraktion der Wahlverwandtschaft zusammengefunden, – ach, der ehrliche Magister Muzelius und der kräftige Laban Lüdtke hatten keine; jenem war das liebliche Bild des häuslichen Lebens nur als eine Truggestalt im ruhigen Wasserspiegel des Teiches Bethesda erschienen, diesem der Ehestand siebenmal von der Pfanne gebrannt – die Frauen waren samt und sonders wie die Männer auch Humoristinnen in ihrer Art, die eine mit finsteren und mürrischen Mienen durch komische Einfälle ergötzend, die andere den Kuchen und Braten in allerhand mathematische Figuren, als Rhomben, Trapezoide, Kegel und Triangel, verschneidend, die dritte glänzend als deutsche Puristin, die vierte belustigend in der Gänschenrolle, die fünfte als hochreichsgräfliche Truthenne, die Reifrock- und Haarbeuteletikette persiflierend, die sechste eine gutmütige Xantippe, alle aber das Ihrige redlich beitragend zur allgemeinen Heiterkeit. Und die Männer und Frauen umgab ein Schwarm jungen Volkes, wie um die großen Schüsseln der Tafel sich die kleineren Assietten mit den Salaten, Pfeffergurken, dem Eingemachten, den Äpfeln, Nüssen, Makronen und Knackmandeln scharen, blühende Jungfrauen, schäkernde Mädchen, männliche *spes patriae*, vom windigen Referendare abwärts durch alle Schulstufen bis zum glücklichen, vierjährigen Fibeladspiranten. Das ausgelassen im Freien wildernde Kinderrudel bis zu zwölf Jahren nannte Magister Muzelius nur die Rotte Korah, Dathan und Abiram, die Mosjehs von da ab bis hinauf zu den Studenten: meine jungen Herren, wobei jedoch, wie billig, das Wort Herren etwas undeutlich ausgesprochen wurde, sodass es fast lautete wie: Hörner.

Und alle diese Fröhlichen zogen nun heute, *hier* der Justizamtmann mit seiner Philosophie und seinen Peripatetikern, drüben durch die Dörfer die anderen, die auch wieder Genussmenschen nach *ihrer* Art waren, nämlich die den Honig aus allen und jeden Blumen saugten und von Entbehren so wenig wie möglich wissen mochten, in die Talmühle. Das pflegten sie regelmäßig zweimal jeden Jahres in den langen Sommertagen zu tun, und alles freute sich schon lange vorher darauf wie auf ein Fest. Dass die edle Musika und ein Tänzchen im Grünen dabei nicht fehlen durfte, das verstand sich von selbst. Darum waren denn auch heute die sechs Bierfiedler, die gewöhnlich das Orchester bildeten, schon frühzeitig mit ihren Instrumenten ausgerückt, sintemal der Dirigent ein lahmes Bein hatte und zwei andere über der großen Bassgeige schleppen mussten, die drei übrigen als Fourierschützen vorausmarschierten, um die Schnapsschenken unterwegs in Ordnung zu halten, alle aber, um bereit zu sein, die Ankommenden mit geziemendem Tusch zu empfangen. Auch war das Ökonomie-Kommissariat, das heißt, die Mägde mit den Kaffeeutensilien, Tellern, Töpfen, Flaschen, Messern, Gabeln, Gläsern, Servietten, Kuchen und Mänteln für die abendliche Rückreise ebenfalls voraus, desgleichen der Kinderwagen der Frau Pastorin und der Frau Kommerzienrätin mit den jungen Nesthäklein, die Milch und die Krebse aber schon tagelang vorher bestellt. Alles das jedes Mal anzuordnen, ließ sich das Justizamtmann-Kleebornsche Ehepaar niemals nehmen, das auch sonst immer der Impuls und die Seele jeder geselligen Freude war. Die Glücklichen! – Welch schöneres Los auf Erden gibt es als das, Frohsinn, und Heiterkeit zu verbreiten, mit Lachen zu scheuchen die trüben Stunden, lindernden Balsam zu träufeln in Wunden, die dem Herzen mit Täuschung und Trug, ach, das feindliche Schicksal schlug! Und doch, wer bedurfte des lindernden Balsams mehr als eben sie? – Der Biedermann hatte ein langes, vorwurffreies Leben dem Staate und seinen Mitbürgern im Dienste der heiligen Themis geopfert, deren Waage er niemals mit falschem Gewichte gemissbraucht. Die Achtung seiner Vorgesetzten, die Liebe seiner Untergebenen lohnte ihm, Liebe der freundlichsten Gattin hatte ihn bis ins Greisenalter begleitet und verschönte den Abend seiner Tage. Zwei freudige Jungen machten ihm Ehre auf der Akademie und studierten, dass die Köpfe rauchten. Daheim blühten ihm die sanfte Fernandine schön wie eine üppig sich öffnende Zentifolie, still und bescheiden wie das duftende Veilchen, die achtjährige wilde Hummel Sophie, gewöhnlich nur Fietsch genannt, und der sechsjährige Philhellene Robert, der überall laut erklärte, dass er an der Übergabe von Missolonghi unschuldig sei, maßen der Drechsler ihn mit den zwei Kanonen, die er den Griechen schenken wollen, schändlich im Stiche gelassen. Ein bedeutendes Amtseinkommen sicherte seine und der Seinigen Existenz. Und doch, wer ahnt, was in der friedlichen Flut tief unten auf finsterem Grunde ruht? Auch dieser schimmernde Blumenkranz hatte seine stechenden Dornen. Denn war nicht eben sein liebstes Kind, seine Fernandine, unglücklich – schweigend dahinwelkend in hoffnungsloser, treuer Liebe? Und war er, der zärtlichste aller Väter, nicht schuld daran? – Ach, ich bin ja nicht schuld, – tröstete er sich wohl manchmal, doch immer nur palliativisch – das Schicksal und, wenn ich nicht so heidnisch reden will, unser Herr Gott ist es, der, wie klar in der Bibel steht, nicht Gefallen hat an der Stärke des Rosses, das heißt, an Kavallerie, noch an jemandes Beinen, das heißt, an Infanterie, überhaupt also nicht am Militär, mithin auch nicht am guten Leutnant Blumenfeld, und der es demnach zugelassen, dass der Schelm in Berlin den entsetzlichen Bankerott machen und mich um zwanzigtausend Taler bringen durfte. Aber lange – wie schon gesagt – hielt diese Selbsttröstung nicht vor. Die kalte Vernunft rief ihm zu: von Haus aus hättest du dem Umgange steuern und wehren sollen, sintemal ein Leutnant ohne Geld und, wäre er auch sonst ein Musterbild aller Vollkommenheiten, klug, tapfer, gut, immer ein miserabler Ehestands-Kandidat ist. Und darin hatte die kalte Vernunft wirklich so gar unrecht nicht. Freilich war der wackere Blumenfeld, der übrigens die Kinderschuhe längst ausgetreten, ein Mann, der schon ein Mädchenherz interessieren konnte, ohne Fehl von der Sohle bis zum Scheitel, wie Absalom, wenn man die spannenlange Hiebfurche über den rechten Arm, ein Andenken an die Schlacht bei Leipzig, die man ja doch nicht sah, die aber freilich zu Zeiten, wenn das Wetter sich änderte, eben die Mucken zeigte wie die Kugel des Majors, für nichts rechnet. Dass sie für ungefähr so viel wirklich gerechnet und mit dem Ehrenkreuze abgefunden sei, welches dem Leutnant auf die Brust geklebt worden, das schien ihm selbst eine ausgemachte Sache. Denn er war und blieb Leutnant und konnte mit Wahrscheinlichkeit kaum in fünfzehn Jahren auf die Kompanie rechnen, wenn bis dahin Hans Mors nicht etwa auf außerordentliche Weise unter den Vormännern aufräumte, oder ihn selbst zur himmlischen Garnison avancierte, in welchem letzten Falle freilich die Langeweile des irdischen Hoffens und Harrens mit einem Male ein Ende hatte. Dabei war er, als Zeus den Markt der Erde verteilt, leer ausgegangen wie der Dichter und lebte von seinem eben auch nicht überreichlich zugemessenen Gehalte. Auch in der Zukunft sah er keinen Weg zu dem glänzenden Schlaraffenlande Eldorado. Kein reicher Ohm, keine über ihren goldenen Eiern brütende Tante hustete ihm an der Schwindsucht, und wie viele Male er es sich auch abgedarbt zum Viertellose in der Klassen-Lotterie, immer war Fortuna bei ihm vorübergegangen und hatte Dummköpfe neben ihm oder ohnedies schon reichlich Bedachte mit ihrem freundlichen Lächeln beglückt. Und dennoch war auch er, im Bewusstsein des eigenen Wertes, genügsam und die frohe Laune selbst. War es darum ein Wunder, dass auch ihn der Magnet der Humoristen anzog, dass er sich bald in ihre Gesellschaft, so wie ins Herz des Justizamtmannes einnistete, bald sich zu dessen unentbehrlichstem Hausfreunde erhob? War es ein Wunder, dass Feuer und Schwefel zündeten, dass *ihm* in den Augen des unschuldigen, sich nun selbst bewusst werdenden Nandchens eine herrliche Sonne, *ihr* in dem freundlichen Manne der Liebe Mond aufging? Schon drei Jahre hatte er nun alle Freuden des justizamtmannlichen Hauses geteilt, drei Jahre lang schon die Spaziergänge zur Talmühle mitgebracht. Das waren *tempi passati*. Heute zum ersten Male sollte er *nicht* mitgehen. Wie ein Cherub mit dem feurigen Schwerte war auf seinen Weg ein ernstes Gebot und die kalte Vernunft gestellt, und das glühende Herz musste die kalte Feindin ehren. Wie so glücklich träumte noch vor Kurzem er sich dem Ziele seiner Wünsche ganz nahe. Wie selig sah *sie* dem schönen Tage der Vereinigung mit dem Geliebten entgegen! Wie labend lautet nicht schon von den Lippen der wohlwollenden Eltern der Schmeichelname Herr Sohn! Wie emsig stickte schon Fietsch über den Brauthemden! Wie studierte schon Robert an der Polterabendrede, in welcher er als Miaulis den teueren Schwager, der ihm bereits das: Rechtsum! Linksum! und Präsentiert das Gewehr! gelehrt, in den zyprischen Freihafen des Ehestandes einzulotsen bestimmt war. – Umsonst! Aus heiterer Luft war ein Donnerkeil gefallen, der alle diese frohen Hoffnungen und Zubereitungen zertrümmerte, der Herr Sohn war wieder zum Herrn Leutnant geworden, Fietsch musste die erst halb fertige Wäsche der niedergeschlagenen Mutter zurückgeben und des wackeren Miaulis Schifflein saß fest auf der Sandbank des widrigsten Schicksals.

Es ist nämlich im Lande, wo die Talmühle belegen, nach welcher die Humoristen heute wanderten, ein Gesetz, welches zum allerhöchsten Konsense in die Verheiratung eines Subaltern-Offiziers, bis zum Hauptmann ausschließlich, den Nachweis eines freien Einkommens von jährlich sechshundert Talern noch außer dem Traktamente des Bräutigams erfordert und jedem Liebe schmachtenden Leutnantsherzen Hymens Paradiespförtlein ohne Weiteres vor der Nase zuschließt, dafern sothanes Einkommen nicht entweder abseiten *seiner* oder abseiten der Braut nachgewiesen werden kann.

Nicht mehr als recht und billig! – sagte der Justizamtmann. – Wenn die Herren von der Klinge sind ein eigenes Völklein, dünken sich besser und vornehmer als andere Leute, müssen also auch mehr aufgehen lassen, Bediente halten, wo andere die Sache selber verrichten, Schande halber Wein trinken, wenn sie auch den Katzenjammer davontragen und lieber ein Glas Bier haben möchten wie unsereiner, der Modegöttin den Schleppschweif nachtragen und dergleichen. Dazu gehört Geld, das der Herr Leutnant dir leb' ich, Herr Leutnant dir sterb' ich, als solcher nicht hat. Würde er nun eine heiraten, die ebenso viel hat als *er*, das heißt, gar nichts, so würden beide nur die Bedürfnisse vermehren, ohne Möglichkeit, sie zu befriedigen, dadurch bald die drückende Schmach der Zurücksetzung, der Verachtung, mit der Verachtung des Einzelnen würde aber auch nach und nach die Erniedrigung des ganzen, eines Standes, dessen Pfeiler die Ehre sein muss, herbeigeführt werden. Darum ist jenes Gesetz umso mehr ein weises, als ohne dasselbe jugendlicher Leichtsinn Scharen von Unglücklichen machen würde, sintemal die Zahl liebender Leutnants in jedem wohl eingerichteten Staate Legion ist. – Denn was kann man von einem verliebten Leutnant großes im Stoizismus und in Tötung des Fleisches und seiner Begierden, was für Mädchenstandhaftigkeit vor glänzender Uniform erwarten! Dabei aber streichelte sich Vater Kleeborn lächelnd und wohlgefällig das stattliche Bäuchlein. Denn mit Freund Blumenfeld und seinem Nandchen war es ja eine ganz andere Sache. Hatte auch der Freier nichts als seinen Degen, seine Ehre, sein redliches Herz, seine unverwüstliche frohe Laune, so hatte er, der Vater, dagegen Mosen und die Propheten und konnte dem Gesetze genügen. Er rechnete so: Nandchen zwölftausend Taler, von denen sie, wenn Blumenfeld Hauptmann geworden, sechstausend den anderen Geschwistern und der Mutter zurückgibt, weil sie bis dahin doch auch die Zinsen dieser sechstausend Taler gezogen, Fietsch sechstausend, die Mutter sechstausend, fazit vierundzwanzigtausend; das wird gehen, und dann bliebe auch noch etwas für die Buben übrig, die bei der kostbaren Erziehung eigentlich gar nichts zu erben brauchten, da sie das Ihrige dahin haben und sich selbst fortzuhelfen imstande, wenn sie fertig sind, das heißt, nach vollendeten Studien und überstandenen Probejahren, von denen die jungen Themispriester, Die gern gleich von der Akademie aus Präsidenten sein möchten, freilich zu sagen pflegen: Sie gefallen uns nicht, in welches Seufzen die Väter getreulich, und zwar mit besserem Fuge einstimmen. Darum hielt er Rat mit seiner freundlichen Baucis, die den braunen Krauskopf mit den seelenvollen schmeichelnden Augen und dem zierlichen, anständigen, jovialen Wesen von Anfang an gar wohl leiden mögen und der die Aussicht auf die glückliche Last der Ausstattung-Besorgung und der Hochzeit-Ausrichtung – denn das alles lag auf ihr und sollte dem Hause Ehre machen – fast ebenso beseligend erschien als die Aussicht in die glückliche Zukunft des geliebten Kindes. Das Resultat der ehelichen Konferenz war daher ein freudiges Ja und der elterliche Segen. Das war ein Jubel! Nandchen, das sonst so stille, sachte Nandchen, sprang und hüpfte in namenloser Wonne, die humoristischen Brüder und Schwestern schickten sich an, auf die Hochzeitbraten und Kuchen zu hungern, gute Schwänke und Possen zu ersinnen, mit denen das Fest und der bekannte Firnewein des Justizamtmanns gewürzt werden sollte, und es gab gar keine glücklicheren Menschen auf Erden, als, wie schon gesagt, das heimtückische Schicksal grausam drein schlug und die üppigen Saaten der Freude vernichtete. Der Bankier in Berlin, dem der Justizamtmann den größten Teil seines Vermögens anvertraut, war ein Betrüger, machte Bankerott, und zwanzigtausend Taler gingen unwiederbringlich verloren. – Das veränderte die Rechnung. Denn, blieben auch dem Justizamtmann vielleicht noch ein paar Tausend Taler übrig, so konnten davon auf Nandchen, wenn auch auf die Brüder gar keine Rücksicht genommen wurde, kaum so viel Hunderte kommen, als Tausende vonnöten waren. Und das Gesetz zu hintergehen mit lügenhafter Täuschung, dazu dachte der alte Staatsdiener viel zu bieder und ehrlich. Ihm war zwar nicht unbekannt, welche Vorspiegelungen und Scheinnachweise man sich in Fällen dieser Art hier und

da erlaubt, wie Geldpapiere, Dokumente, auch wohl ba-
re Summen von irgendeinem dienstfertigen Sohne Isra-
els gegen guten Lohn für die Stunde der Legitimation
erborgt werden, und der Jude unten an der Treppe, die
zum Gerichtszimmer führt, wo der Landesherr soeben
hintergangen worden, auf die Rückgabe des vorgezeig-
ten Anvertrauten lauert; aber dergleichen Trug war ihm
ein Gräuel, und er konnte und wollte damit das Glück
seines Kindes nimmermehr erkaufen. Wäre es denn
auch ein Glück? – sprach er zu den Jammernden. – Ihr
alle kennt meine Grundsätze. Ihr alle wisst, was ein Sub-
alternenoffizierpaar ist, das sein Hauswesen auf das
Diensteinkommen des Mannes beschränken muss. Mit
bitteren Reuetränen wird nach kurzen Flitterwochen das
Band des Leichtsinns benetzt. Arbeiten, nähen, Putz machen für Fremde um Geld und Lohn, das darf die Frau
nicht, wenn sie auch gern wollte und könnte, das erlaubt
ihr das Vorurteil ihres Standes nicht. Was bleibt also übrig als Mangel und Verachtung, die mit den Eltern bald
auch unschuldige Kinder teilen. Und dieser Mangel, diese Verachtung, dieser innere Vorwurf bei dem Anblicke
der Unschuldigen kann wahrlich kein Kitt der Liebe
sein. Bald verkörpert sich der selige ätherische Traum
zur erbärmlichsten prosaischen Wirklichkeit. Der Druck
der Dürftigkeit, des steigenden Elendes erschlafft ein
Band, das jugendlicher Enthusiasmus und Übereilung
für die Ewigkeit zu knüpfen gewähnt. Kummer bleicht
die Wangen der Frau, Grimm und Verzweiflung ergreift
den Mann, und zwei Leben zum wenigsten sind verpfuscht und gemordet, die ohne die heillose Verbindung
glücklich gewesen sein würden. Wolltet *Ihr* wohl, Ihr

armen vom Schicksale Getäuschten, Euch in die Nacht dieses Todes versenken?

Mit niedergeschlagenen Augen starrte der Leutnant auf den Boden, mit dem Tuche bedeckte Nandchen das verweinte Gesicht. Beide fühlten die Wahrheit der väterlichen Worte, aber das zerrissene Herz lähmte ihnen die Zunge.

Wackerer Kriegsmann! – fuhr endlich nach langer schmerzlicher Pause der Alte fort. – Du hast so oft dem Tode kühn in das grinsende Knochengesicht geschaut, sei auch hier ein Mann, ein Held! Es gilt größerer, höherer Tapferkeit als der, dem Feuer speienden Rachen einer Batterie entgegenzustürmen. Herr Leutnant, – bat er mit wankender, wehmütiger Stimme – beißen sie in den saueren Apfel, schauen Sie um sich nach den Töchtern des Landes. Eine andere wird die Wunde heilen mit ihrer Liebe, mit ihrem Golde! Entsagen Sie meinem armen Kinde! Es muss sein! Gott weiß es, wie gern ich Sie zum Schwiegersohne gehabt, aber unser Vater im Himmel will nicht. Flechten Sie auch dieses Kräutlein Muss in den Kranz Ihres Lebens. Sein bitterer Duft möge das süße Arom der Blumen würzen, die ihnen die Zukunft darein winden soll, dass es nicht schal und ekelhaft werde. Gehen sie dem schwachen Mädchen mit gutem Beispiele voran – entsagen Sie!

Düster blickte der Leutnant auf den Vater und nach der still weinenden Geliebten. Es muss sein! – endete der Justizamtmann mit festem Tone. – Sie waren ein Freund meines Hauses, – setzte er bedeutsam hinzu, indem er herzlich seine Hand ergriff, – bleiben Sie es auch ferner –

auch wenn Sie nicht mehr – Er wollte sagen: hinein-kommen, aber die Stimme verging ihm.

Ich verstehe, – fiel Blumenfeld mit gepresster Brust ein – ich verstehe! Ich entsage! Nicht meiner Liebe, das glaube nicht, du, meine versprochene Braut, du, mein Nandchen! Denn die ist ewig, wie meine Treue, nur meinen Ansprüchen, die vielleicht zwischen dich und dein besseres Schicksal treten können.

Bravo, Leutnant! – rief der Justizamtmann mit nassen Augen. – Wer hindert uns denn, wenn wir, ich oder Sie, etwa einmal etwas Bedeutendes finden, oder in der Lot-terie gewinnen, aus diesem klagenden Moll wieder in das fröhliche Dur zu fallen? – Darum Gott vertraut! Wir können, wenn es zu unserem Besten dient, finden und gewinnen, auch wenn wir nicht gesucht oder eingesetzt haben. Ging doch jenem Bauer im Streubusche der Re-chen los und schoss einen Hasen.

Datur tertium! Murmelte der Leutnant mit einem see-lenvollen Blicke zum Himmel und schied von der trost-losen Geliebten und dem freundlichen Familienkreise, in welchem ihm so unaussprechlich wohl gewesen. Auch hielt er Wort und mied von nun an die Schwelle des Hauses, wo sein Paradies geblüht, selbst jedes Zusam-mentreffen mit Ferdinandinen.

Er ist ein ehrlicher Mann! Sagte der Vater.

Ach, wäre er's! – seufzte die Tochter, als schon viele Wochen vergangen waren, in denen sie den Unvergess-lichen kaum dann und wann einmal durch die Fenster-gardinen mit seinem Zuge vorbeimarschieren gesehen. – Er schaut nicht einmal herauf nach dem Fenster, – klagte sie in herber Wehmut – er ist nicht einmal auf den Spaziergängen, wo er mich treffen könnte, nicht einmal in der Kirche, wo ich für ihn bete! Er schickt mir nicht einmal ein unschuldiges Vergissmeinnicht! – Ach, armes Herz, du bist betrogen – Leicht ist ihm das Scheiden von der Vermögenlosen geworden! Ja, es ist klar, der elende Mammon war ihm lieber als ich! Ihm galten seine Schwüre, nicht mir! – Aber was willst du denn, Törin! – strafte wieder die kühlere Besinnung. – Was könnte er dir denn sagen und schreiben? – Wäre es redlich von ihm, eine Leidenschaft empfindsam zu nähren, die ja doch zu nichts führen kann? – Allein, so überzeugend auch die Vernunft predigte, das Herz blutete dennoch. Ja, das Herz schien sogar recht zu haben. Die Augen der Liebe sind scharf und durchdringend; was sie hier erspäht, war nicht geeignet, zu trösten. Zitternd und zagend stand Nandchen in unbelauschten Augenblicken vor dem großen Spiegel und fragte ängstlich: Ist sie denn schöner als du? Und in der Überzeugung der Wahrheit seufzte sie dann: Ach! – sie ist wirklich schöner! Und dennoch, wie freundlich gegen dich, die Falsche! Ja, *darum* ist er nur immer bei dem Major. In Dienstgeschäften! – rief die Vernunft. In Dienstgeschäften – erwiderte die Eifersucht – – bis in die späten Abende? – Und wahrhaftig, Blumenfeld verkehrte seit der Trennung von ihr auffallend im Hause des steinreichen Majors von Schienbein, dessen einziges Kind, die reizende, siebenzehnjährige Rosanna, in ihrer sich entfaltenden Schönheit alle ihre Gespielinnen überstrahlte. Gut und geistvoll war sie auch, das musste ihr der Neid lassen. Tränen entstürzten der Verlassenen, als ihre treue Magd ihr berichtete, der Herr Leutnant stängele soeben die Nelken im Garten des Herrn Majors, und als sie gestern da gewesen nach Petersilie, habe er mit Fräulein Rosanna die Levkoien begossen und sehr gelacht, dabei aber ganz und gar nicht nach ihrer Herrschaft gefragt. Ja, es ist gewiss, – jammerte Ferdinandine – er hat mich vergessen, meine unendliche Treue, seine Schwüre! Nun fühlte sie sich empört bei jedem freundlichen Worte der früher so zärtlich geliebten Vertrauten, empört, wenn die Alten miteinander im heiteren Zwiesprach ihr Pfeifchen rauchten nach wie vor. Es ist alles schändliche Falschheit! Schluchzte sie still für sich, denn sie hielt ihren Schmerz geheim in verschwiegener Brust, um die teuren, ohnedies gebeugten Eltern nicht noch mehr zu betrüben. – Nun waren es vier Monate, dass der Treulose ihr Valet gesagt, nun zogen die verbrüderten Freunde heute zum ersten Male wieder in diesem Jahre zur Talmühle. Dass er nicht mitziehe, fühlte Nandchen schmerzlich. Er durfte ja nicht, weil sie dabei war. Ob er wohl bei dem Zuge drüben sein könne? Fragte das klopfende Herz. Nein, – rief die Besonnenheit – denn obschon der Major auch mit Rosannen bei denen drüben ist, so vereinigen sich doch beide Karawanen am Ziele, und boshaft, wenn er auch treulos ist, nein boshaft kann Blumenfeld nicht sein. Dennoch war Nandchen im ganzen Schwarme die stillste. Wer mag das ihr verdenken? Wie ganz anders war es heute als im vorigen Jahr! Damals ging er an ihrer Seite, unter den Frohen der Froheste, fing den Kindern Schmetterlinge und spielte auf der Wiese mit Blindekuh. Damals hatte er das freie Wort der Werbung um sie bei den Eltern noch nicht gewagt, aber alle kannten ihre Liebe, und sie selbst hatten ihrer kein Hehl. Selige Vergangenheit! Seufzte Nandchen. Verstohlen pflückte sie auf dem Wege die gelben, mit Aurora getüpften Immortellen, die man Katzenpfötchen nennt, und wand sie mit dem rankenden Lykopodienkraute zum Kranze. Aber sie warf den Kranz weg, denn er war kraft- und duftlos. Die Blumen der Ewigkeit, die Immortellen, – lispelte sie den weggeworfenen nach – riechen nicht! Herziger bist du, mein demütiges Veilchen! Blume des Frühlings, der vergänglichen Jugend, bald dahin welkend, oft zertreten von täppischen Füßen, du labest die Seele! – Bist du auch dahin, die Erinnerung an dich, an den kurzen Frühling, an die verblühte Jugend ist noch süß und erquickend! Du bist mein Liebling! Weg mit den prunkenden Immortellen!

Rotte Korah, Dathan und Abiram, – rief der Magister mit Stentorstimme, dass der Wald dröhnte und der Grünspecht scheu und erschrocken von der Fichte aufflog, – hörst du es rumpeln? – Die Bassgeige, die Bassgeige! Jauchzten die Kinder. Und die Nase, – lächelte der Magister – die dort der Bergrücken hat? – Das ist die Feueresse der Mühle, jubelten alle – die hinter dem Berge im Grünen steckt. O nun sind wir ja bald da! Und siehst du nicht, – bemerkte der kleine Pastor-Emil zu Vater Eheu – wie es aus der Bergnase sich blaulich und durchsichtig herauswindet wie zarte Wölklein? – Das ist der Kaffeerauch! – antwortete der Vater. – Und die Krebse kommen gar nicht in den Himmel und werden auch erst des Abends gekocht. Seht, – rief die Kommerzienrätin – da sitzt die Marie mit dem Kinde unter der Eiche! Die anderen sind schon da. Mutig vorwärts! – gebot der Justizamtmann. – Hört Ihr den Bierkrug der Kirchturmuhr da drüben, die drei schlägt? Wir haben zu lange am Graben gesessen. – Und gepredigt, fiel Mutter Kleeborn ein. – Freilich murrte er. – Aber kann man denn zu oft sagen, wie man den Genuss der Gegenwart verschmähen muss, um sich die Zukunft zu würzen? Lass die anderen da sein. Kommen doch auch wir noch nicht zu spät. Und wirklich begann nun der Zug um den Hügel, der den Sehnenden das freundliche Tal verborgen. Da lachte es ihnen nun entgegen – ach, so einladend, so kühl, so duftig. Der Teich schimmerte hervor aus den dickbelaubten dunkeln Erlen. Nun waren sie an der Mühle und schauten von der sanften Anhöhe hinab in den Rasengarten hinter dem Gewerke, wo auf dem grünen Teppich der lange Kaffeetisch, schon gedeckt mit den stattlichen rot- und weißgeblumten Festservietten der Müllerin, prangte. Nun wurden sie von den anderen, die im bunten Gewimmel schon im Garten herumschwärmten, erblickt und mit Tücherschwenken und jauchzendem Willkommen begrüßt, den ihr eigenes lautes Hurra erwiderte. Nun rumpelte die Bassgeige, nun kratzten die Fiedeln, nun meckerten die Klarinetten, nun krächzte die Trompete zweifelhafte Gewalttöne, und das Gerumple, das Kratzen, das Meckern, das Krächzen schmolz zusammen in einen konfusen Tusch, dem man den guten Willen anhörte, wenn auch nicht die Kunst und der dem jovialen Du Bois Lachtränen auspresste. Professor Kilian aber langte zierlich die Prise aus dem Achatdöschen, führte sie mit geschmackvoller Armschwingung zur Nase und lispelte, dass die unanständigen Laute der Bierfiedler-Tuba sein ästhetisches Gefühl verletzten und in Gegenwart zarter Frauen nicht geduldet werden sollten.

Doch was ist Ferdinandinen? Warum wechselt auf ihren Wangen Feuerglut mit Todesblässe? Warum hält sie sich wankend an die Mutter, dass sie, die Zitternde, nicht falle? – Ach, was sie erblickt, hat den Sturm widerstreitender Empfindungen in ihrem Innern erregt. Glänzten nicht drüben im Gewimmel des Mühlgartens zwei Uniformen? – Eine ist der Major, und die andere? – Wäre es möglich? – Ist er es wirklich, der Geliebte, der Treulose, der Ersehnte, der Gefürchtete? – Ja, er ist es. Davon überzeugte sie sich, als nun beide Karawanen zusammenflossen in ein einziges fröhliches Chaos, als er nun zwar fern sich hielt, aber sein innig zärtlicher Gruß ihr Auge traf, dass es, wie vom Blitze gerührt, den Blick zur Erde schlug.

Ei, ei! – murmelte der Justizamtmann, in unmutiger Überraschung, und, auf den Leutnant zeigend, zum Major. – Warum habt Ihr mir das getan, warum das Unkraut unter den Weizen gesäet, den Sauerteig gemischt in die Bäcke der süßen Brote?

Warum? – antwortete der Major und zündete behaglich die Pfeife an. – Seid Ihr denn wirklich solch ein Fremdling in Israel, *Amice*? Oder verstellt Ihr Euch nur? – Schaut dorthin in das verklärte Gesicht meines Rosannchens. Nun, merkt Ihr noch nichts? – Und seht Ihr nicht, was sie hier im Körbchen mitgebracht? – Er nahm das auf dem Tische stehende und öffnete es. – Einen ganzen Blumengarten, ein ganzes Treibhaus! Seht! Orangenblüten, *id est*, das Symbolum des Vollgenusses, *Heliotropium peruvianum*, Reseda, *Lathyrus odoratus*, *Jasminum Sambac*, bedeutend stille Freuden, die das Herz laben, Zentifolien, *Lychnis chalcedonica, Hibiscus, Rosa sinensis flore pleno coccineo* – nun, was *darunter*, unter dem sanften Erröten *jener*, unter der Feuerglut *dieser* zu verstehen, das weiß ja wohl ein jeder, wenn er auch im ganzen Leben keinen Selam gebunden. Hier zwei Nelken von der Sorte, die man Grenoble nennt, rot und weiß, und welche sagen: Unschuld und Liebe, aber es ungewiss lassen, welches von beiden die Grund- und Hauptfarbe sei. Nun – dieses zarte, weiße *Cynoglossum linifolium* behauptet die Unschuld. Und diese Vergissmeinnicht, diese Zyanen mit dem sanften Himmelblau und dem dunkeln Azur, deuten sie nicht auf Treue und Beständigkeit? – Und spreche ich nicht empfindsam wie eine Romanenratte? Merkt Ihr noch nichts?

Betroffen und ungeduldig wusste der Justizamtmann nichts weiter zu stammeln als: rückt deutlicher heraus mit der Sprache, drückt ab die Büchse!

Nun, wenn Euch das alles noch nicht deutlich ist, – fuhr der Major lächelnd fort – so schaut doch nur auf die Unzahl der Myrtenzweiglein hier im Grunde des Körbchens und auf die veilchenblaue Seide, deren beiderseitige Bedeutung ja, mein Gott, jedes Kind kennt! Ein Verlobungskranz soll das werden!

Ein Verlobungskranz? Fragte der Justizamtmann erstaunt, und Ferdinandine, die hinter dem Vater gestanden und jedes Wort erlauscht, taumelte nieder zu den Kindern, die vierblätterigen Klee suchten, und weinte ungesehen bittere Tränen.

Und die Ingredienzen – setzte der Justizamtmann emp-findlich hinzu – hat das Fräulein selber mitgebracht.

Selber, selber, – erwiderte der Major – und sie wird auch selber den Kranz winden nach dem Kaffee.

Charmant! – fiel der Justizamtmann ein. – Und das al-les soll heute hier, in unserer Mühle passieren?

Sapperment! – polterte der Major. – Freilich heute und wenn auch nicht gerade in der Mühle, doch bei der Mühle, hier im Grünen. Denn wo in aller Welt mag es sich fröhlicher verloben als unter Gottes freiem Himmel, in der schönen Natur, im Kreise redlicher Freunde!

Nun, so gratuliere ich! Rief der Justizamtmann mit nicht mehr unterdrücktem Unwillen.

Danke, danke! – entgegnete der Major. – Gleichfalls, gleichfalls!

Verstimmt, teils durch das Unzarte des alten, sonst so bewährten feinfühlenden Freundes, der gerade heute und hier ein Fest zu feiern im Sinne hatte, das das Herz seines armen Kindes brechen und das gehoffte Vergnü-gen vergällen musste, teils durch andere Gefühle, die schmerzlich in seinem Innern erwachten, saß der Justiz-amtmann da und rauchte still, tief versunken in wehmü-tige Gedanken. Der Kommerzienrat stritt sich ergötz-lichst mit der Frau Pastorin, die dabei stehen blieb, dass man im Deutschen schlechterdings nicht sagen müsse: Musikdilettant, denn das sei kein Deutsch, sondern Klangvergnügling, nicht Balkon, sondern Trompeter-gang, nicht Allee, sondern Baumschnurweg. Umsonst! – der Sinnende hörte es nicht! Vergebens erzählte der Ir-renhausinspektor vom General Suwarow in seinem

Hause, der, wie der rechte einst tat, als er den Aufbruch seiner Armee befohlen, wenn der Hahn sein Kikiriki rufe, richtig jeden Tag den Morgen auskrähe und nur mit Mühe abgehalten werden könne, das heimliche Gemach im Hofe zu stürmen, das er für die Festung Oczakow halte! Vergebens hatte der Registrator die Baumleiter benutzt und war auf einen Birnbaum gestiegen, von wo er Possen herab predigte. Vergebens rief der Proviantmeister ihm zu: Ei, ei, wie mag ein ehrbarer Registrator bei einem hohen Landes-Kollegio solche ärgerliche Allotria treiben! Herunter mit Euch, Ihr Gauch! Lasst den Pastor hinauf und uns etwas vorweinen und heulen zu erklecklichem Lachen! Oder meinet Ihr, Ihr wäret ein Humorist, weil Ihr gabelbeinig und mager seid, oder weil Euch Gott mit bedeutend breitem Maule begabt? O mitnichten! Ihr seid ein Amphibium, schwebt mitten inne zwischen verspottetem erdachten Elende und wirklichem. Wollt Ihr zu den Landtieren gehören, so meckert wie ein Ziegenbock; reizt Euch das Reich der Luft oder des Wassers, so nehmt Euch die Ente zum Muster oder den Frosch. Denn die Ente ist ein humoristisches Vieh, item der Frosch und der Geisbock. Dem Justizamtmann rauschte das alles unverständlich an den Ohren vorüber. Er wünschte sich zurück an seinen einsamen Aktentisch. Es schwärmte vor ihm vorbei im bunten Gewirre, er sah nur den Leutnant, wie er um die anderen Mädchen, um Rosannen flatterte, nur sein unglückliches Kind, wie sie auf dem grünen Rasenteppich saß und mit den Kleinen spielte. Verwünschter Mammon, – schalt er vor sich hin, – du bist doch nicht so verächtlich, wie ich sonst gemeint! *Ohne* dich, wie unschmackhaft heute mir und den armen Meinigen die schöne Gotteswelt! *Mit dir* – wie lachend! Aber *ohne* dich auch Redlichkeit und Treue! *Mit dir* Falschheit, Trug und Täuschung! Dass der Leutnant seine erste Liebe so bald vergessen können, das war ihm weniger schmerzlich – denn es musste ja doch sein – als das auffallend egoistische, hinterrückische Benehmen eines Mannes, den er immer für bieder und für seinen Freund gehalten. Nicht ein Wort, nicht eine Anspielung in Bezug auf die Sache hatte er fallen lassen, und nun brach er so plötzlich, so unerwartet damit hervor. Das ist die Frechheit und der Triumph des Geldsackes! Murrte er hinein in seine blauen, wirbelnden Tabakwolken. – Hol' ihn der Henker!

Aber nun kam der Kaffee, nun die Frauen, die ihn besorgt und sich bis jetzt wenig um die Gesellschaft kümmern können. Nun wurden die weißen Schüsseln mit den Kuchen aufgedeckt. Nun spielten die Musikanten, die sich auf der Estrade des Teichdammes unter den Erlen etabliert. Und so allmächtig ist der Zauber der Töne, so allmächtig auch schlechte Musik, die immer besser als gar keine ist, dass selbst die kummervollste Brust dadurch milder gestimmt wird. Auch Nandchen, das verlassene Nandchen, fühlte sich erleichtert, auch das mitleidende Vaterherz, und so niederträchtig auch das *Andante grazioso* war, das mit zärtlichem Tremulieren der erste Geiger, der Lendenlahme, vortrug und in welchem der Hornbläser sogar mehre, freilich zur Tonart nicht gehörige Triller hervorbrachte, so lautete es ihm doch fast wie die tröstliche Melodie: was Gott tut, das ist wohl getan, und er konnte der freundlichen Gattin, die besorgt ihn angeschaut, doch nicht zu fragen gewagt hatte, wieder ein ziemlich heiteres Gesicht zeigen. Nur das Benehmen des Leutnants, der fern am anderen Seitenflügel des Tisches beim Major saß, fing nun an, ihm unklar zu werden. Was hat er denn – sprach er zu sich selber – immer so herüber zu blicken nach uns, als ob er gar nicht von uns los kommen könne? Warum zittert die Tasse in seiner Hand? Warum hat er das Stück Kuchen auf die Erde fallen lassen, das nun der Hund frisst, der freilich auch ein Vergnügen haben will? – Nun – gab er sich zur Antwort – das ist das böse Gewissen, das Andenken an das Gute, das er in unserem Hause genossen. Darum hat er auch den Robert und Fietsch so abgeherzt, die er, ich sollte es freilich nicht sehen, aber ich sah es doch, unten beim Rade zwischen den Sträuchern aufgefangen. Mag es sein, was es will! Wohl dem, der frei von Vorwurf ist und Schuld! Die Zukunft, seines Lebens ernste Grenze, die dunkle Nemesis, – sie schreckt ihn nicht!

Corpus juris, – rief der Doktor dem Sinnenden zu – wo habt Ihr die Gedanken! Wahrscheinlich wieder in der Büttelei bei dem malitiösen Inquisiten, der zur Verkürzung seiner einsamen Muße das charmante Gedicht auf die Advokaten mit Kohle an die Wand geschrieben? – Lasst den Kerl im Treibhause der Gerechtigkeit dem Galgen entgegenreifen und bedenkt, dass hier nicht Zeit und Ort ist, zu spintisieren, sondern zu essen und zu trinken und zu lachen! Auch wird gleich das Schelmenlied gesungen werden. Wirklich öffnete sich soeben nach jedesmaligem Brauche, wenn die Gäste beim Kaffee saßen, das runde Fensterlein in der Mauer des Mühlgehwerks, neben dem Rade. Der wohlbekannte Kopf des jovialen Müllers steckte sich heraus mit der weißen, spitz in die Höhe stehenden Schlafmütze und sang das lächerlich satirische Lob seiner Zunft, wo jeder Vers sich mit den Worten endet: Der Müller, Mahler, Müller ist – ein Sche– – Sche– – schöner Mann.

Die Kinder aber fielen jubelnd im Chorus ein: ein Schelm, ein Schelm, ein Schelm!

Dazu klapperte die Mühle, läutete die Klingel, plätscherte das Rad, und die Musikanten fuhren über die Saiten wie toll. Das war eine Lust! – Auch wurden nun mancherlei andere Lieder gesungen – nichts Neues, immer nur das Alte, das schon vor drei, vier, sechs und mehr Jahren hier immer gesungen worden. Denn gerade dieses Alte vergegenwärtigte die glückliche Vergangenheit. Jeder fühlte sich umso viele Jahre jünger und genoss die damals genossenen Freuden wieder und zugleich mit ihnen die des Augenblickes. Was die neueste Zeit geliefert, hätte, mit wenigen Ausnahmen, in seiner Frivolität nur kaltes Wasser in die freundliche Täuschung gegossen. Ja, Kommerzienrats Minna, die das: Wenn auch die Wolke, aus dem Freischütz, meisterhaft sang, kam mit ihrem Erbieten, dieses Musikstück hier zum Besten zu geben, nicht an. Eher den Jungfernkranz, – meinte der Proviantmeister – oder den Jägerchor. Ja, den Jägerchor, – fiel der Major ein, und der Leutnant horchte hoch auf – aber erst nach der Semmelmilch. Denn jetzt haben wir des Guten genug getan, und seht Ihr's nicht, wie es dem jungen Volke in den Beinen zuckt? – Jetzt wartet und winkt die Wiese. Ja, die Wiese, die Wiese! Rief alles, und es ging nun über den Damm, zwischen den Erlen- und Haselsträuchen – die Musik vornweg – hinter den Teich, wo sich der weite grüne Spiel- und Tummelplatz bis an das Birkenwäldchen vor den Frohen ausbreitete. Hier wurde nun, wie immer, nach dem Topfe geschlagen, Blindekuh gespielt, mit verbundenen Augen nach dem Ziele gegangen, wobei, wenn der rechte Weg getroffen wurde, die Musik in sanften Wohllauten tönte, im Gegenteile den Warnungsruf: Der Kessel brennt, durch schreiende, jämmerliche Missklänge verkündete. Auch ans Tanzen kam es endlich, auf welches mancher und manche sich ganz absonderlich gespitzt. Rundum flog es im bunten Kreise, und selbst die Alten verschmähten nicht, mitzumachen, so viel ihnen möglich und behaglich. – Aber warum tanzt er nicht? – fragte Nandchen still vor sich. – Warum sitzt er allein auf dem bemoosten Baumwurzel und schaut herüber, als ob er nicht zur Gesellschaft gehöre? – Freilich, sie tanzt ja auch nicht, sie sitzt ja auch allein, dort, an der Grabenerhöhung und windet die mitgebrachten Blumen zum Kranze – nein, es ist kaum glaublich! – zum Kranze für sich selbst, die Falsche, die Heimtückische! – Und wieder lief es ihr heiß die Wangen herab unter dem Strohhute. – Fort in das Getümmel! – ermutigte sie sich, wie die arme, verbannte, zu Boden gedrückte Fanchon. – Fort, lasst die Fiedeln klingen, fort in des Walzers Schwingen, dann wird das Herz mir still! Und sie stürzte sich hinein in den wirbelnden Strudel. Doch ihre Kniee zitterten, ihr Busen flog in unbeschreiblicher Angst – sie musste aufhören. Denn immer näher und näher rückte ja der schreckliche Augenblick, wo sie Zeugin der Feier eines Bundes sein sollte, der ihr Lebensglück vernichtete. Nun werden sie kommen, –

jammerte sie still – mit Prunk es verkünden, die Glücklichen gratulierend nun umstehen. Nun wird der Kranz
sie schmücken, er seine Wonne gewaltsam mäßigen –
denn gut ist er doch – aus Schonung für die Verlassene!
– O Gott, ist es möglich? – Und tanzen sie nicht schon
den Großvatertanz?

Sie tanzten ihn wirklich, den Schlussreigen. Denn
schon warf die lange, kahle Grenzpappel längeren
Schatten auf den Rasenteppich. Schon schlug es im nahen Dorfe sechs! – Der Bote der Müllerin verkündete,
dass vorn alles bereitet sei. Dieser, sonst zu neuem Vergnügen ladende Ruf war der Bebenden jetzt das Eulen-
gekrächz ihres Todes, und mit wankenden Schritten
folgte sie dem frohen Schwarme, der wieder zurückzog
über den Teichdamm nach dem Mühlengarten, wo die
frischbackene Semmel schon in der kühlen Milch der
mächtigen Steingut-Terrinen weichte. Im bunten Gemi-
sche lagerte sich das junge Volk ins Gras, die anderen
setzten sich an den Tisch. Jeder bekam sein Näpfchen
und labte sich und wusste, was nun Ergötzliches kommen müsse, nämlich – die Maskerade. Denn jedes Mal
unter der Milch stahl sich heimlich bald der, bald die
hinweg in die Mühle, aus welcher dann abenteuerliche
Gestalten herauskamen, die sich vor den Überraschten
tummelten in allerhand Späßen und Formen. Dass dabei
weder auf ängstliche Treue in den Kostümen, noch auf
ästhetische Regeln gesehen wurde, versteht sich von
selbst. Ein Hemde, über die Kleider gezogen und mit einer weißen Binde gegürtet, genügte, einen Geist, ein
umgekehrter Rock, einen Pickelhering zu machen. Am
unerschöpflichsten in auffallenden Verkleidungen wa-

ren die Frauen und Mädchen, denen die verschiedene und sinnreiche Anwendung der so mannigfaltigen Stücke ihres Anzuges die wunderlichsten und sonderbarsten Darstellungen leicht machte. Und das Signal zu dieser neuen Freude des Tages gab jedes Mal der Müller selbst. Auch heute brach er aus der Mühle hervor als gräulicher Ruprecht mit verkehrt angezogenem Schafpelze, sodass die Troddeln nach außen hingen, auf dem Kopfe eine Igelhaut, mit gewaltigem Besen in der geschwärzten Faust, um ihn seine Frau, als zimperliche Marzipille herumtrippelnd. Wie die kleinen Vögel den Uhu umschwirren, so umschwärmte die Rotte Korah, Dathan und Abiram den fürchterlichen Popanz neckend mit dem Geschrei: friss mich doch, friss mich doch, hier bin ich ja! und, verfolgt von der Schar, flüchtete der Ruprecht grunzend mit Marzipillen wieder zurück in die Mühle, aus welcher nun ein Zigeunerpaar herauswalzte und sein Wesen trieb. Schäfer und Schäferinnen zogen nach ihnen heraus und plumpe Bauern mit Dreschflegeln, unter ihnen Registrator Kranichbein, als schadenfroher Vogt mit fuchsroter Atzel. Der Jubel war allgemein. Nur Vater Kleeborn fühlte sich wieder unbehaglich und verglich wieder sinnend die Gegenwart mit der Vergangenheit. Und Ferdinandinen besonders erschien dies alles heute zum ersten Male schal und ekelhaft. Ihr scheues Auge forschte nach ihm. Sie sah ihn nirgends. Rosannens Kranz lag fertig auf dem Tische. Wo er nur sein mag? Seufzte sie, und ihr Herz schlug stärker. Da umfasste sie plötzlich Fietsch von hinten und lispelte außer Atem ihr ins Ohr: Nandchen, Nandchen, der Leutnant maskiert sich auch, er sieht schon ganz grün aus, und Matthes und Balzer, die uns immer die Schnepfen und Hasen bringen vom Forstamte, sind auch dabei! Ich habe zur Türe hineingeguckt, aber sie jagten mich fort! – Warte, warte, du kleine Plaudertasche! Erscholl es aus der Mühle. Es war der Ruprecht, der mit dem Besen aus dem runden Fensterlein neben dem Rade herüberdrohte nach dem kleinen Wildfange, der erschrocken zur Mutter flüchtete und in diesem sicheren Port hinter ihrem Rücken hervorkicherte und den Ruprecht auszischte. Aber ehe Nandchen noch zur Besinnung gelangen konnte, darüber, was das zu bedeuten habe, ertönte von den Hörnern das lustige Jägerlied aus dem Freischützen. Der Major erhob sich mit glänzenden Augen, Rosanna nahm den Kranz vom Tische, und aus der Mühle heraus marschierten vier stattliche Waidmänner, in ihrer Mitte – Blumenfeld in glänzender Jägertracht. Alles fuhr erstaunt auf. Nandchen erblasste. Es flimmerte vor ihren Augen, denn nun, das sah sie ja, war der entsetzliche Augenblick gekommen. Warum gerade jetzt, warum in dieser Verkleidung – das war ihr ein neues Rätsel. Seine Lösung mit anzusehen, dazu hatte sie nicht die Kraft. Abgewendet, das holde Köpfchen auf den Arm gestützt, der auf der sanften Anhöhe, an welcher sie mit den anderen saß, ruhte, blickte sie zitternd hinab ins Gras. Aber sonderbare Worte, die sie vernahm, schreckten ihre Blicke wieder herauf. Blumenfeld nahte ihrem Vater. Seine Stimme schwankte. So, – sprach er – in dieser Kleidung darf ich doch wieder vor Ihrem Angesichte erscheinen? – So werden Sie mich doch nicht mehr zurückweisen? – Und Rosanna hatte Nandchen hinterrücks umgangen, ihr den Kranz umgeworfen und die aufs höchste Überraschte mit freundlichen Küssen aufgerichtet. Maskerade! – stammelte der Justizamtmann, und alle eilten erstaunt herbei und drängten sich hinzu. – Was soll das? – fuhr er bitter fort, als er Nandchen mit dem Kranze fast ohnmächtig in Rosannens Armen sah und der Major lachend vor ihm stand. – Macht Ihr auch die zur Maske, *nolens volens*? – Menagiert Euch, sonst kehre ich das Raue heraus!

Oh Ihr blinder Zelote! – tremulierte der Major, dass ihm der Bauch wackelte. – Es ist ja keine Maskerade! Es ist ja wirklich! – Ja, mein verehrter Vater, – nahm Blumenfeld wieder das Wort – es ist wirklich, es ist Wahrheit! Hier in diesem Bündel lege ich Ihnen und meiner Liebe das zu Füßen, was mir außer dieser das Teuerste war, den Rock der Ehre, meinen Soldatenrock! Ich bin nicht mehr Soldat. Gestern erhielt ich den Abschied und das königliche Forstamt hier zur Versorgung. Vater, darf ich nun? – Nandchen, darf ich nun? – Das Gefühl erstickte seine Worte. Auch der Justizamtmann, auch die Mutter, auch Nandchen standen und konnten nicht reden – sie begriffen nicht, sie wussten nicht, was mit ihnen vorgehe. Ihr seid etwas schwächlich an Verstand, – nahm der Major das Wort – merke ich, item an Glauben und Zutrauen auf Freundschaft, Männerwort und Treue. Darum will ich Euch unter die Arme greifen und das Verständnis eröffnen. Als Soldat konnte der Leutnant – das wisst Ihr ja – nimmer zu seinem Zwecke gelangen. Das Obstakulum musste also beseitigt werden. Durch wen anders konnte der arme Seladon zum Ziele gelangen als durch seinen Major, Eueren Freund! Ich setzte daher meine Maschinen in Bewegung. Wenn man

Geld, Gönner und ein passables Töchterlein hat, so kann man vieles, wenn man will. Darum glückte mir's auch. Das Ehrenkreuz erster Klasse meines Schützlings und der Kreuzhieb auf dem Arme, der ihn zum Invaliden gemacht, nun Ihr versteht mich ja, taten auch das Ihrige, und so geschah es denn, dass der Blumenfeld, als tüchtiger Waidmann, mit dem Abschiede auch die Forstinspektorstelle erhielt, deren sich kein Oberst schämen würde. Und Euerer eigenen Maxime gemäß hielten wir die Sache geheim, damit Ihr alle Euch um desto mehr freuen solltet, je mehr Ihr Euch vorher hinter den Ohren gekratzt und geseufzt. Glaubt Ihr nun, dass die Stelle, die schöne Wohnung, das Deputat, die achthundert Taler ihren Mann nebst großen und kleinen Appendixen ernähren, so –

Major, Major, – unterbrach ihn der Justizamtmann und reichte ihm mit feuchten Augen die drückende Rechte – Ihr seid – nun, was Ihr seid, das fühlt Ihr ja selber! Und Rosanna hat wirklich den Kranz nicht für sich gewunden? Sie ist also wirklich –

O Sapperment, – polterte der Major ihm in die Rede – macht mich nicht toll mit Euerem Unsinne. Sie wird für sich selber den Brautkranz winden! – Welche abgeschmackte Idee! – Sie hat nicht daran gedacht, ebenso wie der Blumenfeld, der nur schmachtet nach seinem Nandchen, dem er sich ja nicht nahen durfte und auch nicht nahen wollte vor ausgemachter Sache.

Du bist ein ehrlicher Kerl! Rief der Justizamtmann gerührt am Halse des wackeren Blumenfeld.

Freilich ist er das, – entgegnete der Major – und alle rechtschaffenen Soldaten, auch die verliebten Leutnants sind es, wenn sie recht und wirklich lieben. Aber – wie wird's denn nun? – Warum stehst du so still und blutrot da, mein schönes Bräutchen, willst immer vorwärts – ich weiß schon, wohin – und kannst nicht? – Nun gut, auch dir will ich helfen und förderlich sein in allen Leibes- und Seelennöten. Ich kommandiere, mit Euerer Erlaubnis, Ihr Alten: Achtung! Marsch! Vorwärts!

Und Nandchen sank in die Arme des Geliebten, und die Eltern herzten und segneten die nun auf ewig Verbundenen, und alle jubelten, und die Kinder hüpften auf einem Beine, und Robert hatte die Leutnantsuniform angezogen, die er stolzierend, so kurz sie auch war, hinter sich herschleifte.

Was nun noch weiter um und neben ihnen vorging, das war meistenteils für das glückliche Paar verloren. Ob nun die köstlichsten Krebse, die ersten frischen Kartoffeln auf der Tafel prangten; ob und wie nun alle in ergötzlichen Possen und Redensarten sich selbst übertrafen; ob und wie die Bierfiedler den schönen grünen Jungfernkranz misshandelten; was kümmerte das sie? Nur erst, als spät abends die fröhliche Karawane nun vereinigt zurückzog nach der Stadt, und der Vollmond still und mild durch die dunkeln Zweige schaute, wussten sie es, dass sie noch auf Erden wandelten. Ein wehmütiges Gefühl mischte sich in ihr unaussprechliches Glück, das Gefühl, dass auch dieser schöne Tag nun doch unwiederbringlich dahin sei auf immer. Sie blickten Arm in Arm zu dem freundlichen Lichte des Himmels und lispelten unter Küssen: Luna und Endymion! Liebe und Treue – auf ewig!

Nachwort

Zu den sklavischen Nachahmern E. T. A. Hoffmanns wird vor allen andern der Schlesier Carl Weisflog gezählt, von dem wir in vorliegendem Bändchen ein paar Geschichten bringen, in denen er sich einigermaßen selbstständig gehalten hat, und die zeigen sollen, dass dieser arg in Misskredit geratene Schriftsteller doch ein recht hübsches Erzählertalent aufweisen kann. Eine Wiedergabe dieser humoristischen Kleinigkeiten ist auch darum nicht ohne Wert, weil wir in ihnen die Erzeugnisse eines jener Unterhaltungsschriftsteller kennenlernen, die von dem breiteren Lesepublikum seiner Zeit mit ganz besonderem Wohlwollen aufgenommen wurden. Lange Zeit gehörten die Schriften dieses Mannes zu den gelesensten Büchern der Leihbibliotheken. Die Werke der großen Geister einer Literaturepoche werden aber erst dann in ihrer ganzen Bedeutung, in ihrer ganzen Herrlichkeit hervortreten, wenn wir den Hintergrund kennen, vor den sie gestellt sind. – Ein paar kurze biografische Notizen über den Autor der in diesem Bändchen wiedergegebenen Erzählungen möchten hier am Platze sein.

Carl Weisflog wurde am 27. Dezember 1770 als Sohn eines Kantors in Sagan geboren. Er erhielt dort den ersten Unterricht, bis er nach seiner Einsegnung im Jahre 1784 aufs Gymnasium zu Hirschberg kam, wo er sich, von den Eltern nur notdürftig versorgt, durch Stundengeben seinen Unterhalt erwerben und mühselig durchs

Leben schlagen musste. Hilfreiche Menschen, besonders eine Tante und die Familie eines dort ansässigen Kaufmanns Contessa, des Vaters von C. W. Salice Contessa, unterstützten ihn auf liebreiche Weise. Anfangs für den geistlichen Beruf bestimmt, ging er bald zur Rechtswissenschaft über und studierte seit 1790 in Königsberg, wo er auch vor Kants Lehrstuhle saß. Nach Beendigung seiner Studien wurde er eine Zeit lang Hauslehrer in Gumbinnen, ging dann als Referendar nach Tilsit und Memel und wurde 1802 Stadtrichter in seinem Geburtsorte. Hier verheiratete er sich, widmete seine Mußestunden der Blumenzucht, pflegte einer stillvergnüglichen Geselligkeit, ging aber erst im Alter von fünfzig Jahren zur Schriftstellerei über, wozu möglicherweise die Bekanntschaft mit E. T. A. Hoffmann und C. W. Contessa, die er bei einem Kuraufenthalte zu Warmbrunn kennenlernte, den Anstoß gab. Trotz seiner quälenden Leiden, er war arg von der Gicht geplagt, sodass er an Krücken gehen musste, litt auch an einem schweren Magenübel, war er stets froher Laune und soll in seiner stillen Art dem Leben Freuden abgewonnen haben, wie es unter gleichen Umständen nur wenigen Menschen möglich gewesen wäre. In einem kleinen, musikalisch und literarisch angeregten Kreise, der durch die Hinzuziehung von Frauen eine wohl etwas bürgerlich-biedere Färbung angenommen haben mag, fühlte er sich glücklich und zufrieden. 1827 wurde er zum Stadtgerichtsdirektor ernannt, starb aber schon, ganz unerwartet, in Warmbrunn am 14. Juli 1828.

Eine kurze Lebensbeschreibung wie eine Schilderung seiner Persönlichkeit gab C. von Wachsmann in einem

Anhang zu der zweiten Ausgabe von Weisflogs Schriften (Dresden 1839), einzelne Züge schildert auch der dem Dresdener Dichterkreis angehörige Hofrat Winkler, der als Schriftsteller und Herausgeber der Dresdener Abendzeitung, für die Weisflog die meisten seiner Erzählungen geschrieben, unter dem Pseudonym Th. Hell bekannt geworden ist. Dieser schildert Weisflog als einen kleinen, krank aussehenden Mann, der durch Krücken sich fortbewegen musste. Wachsmann schildert seinen Anzug als höchst anständig und reinlich, aber als altmodisch und kleinstädtisch, die Gesichtszüge, von Krankheit und Nachtwachen erschlafft, belebten sich merklich bei der Unterhaltung, sobald sein Interesse rege wurde, seine Gespräche sollen dann voll Munterkeit und Laune, voll Geist und Witz gewesen sein. Die Briefe, welche Weisflog in stattlicher Menge an den Herausgeber seiner Erzählungen geschrieben hat, und welche dieser in ziemlicher Vollständigkeit der schon genannten Ausgabe von Weisflogs Schriften anhängte, geben kein übermäßig vorteilhaftes Bild des Autors. Der Humor, den sie zeigen, erscheint einigermaßen gewaltsam. Eine hochgradige Eitelkeit und ein brennender literarischer Ehrgeiz scheinen eine Schreibwut sondergleichen erzeugt zu haben, und wie die zwölf Bände der Schriften zeigen, hat unser Autor in den sieben Jahren seiner Tätigkeit, trotzdem er mit Amtsgeschäften überbürdet war, nicht weniger als annähernd ein halbes hundert Erzählungen verfasst. Trotz dieser Eilfertigkeit der Erzeugung sind die meisten recht sorgsam durchgearbeitet. Wie ihr Verfasser selbst einmal an Theodor Hell schreibt, gründlich durchdacht und gefeilt, obwohl man ihnen diese

Mühe nicht ansähe. In ihrem Werte jedoch höchst un-
gleich, vermögen wir heute nur einem Teil noch Geschmack abzugewinnen. Die Geschichten, auf welche ihr
Verfasser selbst das höchste Gewicht legte, sind gerade
diejenigen, welche seine Abhängigkeit von anderen
Schriftstellern am deutlichsten dartun. Wir gedenken
später unter dem Titel »Hoffmannesken« diesem Bändchen diejenigen Erzählungen Weisflogs folgen zu lassen,
welche wir als Nachahmungen Hoffmannscher Erzählungen ansprechen müssen. Da wir nur die besseren
auswählen, so werden sie auch dem verwöhnteren Leser
ein gewisses Vergnügen bereiten, da sie immerhin un-
terhaltsam genug sind, andererseits aber gibt es kaum
ein besseres Mittel zu zeigen, welch ein überragendes
Genie der noch heute nicht hoch genug eingeschätzte E.
T. A. Hoffmann war. Bei den Erzählungen, in denen ein
stoffliches Element dem großen Vorgänger entlehnt
wurde, wie bei der fast kläglichen Nachahmung von
Hoffmanns »Königsbraut«, dem »Zwiebelkönig Eps«,
vermeidet es Weisflog sorgfältig, auch die Hoffmann-
sche Diktion mit zu übernehmen, was er dann in an-
dersgearteten Geschichten umso üppiger nachholt. Diese Erzählungen, in denen er die Manier (leider oft auch
Manieriertheit) des Hoffmannschen Stiles nachahmt,
sind für den Schreiber dieser Zeilen einfach unlesbar,
und es ist heute kaum zu begreifen, dass dieser Unfug
von den Zeitgenossen nicht stärker gerügt wurde. Es
wird Aufgabe des Nachworts zu dem erwähnten Bändchen sein, diese Umstände näher zu beleuchten.

Aber auch andere Dichter der Zeit haben bei Weisflog
Pate gestanden, so Jean Paul, den er bisweilen in der

gleichen Weise nachzuahmen versucht, ein nicht weniger unerquickliches Manöver. Unauffälliger wirken die andern Vorbilder, schon darum, weil sie heute ganz und gar vergessen sind: Contessa, van der Velde und Tromlitz. Ersterer als Landsmann hat besonders in der Wahl der Stoffe und in der Charakterisierung der Personen einen gewissen Einfluss ausgeübt, auch die bürgerlich behagliche Stimmung, die Weisflog mit kräftigen Mitteln auszunutzen weiß, ist bei jenem bereits vorgebildet.

Man hat Weisflog schon zu seinen Lebzeiten mit heftigem Tadel reichlich zugesetzt, der sich dann im Laufe der Zeit bis in unsere Tage hinein ständig gesteigert hat. Nur selten tönt an vereinzelten Stellen ein spärliches Lob. Heinrich Laube gehört zu den wenigen, die ein Wort der Anerkennung, der die Berechtigung nicht abzusprechen ist, gefunden haben. So sagt er, dass Weisflog sich im Gegensatz zu Hoffmann mehr an die bürgerliche Realität hielt, »und die höhere Beziehung, sei's nach dem Geheimnisse der Existenz oder nach dem bloßen Schatten des Gespensterspuks, war noch mehr dilettantenartig, beiläufige Liebhaberei. Die Literarhistoriker übersehen ihn deshalb gern, weil er mehr der barocken Unterhaltung als dem tieferen Bedürfnisse gedient habe. Es ist ihm aber eine interessante Auffassung, eine rasche, pikante Form und eine oft feine Laune nicht abzusprechen, wenn auch der Eindruck durch Manieriertheit getrübt wird.« Wir dürfen hier getrost beipflichten und sagen, dass man in neuerer Zeit Weisflog zu hart beurteilt hat, obwohl er selbst durch seine Nachäfferei und seine Prätension den größten Teil der Schuld daran trägt. Hätte er seine Talente richtig und bescheiden eingeschätzt, sich auf das beschränkt, was er wirklich konnte, und nicht nach falschem Lorbeer gerungen, er wäre heute nicht der völlig vergessene und missachtete Autor. Da, wo sein Stil von fremden Elementen rein bleibt, ist er dank einer gewissen Melodik der Sprache angenehm lesbar, in der Darstellung, der Charakteristik, der Verknüpfung der Fabel bei ihm angemessenen Stoffen häufig vortrefflich.

Der vorliegende Band wird ihn von seiner besten Seite zeigen. Es sind freundliche Geschichten mit wenig Regen und viel Sonnenschein; Frohsinn und Biederkeit lacht aus behäbigen Gesichtern. Muntere Laune, ein herzliches Gemüt, eine ganze Portion Sentimentalität, aber in ihrer liebenswürdigsten, echt deutschen Art; und eine rege Fabulierkunst zeichnen diese drei Erzählungen aus. » *Das große Los*«, drei Erzählungen eigentlich, die nur ganz äußerlich ohne innere Bindung zusammengeleimt sind, verdient den Preis. Die erste Historie liegt der bekannten Nestroyschen Posse »Lumpazivagabundus« zugrunde, welche allerdings die herzliche Gemütlichkeit des Originals nicht mit übernehmen konnte. Die mittelste Historie hat einige fatale Reminiszenzen an Hoffmann, so gemahnt die Figur des Kilian, besonders im Anfang, arg an den Studenten Anselmus im »goldnen Topf«, ebenso sind stilistisch, wenn auch nur hie und da, einige Anklänge zu spüren. Die dritte Historie hat geradezu dramatische Momente und zeigt an einzelnen Stellen, wie sich Weisflog schriftstellerisch gebildet hat, denn zwischen der Entstehung der ersten Historie (1822) und der dritten (1825) liegen drei volle Jahre. Trotzdem scheint mir der ersten wegen ihrer inneren Geschlossenheit der Preis zu gebühren. – Die letzte Erzählung unseres Bändchens » *Die Mühle der Humoristen*« gibt einige schöne, landschaftliche Schilderungen, besonders ist die Fahrt ins Riesengebirge vorzüglich dargestellt. Auch aus dieser Erzählung (in andern ist es weit mehr der Fall) merken wir, welch Blumenfreund, Botaniker und Naturschwärmer Weisflog war, dies ist entschieden seine liebenswürdigste Seite, und aus diesem Gesichtspunkt heraus können wir ihn sogar als Vorgänger des gemütstiefen Dichters unserer Tage, Heinrich Seidel, bezeichnen. Auch möchte ich annehmen, dass Wilhelm Raabe ihn gekannt hat und nicht ganz unbeeinflusst von ihm geblieben ist. – Ganz gewiss ist Weisflog in diesen, wie ich sie nennen möchte, »bürgerlichen Historien« ein humorvoller und farbenfroher Darsteller der deutschen Biedermeierzeit. Und auf diesem Gebiet soll man ihm die nötige Anerkennung nicht versagen.

C. G. v. M.